여행지에서 아내 배숙자 여사와 함께

축하 그림 - 金正三 作, 기암괴석(수채화, 700×430mm)

축하 그림 - 金正三 作, 배(수채화, 550×430mm)

목포 항구축제와 함께한

(사)목포난문화협회 제3회 한국춘란엽예품전시대회

>> 일자 : 10월 28일 ~ 29일 | 장소 : 목포 김대중 노벨평화상기념관

중투호 정충록(대상)

진홍수 대회장

김일용 준비위원장

(사)목포난문화협회(협회장 진홍수)가 주관하고 목포시청 난우회가 주관한 제3회 한국 춘란엽예품전시대회가 지난 10월 28일부터 29일까지 양일에 걸쳐 목포 김대중 노벨평화상기념관에서 많은 애란인들의 축하 속에 성황리에 개최되었다.

지역 엽예품의 발전과 활성화를 위해 시작된 한국춘란엽예품전시대회가 벌써 3회째를 맞이하며 많은 성과와 발전에 기여해왔다는 평가를 받으며 3회를 맞이했다. 특이 이번 전시회는 목포 항구축제와 더불어 개최되면서 애란인은 물론 축제를 찾은 일반인들에게 많은 관심과 찬탄을 받았다.

진홍수 대회장은 대회를 거듭할수록 작품 수준의 발전과 새로운 작품의 출현으로 지역의 난문화 발전은 물론 활성화에도 효과가 높았다는 소감과 함께, 앞으로도 꾸준한 전시회 개최와 홍보에 힘을 기울여 지역 엽예품 활성화에 노력하겠다고 전했다.

일시 : 10월 5일 ~ 6일　　　장소 : 김대중노벨평화상 기념관

중투호 - 대상 정충록

진홍수 대회장　　　김은희 준비위원장

제5회 (사)목포난문화협회 엽예품 전시대회(대회장 진홍수, 준비위원장 김은희)가 지난 10월 6일과 7일 이틀 동안 김대중노벨평화상 기념관 전시실에서 성황리에 개최되었다. 박지원 국회의원, 김종식 목포시장, 김휴환 목포시의회 의장 등을 비롯한 지역인사와 (사)한국난문화협회 김규석 이사장, 허만철 자문위원장, (사)한국난보존협회 이유진 자문위원장 등 전국 각지의 난계 인사들이 자리한 이번 전시대회는 태풍 미탁으로 인한 기상악화에도 불구하고 수많은 일반 관람객들이 전시장을 찾아 행사의 의미를 더욱 뜻 깊게 하였다. 진홍수 대회장은 대회사를 통해 "이번 전시회를 통해 목포를 비롯한 전남 지역 난계가 한층 발전할 수 있길 바란다."며, "(사)목포난문화협회 또한 앞으로 지역 난계 발전에 초석이 될 수 있도록 노력하겠다."는 소감을 전하였다.

이번 전시회의 대상은 정충록 씨가 출품한 중투호가 그 영예를 차지하였다.

第2004- 6號

賞　狀

貴下는 第一回 全南西南部 聯合展示会에서
頭書와 같이 入賞하였으므로 이 賞狀을
드립니다.

2004年 10月　日

大韓民國東洋蘭總聯合會
會長 趙 成 勳

賞　狀

최우수상　영산강 지부회
　　　　　　정충록

貴下는 제2회 전남서남부 연합전시 에서
頭書와 같이 入賞하였으므로 이 賞狀을
드립니다.

2005년 10월 29일

社團法人 韓國蘭文化協會
会長 柳 重 光

賞　狀

光州·全南
金賞

部門 : 중투호
出品人 : 정충록

貴下는 (社)韓國蘭文化協會가 主催하고 韓國春蘭
葉藝品全國大會準備委員會가 主管한 第十四回 韓國春
蘭葉藝品全國大會에서 頭書와 같이 入賞하였으므로
이 賞狀을 드립니다.

2007年 10月 27日

第十四回 韓國春蘭 葉藝品全國大會
準備委員長 裵 相

금　상

증 루호 (사)전 남난문화협회
성명 : 정충록

귀하는 제3회 호남권 한국춘란엽예품
전시회에서 두서와 같이 입상 하였으므로
이 상패를 드립니다

2012年 10월 27日

社團法人 韓國蘭文化協會
광주·전남·전북협회
대회장 조 성 훈

등 록 증

등 록	제 731호
학 명	한국춘란
(보통명)	( )
산 지	전남 무안
종 종 명	동진
특 징	복륜화
소 장 자	정충록
주 소	전남 목포시 산정동 1044-645

귀해께서 신청한 상기의 난을 대한민국 난 등록협회에서
심사한 결과 원예적 가치가 우수한 품종으로 인정되어 등록이
확정되었기에 이 증서를 드립니다.

2005 년 7 월 일

대한민국 난 등록협회장

등 록 증

등 록	통합등록 제996호
학 명	심비디움속 보춘화
(보통명)	(한국춘란)
산 지	전남 화순
종 종 명	세쥔년
특 징	중투호
등 록 자	정충록
주 소	전라남도 목포시 산정동 1044-645

귀해께서 신청한 상기의 난을 대한민국 난 등록협회에서
심사한 결과 원예적 가치가 우수한 품종으로 인정되어 등록이
확정되었기에 어 증서를 드립니다.

2007 년 12 월 일

대한민국 난 등록협회장

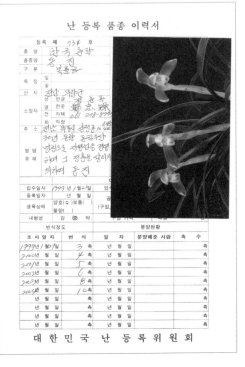

난 등록 품종 이력서

등록 제	734 호
종 양	한국춘란
품종명	동진
구 분	복륜화
특 징	
산 지	전남 무안군
소장자	성 한글 정충록 / 명 한문 鄭忠錄 / 전 자택 061-278-8??? / 회 직장
주 소	전남 목포시 산정동 10 44번
명명 유래	30년 동안 도자수집 영천으로 자연관을 경험 귀여 그 전충을 살이가 의하여 동진

입수일자	1799 년 1월 1일		
등록일자	년 월 일		
생육상태	양호( ) 보통( ) 불량( )	(구입	
내병성	강 중 약		

		번식정도		분양현황		
초 사 일 자	번 식		일 자	분양해준 사람	촉 수	
1779년 1월1일	3 촉		년 월 일		촉	
2000년 월 일	4 촉		년 월 일		촉	
2001년 월 일	5 촉		년 월 일		촉	
2002년 월 일	6 촉		년 월 일		촉	
2003년 월 일	8 촉		년 월 일		촉	
2005년 월 일	10 촉		년 월 일		촉	
년 월 일	촉		년 월 일		촉	
년 월 일	촉		년 월 일		촉	
년 월 일	촉		년 월 일		촉	

대 한 민 국 난 등 록 위 원 회

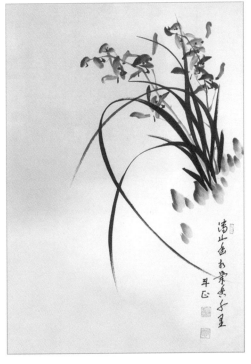

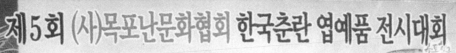

제5회 (사)목포난문화협회 한국춘란 엽예품 전시대회

일시 : 2019년 10월 5(토) ~ 6일(일)

장소 : 목포 김대중 노벨평화상 기념관　　주최 : (사)목포난문화협회　　주관 : 목포여성난우회

전시회의 주역인 회원들이 한 자리에

전라남도 난문화협회에서 공로패를 받고(부상 금2돈)

깊은 물은 소리 없이 흐른다

해방공간에서 6.25한국전쟁으로 이어진 어린 시절의 나는 참으로 가난해서 배우지 못했고 배우지 못해서 가난하게 살 수밖에 없었던 듯싶다.

지금까지 70여 년 동안 숨 돌릴 틈 없이 바쁘게 살아오면서 누군가에게 풀어놓지 못했던 실타래 같은 인생사, 피할 수 없는 삶의 길이었지만 기억의 저편에 머물러 있던 과거를 회상하면서 곱게 말아 놓은 그 실타래를 조금씩 풀어 보았다. 나의 인생 70여 성상(星霜)에서 처음으로 체득한 것이 배우지 못함으로써 가난을 벗어나기 어려웠다는 사실인데, 바로 그 배우지 못한 것이 마음마저 가난하게 하여 나 스스로 사회생활을 외경스럽게 대해 왔다는 것을 왜 이렇게도 늦게 깨우쳤는지 아쉽기만 하다. 하지만 그 미련스럽고 안타까운 인생살이를 깨달았음에 이제라도 새로운 미래를 도모할 수 있다는 측면에서 안도의 박수를 보낸다.

누구의 글처럼 혈혈단신 빈손으로 낯선 목포에 들어와 삶에 열정과 젊음의 혈기로 정착하며 평생 반려자인 아내를 만났다. 그리고 둘이 합심하여 맨손으로 일구어 자전거 한 대, 작은 시장 한 평의 가게를 마련하였고, 사랑하는 5녀 1남의 자식들 모두 풍족하지는 못할망정 부족함이 없이 남에게 손가락질 당하지 않도록 열심히 가르쳤다. 그리하여 자식들 모두를 모질게 가르쳐 대학도 보내고 주변으로부터 의사·약사 아버지라는 부러운 소리도 듣게 되었고 가슴 뭉클한 나만의 훈장도 달았다.

하지만 가슴 한 편을 채우지 못한 배움에 대한 나의 아쉬움은 스스로 그 향학열을 하루하루 뒤로 미루게 되었는데, 막내아들까지 대학에 보내고 난 뒤 비로소 한숨 놓았을 즈음 갑작스럽게 찾아온 암이라는 큰 병마와 싸우느라 나와 아내는 큰 상심에 빠져 버렸다. 3번에 걸친 큰 수술과 수십 차례 이어진 방사선 치료에 몸과 마음은 점점 지쳐갔고 나의 학구열은 다시 마음 속 한 켠으로 떠밀려 점점 잊혀져가고 있었다.

참으로 힘들었다. 그 힘들었던 8년여의 암치료가 끝나가면서 후유증으로 한쪽 눈의 시력을 잃었고 매우 허약해진 나의 육신만이 남아 있을 뿐이었다. 그러나 나는 더 이상 실망하지 않고 이 또한 새 삶의 교두보라 생각하고 그 잃은 시력을 빌미삼아 '전남목포시각장애인협회'에 등록하여 장애인들을 위한 교육 프로그램에 참여하였다. 그리고 장구, 북, 하모니카를 배울 수 있는 기회를 부여받았고, 컴퓨터자격증 같은 무언가에 목표를 세울 수 있는 교육 등이 나의 마음속 한 편에 잠재되어 있던 배움의 열정을 다시 일깨워 주었다. 그리하여 이제는 아침마다 즐거운 마음으로 육신을 일으켜 어느 고3수험생 마음보다도 더 진지하게 배움에 임하고 있다.

누군가는 늦은 나이에 악착같이 배우는 내 모습이 마음에 들지 않는다고 한다. 하지만 나는 잊혀진 기억력과 둔해진 손과 머리에 나 자신이 안타깝지만 하루하루를 다시 배운다는 각오로 즐겁게 산책하며 언젠가는 나의 길에 끝이 보일 때까지 이 마음 변치 않으리라 다짐해 본다.

더불어 작으나마 자랑 하나 곁들이자면 남들은 쉽게 합격한다는 컴퓨터자격증 시험을 나는 정말로 어렵게 합격하였고, 이제는 2급 컴퓨터자격증 시험을 준비 중이다. 남들은 거의가 배움의 과정은 끝났다고 체념한 채 손주들 재롱이나 보며 여생을 마무리 짓겠다고 하는데, 나는 비록 노년의 인생이지만 또 다른 배움으로 인해 다시 태어나 인생의 시작점을 찍으며 새로운 출발점에 서 있다. 배울 수 있다는 것은 누구에게나 평등하게 부여된 참으로 감사한 일이다.

끝으로 내게 감사하는 마음과 배우려는 의지를 심어주고, 또 내 가슴 속 깊은 곳에서 잠자고 있던 글 쓸려는 마음을 새롭게 일깨워 준 외우(畏友) 김정삼 님과 이 책이 나오기까지 조언을 아끼지 않으신 한누리미디어 김재엽 박사님께 심심한 감사의 인사를 드린다.

2020년 6월

정충록 지

차례

나의 어린 시절

나 정충록은 아버지 정귀동 님과 어머니 강소진 님의 슬하에서 둘째로 태어났으나 형이 두 살 때 사망하는 바람에 첫째로 호적에 올랐다. 바로 밑에 태어난 여동생 정충금은 6살 때 홍역으로 세상을 떠나갔고, 그 밑에 둘째로 여동생 정춘진, 셋째는 정두진, 넷째는 정춘옥, 다섯째는 정순옥, 여섯째는 정정숙, 일곱 번째 정송자, 여덟 번째 정두균, 아홉 번째 정원빈, 그리고 열 번째 남동생은 두 살 즈음에 하늘나라로 떠나갔다.

아버님께서 왜 12명이나 되는 자식을 낳았는지 궁금하겠지만 당시 우리 아버님은 가난한 집안에서 독자로 태어나 외롭게 성장하신데다 결혼하셨을 때는 2차 세계대전이 한창일 때라 혈육에 대한 애착이 매우 높았기 때문이라 생각된다. 특히 전시에 태어난 형이 두 살 때 홍역으로 이 세상을 하직하자 내가 장남 아닌 장남으로 자리하게 되었고, 바로 밑의 여동생 충금이도 여섯 살 때 역시 홍역으로 세상을 떠나가 버렸다.

그 시절에는 홍역으로 세상을 떠난 사람이 너무도 많았다. 열두 번째로 탄생한 막내 남동생도 두 살을 못 넘기고 목숨을 잃었다. 참으로 산다는 것을 확신하지 못한 채 그저 살아 있으니 살아가는 세상, 의술이 매우 열악했던 그 시절은 약도 한약만 접할 수 있었다. 그러니 열감기나 홍역에 걸렸다면 치료약이 없었고, 또 백신이 없어 예방접종도 없었던 시절이라 살아남는 사람은 열 명에 한 명 정도였다. 다행히도 우리 집안 형제자매들은 아홉 명이나 살아남은 것이다.

할아버지 정기순 님은 인근 석개마을에서 가난한 집안의 셋째아들로 태어나 세포마을 김씨집에서 처가살이를 하셨다. 그래도 그 당시 한문공부를 잘 하신 덕분으로 처가인 김씨한약방 약제사로 근무하면서 조그마한 한옥집에 밭 300평과 논 500여 평을 경작하며 생계를 유지하고 있었다. 내가 초등학교에 들어갈 때까지만 해도 우리 집안은 한약방을 운영하며 약간의 수입으로 생계를 이어오다 할아버지가 돌아가시면서 김씨한약방의 운영도 끝을 맺었다.

한약방 운영시절, 고모님과 아버지 두 분만을 남겨두고서 아버지 11살 때 본할머니 김씨께서 지병으로 돌아가셨다. 이 후 남면에서 새할머니로 문점례 님이 출가해 오셨는데 후사는 없이 우리 아버지와 고모님만을 지극 정성으로 키우셨다. 특히 우리 마을은 강씨와 김씨 집안이 90%를 차지하였고, 기타 성씨는 10%에 불과한 데다 그것도 가난한 집안에 보통 머슴살이로 생계를 유지하는 집들이었다. 동네에서 두 가족밖에 없는 우리 정씨 가문은 문씨 할머니가 김씨 할머니를 승계했다는 점에서, 또 아버지가 독자라는 점에서 놀

림도 많이 받았고 불필요한 타박도 많이 받아 참으로 외로웠다고
한다.

그래서인지 아버지는 어머니를 만나 결혼하고는 자식을 많이 낳
아 잘 기르자고 다짐했다는데, 맏이로 태어난 형은 두 살 때 홍역으
로 세상을 떠나고 동생 충금이는 내가 초등학교에 들어가던 해에
하늘나라로 갔다. 지금도 눈에 선하게 보인다. 어머니께서 주야로
짠 목화 옷천으로 죽은 동생을 둘레둘레 감아서 등에 업고 나마리
로 가시고, 할아버지께서는 항아리와 괭이를 가지고 바닷가 위쪽에
다 땅을 파고서 항아리 속에 죽은 동생을 넣고는 돌로써 무덤을 만
들었다. 그런 뒤 곧바로 내가 홍역에 걸려 버렸다. 초등학교에 입학
하자마자 며칠도 안 돼서 홍역이 유행하였지만 인근에 병원은 없었
고 약방이라고는 우리 한약방이 있었는데 그 한약만으로는 거의가
죽어 나가는 실정이었다.

할머니와 아버지, 어머니는 어떻게든 나를 살려보겠다고 한약방
에 매달리셨다. 병원이 없어 제대로 된 약을 쓸 수가 없던 상황이라
그냥 이 약 저 약 닥치는 대로 먹고 그냥 누워 있는 것이었다. 심지
어 저수지 물을 길어다가 입 안 가득 머금고는 지붕 위로 내뿜기도
하고, 그렇게 수차례 내뿜은 그 물을 다시 받아가지고는 끓여서 약
으로 먹기도 하였다.

밥은 조그마한 뚝배기에 한 사람 분을 숯불로 끓여서 누룽지로 만
들면 참으로 고소했는데, 병중이라 밥맛이 없어 제대로 먹지는 못
했다. 아무튼 6개월 동안 할머니 품속에서 어리광만 피우면서 분에
넘치는 보살핌을 받으며 홍역이라는 병마와 싸워 이겼다. 그리고
한 학기가 지나 6개월 만에 학교에 가니 우리 반 학생들이 놀리고

때리기도 하여 울기까지 하였다. 반 학생들은 거의가 한글을 깨우쳤는데 간혹 가다 몇 명은 나처럼 병마와 싸우느라, 또 생각 없이 놀기만 하느라 책을 읽지 못했다.

나는 1학년 2학기를 어물어물 마치고 2학년이 되면서 사촌동생과 함께 매일 저녁 담임선생님을 찾아가 한글도 배우고 그동안 못 배웠던 부분을 과외로 교육받았다. 하지만 내가 한글을 깨우쳤을 때는 이미 다른 학생들은 따라갈 수 없을 정도가 되었다. 사실 시간이 여의치 못한 나는 아침이면 소 몰고 산으로 들로 먹이를 찾아 나서야 했고, 어느 때는 지게를 짊어지고 갈퀴나무를 하러 산을 헤매야 했다. 한두 살 나이 많은 형이 머슴으로 와도 낮에는 같이 들이나 산에 가서 친구들과 사방치기, 비석치기, 땅따먹기 등에 빠져 들었다.

고무공으로 야구놀이도 하고 축구도 하였다. 그때는 지금과 같은 그런 축구공은 보지도 못했다. 아무튼 하루 종일 친구들과 어울려 놀다 보면 금방 저녁 무렵이 되고, 그때서야 서둘러 산으로 올라가서는 나무를 조금 하고서 집으로 돌아온다. 저녁밥은 보리밥, 보리밥을 한 그릇 뚝딱 해치우고는 친구네 집으로 공부하러 가서 부지런히 공부한다 했지만 따라가기가 매우 어려웠다.

그러다 어영부영 3학년이 되었는데 담임선생님께서 공부도 재미

있게 잘 가르치셨고 숙제도 많이 내어주셨다. 다음날 숙제검사에서 숙제를 못해 온 학생은 화장실 청소, 조금 시원찮게 해온 학생은 교실 청소, 잘해 온 학생은 운동장 청소를 하게 되었는데 나는 운동장 청소만 한 기억이 난다. 제일 편한 청소는 운동장 청소였다.

4학년 때에는 특별한 기억이 없다. 5학년 때에는 서울에서 새로 부임해 온 선생님이 마침 우리 반 담임을 맡으셨는데 무엇보다 아침마다 용의검사를 철저히 하셨던 기억이 생생하다. 농촌학생들이라서 손발이 새까만 학생이 많았다. 손톱과 발톱은 거짓말 좀 보태면 한 자나 자라있었다. 그때는 손톱깎기도 없어 칼로 대충 깎던 시절이라 엉망이었다. 목욕이라야 소여물 끓일 때 솥 안에 물대야를 얹어 데운 따뜻한 물로 샤워하면 양호한 편이었는데, 그나마 겨울 내내 한 번도 못한 학생이 태반이었다. 머리 깎는 기계도 흔치 않아 부모님이 가위로 직접 깎아주는 시절이었지만 장발머리 학생은 의외로 많지 않았다.

아무튼 손발이 새까만 학생은 화장실 청소, 손톱 발톱이 길면 교실 청소, 장발머리 학생은 운동장 청소가 벌칙으로 내려졌고, 공부 잘한 학생은 마음대로 놀게 했다. 이 선생님 덕분에 나는 공부를 매우 열심히 하여 늘 잘 하는 학생 축에 들었는데 일 년 만에 그 선생님은 서울로 떠나셨다. 정말 섭섭했다. 배우는 입장에서도 서울과 농촌 선생님의 수준 차이가 많아 보였다. 그래서 학생들은 서울에서 공부하는 것을 더욱 원하는 것이리라.

그런데 6학년 때 담임으로 돌산에서 부임한 최 선생님은 남달랐다. 공부도 잘 가르치는 데다 정이 많은 선생님이셨다. 나이가 아버지 연배라서 그런지는 몰라도 가끔 가정 방문할 때는 아버지와 함께 막걸리 한 잔씩을 나누시곤 했다. 나는 공부면에서 최상위권을 차지하지는 못했어도 중상위권으로 졸업을 맞이했다. 6년 개근에 품행상을 수상하고, 졸업장을 받아 교문을 나오는데 반 학생들이 울음바다를 만들었다.

선생님도 함께 울다가 저녁에 다시 만나기로 하고 일단 헤어졌다. 나는 집에 와서도 계속 눈물을 흘렸는데 왜 그리 섭섭했는지 모르겠다. 그리고 졸업생 거의가 저녁에 다시 만나 늦은 시간까지 선생님과 함께 즐겁게 웃다가 울기도 하며 시간을 보냈다. 솔직히 왜 울었는지는 기억이 안 난다.

중학교 진학은 애초부터 포기했다. 중학교에 가려면 여수로 나가야 했고, 줄줄이 달린 동생들로 하여 생계유지가 급급한 형편이라 장남으로서 생활전선에 뛰어들었다. 어머니와 함께 여수시장에서 채소장사를 했다. 내다팔 채소를 준비하여 3시간 넘게 배를 타고 여수에 도착하여 어머니의 뒤를 졸졸 따라다니며 채소를 팔고는 점심을 먹었는데 왜 그리도 맛이 좋았던지, 지금도 그 때를 생각하면 입안에 군침이 돈다. 오후에는 어시장에서 갈치를 볏짚으로 묶어주는 작업을 했다.

갈치 낚시질을 하느라 배로 몇 번 어른들을 따라간 적이 있다. 어른들과 함께 노를 저어서 삼섬 끝쪽으로 갔다. 낚싯밥은 미꾸라지를 쓰다가 추후에는 갈치 꼬리 부분을 포를 떠서 사용했다. 몇 번을 가도 맨 처음은 내가 잡았는데 마지막에 보면 어른 한 분이 한 상자 가득 잡는 것이었다. 갈치가 올라오는 광경을 보면 정말 대단했다. 은빛 머금은 몸통이 S자를 그리며 꿈틀대는데 그것도 쌍다리로 올라오면 가슴이 벅차오르는 것이 참으로 볼만했다.

여수에서 고소동 꼭대기를 보면 기상관측대가 바로 나타난다. 그런데 국보 제304호로서 조선후기 전라좌수영의 부속 관청으로 유명한 진남관은 부두에서 가까우면서도 잘 알려지지 않아 대부분의 사람들이 그대로 지나친다. 그 바람에 진남관 기둥이라도 봤냐는 물음에 아무런 대답을 못한다.

아무튼 우리 마을에서는 부잣집인 목성호 선주집 아들 김기태가 여수에 있는 영광중학교로 진학하였다. 나머지 친구들은 중학교 진학을 포기하고 시골에서 소몰이를 하거나 땔감 마련에 여념이 없었다. 가난하기도 했지만 그때는 여수가 너무 멀어 통학이 불가능했고 자취나 하숙은 생각조차 할 수 없었다.

우리 할아버지는 한문공부에 조예가 깊어 이 방면에 매우 유능한 분이셨다. 한약방에 근무하시며 면내 시조대회에 참가하여 일등을 하신 적이 있는데 그 바람에 동네잔치도 열고 야단법석을 떨기도 했다. 아무튼 동네에서 한문으로는 잘 알려져 있던 할아버지. 우리 집 안방은 할아버지와 할머니께서 기거하셨는데 나는 어린아이 때부터 할머니 옆에서 잠을 잤다.

초등학교를 졸업한 후에 나는 할아버지 앞에서 '오언대구(五言對句)'로 '천지자연'을 노래한 『추구(抽句)』를 2주일 만에 외우고 뜻을 완벽하게 풀이하였다. 이어서 '천지일월'의 깊은 뜻풀이로 이어지는 『만물집(萬物集)』을 외우며 뜻풀이를 하였다. 할아버지 앞에서 정자세로 고개를 수그리고 펴기를 반복하며 외우고 풀이하여 2개월 만에 합격하였다. 뒤 이어 『명심보감(明心寶鑑)』을 한 장 정도 배우고 있을 때 인근 정씨마을 학생이 정식 중학교는 아니지만 고등공민학교에 다닌다고 하기에 나도 그 학교에 가고 싶다고 아버지께 말씀 드렸더니 쾌히 승낙하셨다.

우리 마을에서 그곳까지는 약 8㎞ 정도 떨어져 있었는데 도로는 산길로 석개리, 원포리, 안정리, 하동리까지 지나 초등학교 옆에 초가로 된 교실 두어 개 있는 학교였다. 돈이 없어 시내 중학교에는 못 가고 꼭두새벽에 아침밥을 먹고 어머니께서 싸 주시는 도시락을 챙겨 옆 동네 정씨마을로 향했다. 그곳에서 삼촌뻘 되는 두 분과 합류해서 또 산을 넘어서 가면 원포리에 도착한다. 거기서 또 3명 정도가 합류하여 안정리로 산을 넘고 넘어서 학교에 도착하면 조회가 막 시작되었거나 끝난 적도 있었다.

당시 내 나이 14살이어서 일행중 가장 어린 나이로 그 먼 길을 쫓아다니느라 지쳐서인지 공부는 열심히 해도 실력이 늘지 않았다. 피곤에 지쳐 파김치가 된 채 집으로 돌아오면 밤이 되고, 다시 새벽 5시에는 일어나 서둘러 밥을 먹고 출발하여야 하는 고된 노정이 하루 이틀도 아니고 연일 지속되다 보니 집에서는 복습할 엄두도 못 냈다.

14살의 어린 나이로 그 먼 학교를 다니며 그럭저럭 여름을 넘기고 가을을 맞이했다. 11월이 되면서 해가 짧아져 학교 수업을 오후 4시에 파하고 그 길로 서둘러 집으로 돌아오면 저녁 7시가 넘었다. 캄캄한 밤길이지만 정씨마을까지는 삼촌 두 분과 이야기하며 같이 오니 무서운 줄을 몰랐다. 하지만 어쩌다 학교에서 시간을 보내고 늦은 시간에 안정리 마을을 지나치려면 혼자여서인지 귀신이 나올 것만 같아 두려움에 떨어야 했다. 비라도 내리는 날이면 바다쪽에서 도깨비불이 왔다 갔다 춤을 춘다. 또 안정리에서 1.5㎞ 쯤 지나오면 범바위가 있었는데 그 이름 그대로 바위 틈에서 호랑이가 뛰어 나올 것만 같아 등골이 오싹해진다.

가을이 오면 반 이상의 학생들이 고등공민학교 등교를 포기한다. 옆마을 학생들도 거의 포기한 상태라 나 또한 외롭게 안정리부터 혼자서 걸어오면 정말로 포기하고 싶은 마음 굴뚝같았다. 사실 안정리만 지나면 밤이 된다. 해는 너무도 빨리 져서 캄캄한 와중에 범바위를 지나오려니 공포가 밀려와 학교를 정말로 그만두고 싶었다.

그런데 이 학교에서 글짓기 시간에 '봉화산'이란 제목으로 입상하여 문학을 사랑하는 친구도 몇 명 사귀었다. 그 친구들이 나중에는 회사 사장도 되고, 공무원도 되었다. 서울로 상경하여 자수성가한 분도 있는데 역시 공부에 열의가 있는 사람은 생활력도 강한 것 같다. 내가 고등공민학교에 입학한 후 어머니는 고생을 너무도 많이 했다. 새벽 4시 반이면 일어나 밥을 짓고 도시락도 싼다. 그리고 아침밥을 먹고 나면 곧바로 밭에 나가 일하시고, 캄캄한 저녁에서야 집에 돌아와서도 길쌈을 짜시곤 했다. 잠은 언제 주무시는지 알지 못할 정도로 할머니도 같이 움직이셨고, 할아버지도 길쌈틀에 실을 감으시면서 가난을 면하기 위해 부단히도 노력하셨다.

우리 집의 식사는 거의가 고구마로 끼니를 때우는데 아침만은 그래도 보리밥을 먹고 하루 종일 일을 한다. 나는 어머니께서 내 뒷바라지하시느라 너무도 힘들어 하시는 것 같아 이듬해 고등공민학교 등교를 포기했다. 그러고는 불을 지펴 소여물을 끓이면서 그 불씨로 고구마를 구워서 먹곤 했다. 산에 가서는 땔감나무를 하며 책도 보면서 영어공부로 단어 외우기에 시간을 보냈다.

그 무렵 친구들 사이에서 오가던 말이 작년에 여수 영광중학교에 입학한 김용채가 학교를 다니고 있다는 것이다. 그리고 그 학교 학비가 매우 저렴하여 다른 학교의 반밖에 안 된다는 것이었다. 그러면서 내게도 그 학교에 함께 다닐 의사가 없냐고 물어와 부모님께 말씀드렸더니 쾌히 승낙을 하셔서 김은만와 더불어 이화돌과 함께 셋이서 가기로 결정했다. 그리고 학교에 갈려면 자고 먹고 쉴 곳이 있어야 한다며 아버지께서 여수 남산동 꼭대기에 있는 초가집을 얻어 자취할 수 있도록 하였다. 집 뒤에는 밭이 있었고 수도는 없어 우물물을 길어다 먹어야 했는데 언덕 아래로 100여 미터나 떨어져 있어 물지게를 지고 또 바께쓰를 들고 다녀오면 여간 힘이 든 게 아니다.

그래도 공부할 욕심에 야심찬 결심을 하고 3월이 되자마자 여수로 입학하러 갔다. 쌀이며 배추김치 항아리에 땔감으로 마련한 장작더미, 또 입을 옷과 책 등의 소지품을 챙기고 여수로 향했는데 기분은 하늘을 날아갈 듯 상쾌하였다. 여수에 도착하여 자취집으로 가는데 3명이 쌀, 김치, 장작을 나누어 짊어지고 꼬불꼬불한 길을 따라 남산동 꼭대기로 가보니 학교는 바로 앞에 위치해 가깝게 보였다. 400m 정도 떨어진 학교는 가깝긴 하나 걱정은 태산이었다.

아침저녁엔 3명이 돌아가며 장작불로 밥을 하면서 불 앞에서 책을 보기도 했다. 점심은 가끔 김치를 반찬삼아 도시락을 싸다가 여의치 않으면 그만두었다. 점심은 어쩌다 학교에서 줄 때도 있었지만 보통은 쫄쫄 굶으면서 하루를 보냈다. 한창 자라는 때인지라 밥이라도 제대로 챙겨 먹어야 하는데 그저 안타깝다고나 할까. 학교 재단은 장로교회 재단으로서 일요일엔 무조건 교회에 가야 했고, 학생중에는 교회에 다녀왔다는 확인도장을 받아야만 했다. 수요일 오후에도 의무적으로 교회로 가서 예배를 보아야 했는데 이 때는 간식을 주었다.

여름방학 때 시골집으로 와서도 교회에 다니는 것이 의무사항이었는데, 우리 마을에는 장로교회가 없어 할 수 없이 상당수의 동네 사람들이 다니는 안식일 교회로 나갔다. 인간사 말세라고 하면서 우리가 살 날 또한 얼마 남지 않아 세상은 멸망한다고 한다. 그 당시

의 말로 10년도 안 남아 세상은 곧 멸망한다고 하나님께 열심히 기도하여 죄를 사하라는 것이었다. 그러나 세상이 변해도 몇 번 변했을 지금 60여 년이 지나도 세상은 망하지 않고 건재해 있다.

1학년은 ABC 3개 반으로 편성되었는데 김은만은 나와 같은 A반, 이화돌은 C반에 배정되었다.

우리 담임선생님 성씨는 최 선생님으로 기억된다. 김은만과는 내가 아무리 열심히 공부해도 한 번도 앞서 보지 못했다. 김은만은 평상시에도 공부를 그다지 열심히 하지 않는 것 같고 시험 때는 그저 1시간 정도 책상머리에 앉아 있는 것 같은데 결과는 전교 1,2등. 나와 이화돌은 밤을 새며 공부했지만 공부 실력은 못 미쳐 도저히 김은만의 경쟁상대가 되지 못했다. 그나마 밤을 새워 공부한 덕택에 상위권에 머무를 수는 있었다.

김은만의 IQ는 145인 것으로 알고 있는데 그의 형제분들도 천재적인 두뇌를 가지고 있다. 큰형은 우리 아버지보다도 나이가 많으신데 초등학교도 가보지 못한 사람이 일본어도 잘하고 한문 실력도 대단하시다. 셋째형은 상중을 졸업하고 지리산 아래 모 사찰에서 고시공부를 하였다는데 몇 번 떨어지더니 끝내 포기하고 말았다. 그리고 그 아래 두 형제분은 어린나이 때부터 배에서 일하더니 훗날 여객선 기관장으로 이름값을 높였다. 형제분들이 못 배워서 맺힌 한을 김은만을 가르쳐 풀어보자고 서로가 돈을 모았다고 한다. 사실 김은만은 용돈을 많이 받아서 책도 많이 사고 참고서도 살 수 있었지만 농촌에서는 우리 집보다 가난한 집안이었다. 그의 셋째형은 내가 아주 어렸을 때 우리 집 갈다마리로 나를 업어 키워주시기도 했던 분이다.

어쨌든 그럭저럭 1학년을 마치고 났는데 난데없이 이 학교에 엄청난 불행이 닥쳐왔다. 학교 재단 이사장이 재력과 함께 지역사회에 영향력이 부족했는지 폐교 조치가 되고 만 것이다. 정말로 막막해 어떻게 할 줄 모르고 있는데 담임선생님께서 하시는 말씀이 상업중학교나 종고중학교 둘 중에서 한 학교를 택하라는 것이었다. 나는 종고중학교를 택하였다. 마침 자취방 초가집도 1년 계약이 만료되어 김은만은 충무동 친척집으로 가고, 이화돌은 이리로 간다며 학업 자체를 포기하였다.

큰당숙모님이 교동에서 전세방으로 큰방을 얻어 살고 있었다. 그 집은 바닷가에 위치해 있었는데 그 집 주인아저씨는 돛배 선장이다. 아주머니는 배에서 내리는 갈치의 배를 갈라서 몸통은 시장에 넘기고 내장은 집으로 가져와 젓갈을 담곤 하였다. 큰당숙모도 주인아주머니와 함께 갈치 손질을 하였고, 큰당숙 아저씨는 화물선 기관장으로 일하고 있었다.

자식들은 어디에 사는 줄도 모르는 채 그 집으로 이사를 가니 서중학교 2년생과 초등학교 5년생이 기다리고 있었다. 저녁이면 이들과 함께 공부를 했는데 학교는 동년배이지만 나이가 한 살 어린 중학생은 내가 할 수 있는 한 열심히 가르쳐도 전혀 배우려 하지 않았다. 초등학교 5년생은 매일 1시간씩 가르쳤고, 나의 공부는 열시 후에나 하고서 늦은 시간에 잠을 잤다. 아무튼 이 집에서는 한 달에 내가 먹을 식량으로 쌀 두 말만 내고 두 학생을 가르치는 조건으로 하숙을 하였다. 당시 하숙전문집에서는 기본적으로 쌀 4말에다 얼마의 반찬비도 내야 했다.

종고중학교에서는 처음 신학생과 짝꿍이 되었는데 그 학생은 공부는 하지 않고 운동이나 열심히 한 것 같다. 오후에는 태권도장에서 태권도 수업을 하고 학교에서는 배구를 좋아해서 배구에만 몰두할 뿐 다른 시간엔 별로 관심을 두지 않는 것이었다. 시험 때가 되면 옆에서 답안을 보여 달라고 떼를 쓰고, 안 보여주면 짜증을 내서 결국 보여주면 학교 밑에 있는 냄비국수집에서 국수 한 그릇을 사주었는데 그 국수 맛이 어찌나 좋았던지 지금도 입맛이 돋는다.

나의 학교 성적은 중상위권에 머물러 있었는데 내 나름대로 열심히 공부했지만 더 이상 오르지는 않았다. 다른 학생들보다 열심히 공부했지만 최고는 안 되었고 내 일생 모두를 돌아봐도 최고에 위치한 적은 없었던 것 같다.

여름방학 때 시골집에 와서는 소를 몰고 저수지 위로 올라가 소는 소대로 풀을 뜯게 내버려두고 함께 간 친구들은 저수지에서 수영을 하고 놀다가 한참 지나 바다로 가서는 조개를 잡아 구워먹기도 했

다. 책은 항시 가져갔지만 보는 시간은 매우 적었고 그저 놀기에 여념이 없었다는 기억이 난다.

어느 여름방학 날 나는 하숙집 서중학생과 함께 그의 아버지 배로 놀러가서 배와 배 사이를 뛰어 건너며 놀았다. 사실 별로 볼 것도 없었지만 나름대로 재미있게 배에서 배로 건너뛰는 순간 그만 나는 바닷물에 퐁당 빠지고 말았다. 여차하여 배 밑으로 끌려 들어가면 배의 부력으로 빠져나오지 못하고 죽음의 길을 걷게 된다. 다행히도 배 밑으로 빨려 들어가기 전에 물 위로 올라와서 가로헤엄을 치며 물 밖으로 빠져나왔다. 새삼 지금 생각해 보니 그때 죽었으면 이렇게 펜을 들고 회고록을 쓸 생각도 못하고 하늘나라에 조용히 머물러 있을 것이 아닌가.

가족 이야기

우리 집안의 지주라 할 수 있는 할아버지 정기순 님은 증조할아버지 슬하의 오형제 중 셋째로 태어나셨다.

그런데 할아버지는 그 시절 투전을 해서 재산을 탕진하시고 순천에서 여천군 남면으로 쫓기듯 이사를 하였다. 하지만 제대로 정착을 못하고 다시 돌산면으로 옮겨갔다가 돌산에서 조금 살 만해지자 또 다시 투전에 끼어들더니 얼마 안 되어 재산을 몽땅 날리고는 돌산을 떠나 석개마을에서 정착하게 되었다.

할아버지는 석개에서 정씨 집안에 가탁하여 논밭을 개간하며 생계를 유지하다가 배도 마련하여 고기잡이를 하며 살림을 하였다. 집안으로는 셋째 아들이신 할아버지는 한문공부에 열중해서 가난 속에서도 한문공부 만큼은 잘 하신 분이다.

한문공부를 잘 하신 덕분에 고을 한약방 집 셋째 딸과 결혼도 하셨고, 한약방 어르신께서는 초가집도 지어주셨다. 논밭도 900평 가까이 마련하게 되었고, 또 할아버지께서는 한약방 약재사로 근무하며 생계를 꾸렸다. 할머니는 농사일을 거의 하지 않으셨기 때문에 제로 상태로 설렁설렁 지내시다 고모님과 아버지를 낳으시고는 몇 년 동안 병마와 싸우다가 아버지의 나이 11살 때 끝내 세상을 하직하셨다. 산소는 남들에게 잘 보이지 않는 거생이 끝에 남향으로 아담하게 모셔졌다.

그 후에 여천군 남면 우황리, 섬 치고는 산골마을이라서 산에는 동백나무가 가득하고 바다가 보이지 않는 곳이었는데 지인의 중매로 이 마을의 규수 문점례 님이 할아버지께 후처로 시집을 오셨다. 새 할머니의 고향인 남면 우황리에서 우리 마을까지는 돛단배로 하루를 꼬박 와야 올 수 있던 곳이다. 집안은 가난하고 보잘 것 없었지만 할머니께서는 잘 살아 보겠다는 일념으로 부지런히 움직이며 밤을 낮 삼아 열심히 일한 덕분에 살림도 늘고 논밭도 꽤나 많이 장만하셨다.

이 할머니 밑에서 아버지께서는 결혼하시고, 또한 나 정충록이 태어나서 성장하게 되는데 한약방에서 내 사주를 보니 63살까지만 사는 팔자라고 한다. 그 사주는 지금도 보관하고 있는데 과연 63살에 죽을 고비를 넘기고 현재까지 병마와 싸우고 있다. 사실 언제 어느 시간에 이 세상을 떠나게 될 줄은 그 누구도 모르는 일, 그저 의사가 시키는 대로 약 먹고 운동하며 지내는 것이 현재의 내 일과다.

한약방 할아버지는 내가 초등학교 2학년쯤에 돌아가신 거로 기억된다. 당시로서는 천수를 누린 호상으로 옆마을 사람들까지 모두 모여 와글와글 시끄럽게 상을 치르는데 소도 잡고 떡도 푸짐하게 많이 만들었다.

상여는 동사무실 앞마당에서 꾸며졌다. 아기상여도 있었고, 본 상여는 할아버지의 시신을 모신 상여로서 깃발을 길게 늘인 채 장지로 향했다. 대단한 규모의 장례행렬이었다는데 이런 호상은 이 지역에서 처음이자 마지막이었다고 전한다.

할아버지는 밥줄이 끊어지면 안 된다며, 일을 해야 자식도 가르치고 밥을 먹고 살 수 있다고 앞장서 독려하셨다는데 할머니와 같이 농사일을 하면서 지게를 지면 중심을 잡지 못하고 지게는 허리에서 춤을 추었다고 한다. 사실 할아버지는 지게에 적은 양의 짐을 지고도 힘들어 비틀거리셨지만, 할머니는 부지런한 분으로서 상당히 많은 짐을 머리에 이고서 들로, 집으로 바쁘게 움직이셨고, 심지어 두엄도 머리에 이고 가서 밭일을 하셨다고 한다.

또한 할머니와 어머니는 겨울이면 길쌈 일에 몰두하여 물레를 돌리고 또 베틀에 매달려 베를 짜느라 여념이 없었다. 할아버지는 물레에서 나오는 실을 손으로 감고 또 그 실을 날라다 가리나무재로 곱게 칠하며 다듬은 다음 베틀을 맨다. 다음 단계로 어머니는 베틀에 앉아 밤낮이 어떻게 변하는 줄도 모르게 베를 짠다. 잠은 언제 주무시는지조차 알 수 없을 지경인데 생각보다 적게 짜면 할머니께서 얼마나 야단을 치셨는지 어머니의 시집살이는 정말로 혹독했던 것 같다.

그런데 그렇게 짠 베를 어머니께서 여수 장터에 내다팔아 보니 수입이 짭짤하여 수중에 꽤 많은 돈이 모였다. 그렇게 모은 돈으로 가족의 생계를 잇고, 또 논을 사고 밭도 사들여 나날이 살림은 늘어만 갔다.

이런 와중에 할아버지께서 내가 중학교 2학년 때 64세를 일기로 세상을 하직하셨다. 여러 해 동안 이어져 온 천식성 기침 가래로 기관지가 매우 나빠 조제약도 많이 드시고, 또 여수우체국 앞 한성약국 국장이 우리집에 왕진하여 치료도 하고 용각산도 계속 드시게 처방하였다. 하지만 별로 차도가 없어 쾌차하지 못하고 결국은 돌아가시고 말았다. 당시로서는 환갑까지 사는 사람이 드문 실정이라 마을에서는 호상이라고 야단법석이었다. 음력 2월 초4일이 기일이고, 유택은 부치박 밭에 마련하여 성심껏 모셨다.

훗날 본할머니의 유해도 할아버지 산소 옆으로 이장하고, 또 후처로 살림을 일구신 후할머니도 나란히 모셨다. 그 밑으로 아버지와 어머니를 함께 모셨다. 또한 나와 아내가 들어갈 자리를 비롯하여 후일에 자자손손까지 혼백이 머무를 수 있도록 집안 묫자리도 넓게 조성하였다.

당장 명절 때면 형제간이 모여 제를 모시기 좋게 상석까지 마련했다. 그리고 묘지는 남향에 먼 돌산이 보이고, 앞은 바닷가로 썰물과 밀물이 드나드는 명당자리다. 내가 초등학교 4,5학년 때 이씨 집에서 산 땅인데 그때부터 우리 집안 묫자리로 쓰이고 있다. 지금은 내가 장남으로서 매년 합동으로 제사를 모시며 형제간은 매년 찾아와 묘제를 별도로 모신다. 물론 야간의 제만 모시고 가는 친인척 형제들에게도 고마운 마음 한량없다.

후할머니의 제사는 둘째동생이 모시고 있다. 나 또한 처음엔 찾아가서 제를 모시고 돌아왔는데 벌써 3년 전이다. 내 나이도 있고 무엇보다 다리가 잘 움직여지지 않아 찾아가지 못하고 있는 점 죄송스럽게 생각하고 있다.

후할머니는 내 유년시절부터 나와 같이 주무셨고, 또 중·고등학교 때에는 주말마다 자취방을 떠나 집으로 가면 곡식 창고에서 쌀, 콩, 깨 등을 아버지 몰래 팔아다가 용돈을 두둑이 챙겨 주시곤 했다. 정말로 고마우신 할머니이시다.

사실 후할머니의 애틋한 사랑을 생각하면 제사 또한 내가 모셔야 마땅하다고 생각한다. 그런데 아버지가 살아계실 적에는 내 삶이 어느 정도 되긴 했지만, 아무튼 아버지의 유언으로 후할머니의 제사는 둘째동생이 모시게 되었다.

이 글을 쓰는 이 순간 할머니에 대한 생각이 너무나도 생생하게 떠오른다.

"할머님! 참으로 보고 싶은 할머님, 저를 비롯한 후손들이 무탈하고 건강하게 살아갈 수 있도록 잘 보살펴 주십시오. 후손들이 잘 되어야 떳떳하게 찾아가지 않겠습니까. 부디 하늘나라에서 굽어 살펴 주시고 좋은 길로 인도해 주시기를 바라옵니다."

중학교 시절

여수 교동 집은 큰어머니의 소개로 안집 초등학교 5학년생과 중학교 2학년생과 같이 공부하고 또 가르치며 지낸 곳이다. 특히 같은 학년인 중학교 2학년생을 가르치는 일은 이만 저만 큰 고민거리가 아니었다. 공부는 안 하고 놀기에 바쁜 학생들과 어울리기만 했고, 초등학교 5학년생도 공부에 취미가 없는 학생이었다.

그래도 저녁이면 내게 부여된 책임감으로 열심히 가르치긴 했는데 노는 것에만 정신이 빠져 있는 상태라서 좀처럼 실력은 늘지 않았다. 아무튼 그 학생들 스스로가 실력이 늘지 않는 것이 자기네들 탓이라고 인정하고, 한두 시간 가르쳐도 공부는 하는 척 시늉만 하고 시간만 흘려보냈다.

그렇게 몇 개월이 지난 어느날 느닷없이 그 집 친척분이 찾아오시더니 내게 방을 빼라는 것이다. 아마도 친척 여자 분이 처녀이기 때문에 별도의 방이 필요했던 모양이다. 나는 아버지께 찾아가서 내 사정을 말씀드렸고, 아버지는 갈 곳이 있다고 하시며 이모님 댁을 일러주셨다.

이모님은 내가 알기로 나진리 이모와 백야리 이모 두 분인데 어떤 이모님한테 찾아가나 궁금했다. 내가 초등학교 시절에 우리 마을에 바늘과 실, 이약 등 가정생활에 필수품을 머리에 이고 이 집 저 집 팔러 다니신 할머니가 있었다. 바로 우리 외할머니신데 이분과 외할아버지는 딴 집 생활을 하시다가 이모들이 태어나고 그렇게 무탈하게 지내는 동안 외할아버지께서 어느 날 배사고로 순직하셨다고 한다.

이후 무소식에 잠잠하게 꽤 많은 세월이 지난 어느 날 알게 되었는데 이모님은 외할머니와 함께 이 집 저 집 떠돌다가 세월이 흘러 큰아들이 일본에서 돈을 보내와서 여수우체국 앞에 있는 기와집 한

여수종중 12회 벗들이 함께(1963. 2)

채를 샀다는 것이다. 방이 세 개가 있는 그 시절 집으로는 그럭저럭 괜찮은 집이었다. 학생은 네댓 명이 기거하고 있었는데 세포리 학생도, 백야리 학생도 아는 학생은 다 아는 사실이다.

나는 그 집에 가서 공부도 잘하고 있었는데 어느 날 갑자기 말 못할 또 다른 사정이 생겨서 다시 집을 구하여야 했다. 그리고 당장 방세를 준비하고 또 쌀도 사야 되는 형편인데 생각보다 너무 비싸서 우리 집 형편으론 도저히 안 되겠다는 실망어린 아버지의 말씀을 들어야 했다.

나 또한 별 수 없어 고민하고 있던 차에 구두를 제작하는 박 사장님이 내 처지를 알고는 자기네 집에 빈방이 있다면서 우리 아버지께 말씀해 본다고 하는 것이 아닌가. 이틀 후에 허락을 받고 고소동 꼭대기 집으로 향했는데, 그 집은 기성화 구두를 제작하는 곳이었다. 종업원은 서너 명으로 많지는 않았지만 내 방 앞에서 탕탕 망치

를 두드리며 못도 박고 다듬질을 하면서 야간 일까지 하는 것이었다. 그래도 방은 공짜이니 감지덕지할 수밖에….

아무튼 이 집에서 학창시절로 기억나는 것이 같은 종중생 3명이서 저녁이면 공부를 하였는데 동기생 박강철은 공부는 안하고 만화에만 푹 빠져 있었다. 그 밑 동생들은 그런대로 공부는 잘했다. 나는 자취 생활하느

라 집에서 쌀 한 말에 김치와 된장 등을 가져왔고 땔감은 동정시장에서 구입했다. 때로는 안집에서 밥을 얻어먹기도 했고, 또 가끔은 안집에서 반찬도 챙겨 주었다.

어느 일요일에 안집에서 라디오를 듣고 있는데 박강철 학생이 교복 속주머니에서 용돈을 훔쳐가서는 만화도 보고 군것질을 하고 들어오는 것이 아닌가. 주인아저씨한테 말했다가는 내가 그 집에서 나와야 될 것이고, 또 강철인 학교도 못 다닐 정도로 매를 맞을 것이었다. 내가 아는 박 사장님의 성격이 보통이 아니었으니까.

내가 참고삼아 박강철에게 내가 본 대로 이야기하니 묵묵부답으로 앉아 있는데 앞으로는 이런 행동하면 절대 안 된다고 좋은 말로 타일렀다. 그 후로는 이런 일 없이 학교에 충실히 잘 다녔는데 졸업한 뒤 고등학교는 어디로 갔는지 모른다.

박 사장님은 군에서 제대하고 구두 수선하는 곳에서 재봉틀과 싸우며 기성화 판매도 하고 구두 수선도 하며 그 수입으로 생계를 이은 것이다.

그래도 박 학생은 작은아버지 덕에 시청 직원으로 근무했고, 또 이 집안은 열사의 집안이라서 그 덕에 작은아버지도 처음에는 고소동으로 발령이 나 근무했다.

이모 결혼식 때 아버지가 만나자고 하여 찾아가니 이모가 결혼했으니, 아버지 생각으로 나는 우인으로서 참여해도 된다는 것이었다. 신랑댁은 고소동 우리 집에서 200m 정도 떨어져 있었는데, 나는 결혼식 집에 가는 것이 처음이라서 아무 것도 모르는 채 따라가보니 차려진 음식이 이만 저만이 아니었다. 무엇을 먹어야 할 줄도 모르고 맨 처음에 잡채를 먹었는데 맛이 대단했다. 이렇게 맛있는 음식은 처음이라서 한없이 먹고 또 먹으며 이것저것 배불리 먹었다. 그래선지 지금도 잡채는 내가 제일 좋아하는 음식이다.

당시 이모부 되신 분의 직업은 없던 것으로 기억되고, 또 얼굴은 잘 생긴 호남에다 후리후리했던 걸로 기억되는데 후일에 이혼하였다. 그 후로는 서로 소식을 모르는 남남이라서 나도 관심 밖이다.

아무튼 나는 박 학생의 집도 떠나야 할 신세다. 박 학생의 작은아버지가 순천에서 여수로 발령이 나 고소동 동사무소에 근무하게 되는 바람에 인근에 있는 형님 집, 바로 박 학생의 집으로 오게 되어 나로서는 어쩔 수 없이 또 방을 비워 주어야 했다.

나는 다시 아버지에게 이 사정을 말씀 드렸고, 아버지는 중앙초등학교 앞에 집안 5촌 당숙이 찐빵집을 운영하고 있다며 그 집 뒤쪽에 있는 삼각형방으로 옮기라고 하셨다. 그곳은 우리 학교 선배님 방인데 같이 공부해도 된다는 것이었다. 그 선배님은 공부는 안 하고 운동에 주력하는 분으로서 별도로 신경 쓸 일은 없는 것 같았다.

아무튼 당숙아저씨 집으로 이사를 하고 보니 밖은 떠들썩한 데다 빵집이라서 그런지 손님들이 나누는 소리와 밀가루 반죽소리에 정신이 산만하여 공부가 되지 않았다. 그러다 바로 앞집에 학교는 달라도 3학년 학생 2명이 있었는데 그 학생들과 친해져 나는 학교가 끝나는 대로 앞집으로 달려가 부지런히 공부를 하였다. 그 집은 부잣집이라 가끔 간식도 주고 또 밥도 준 고마운 집안이다.

중학교 3학년 때 수학여행을 지리산으로 갔는데 집안 형편이 어려워 돈을 제대로 주지 않는 바람에 그동안 할머니께서 조금씩 주신 용돈을 모아서 수학여행만큼은 가기로 했다.

지리산 화엄사는 큰절 입구에는 늙은 매화나무가 있고, 경내로 들어가니 일주문 안에 두 눈을 부릅뜬 장군이 칼로써 찌를 것만 같아 무서워 놀란 채 재빠르게 통과했다. 대웅전 앞에서는 석가탑과 석등 곳곳을 돌아보며 친구들과 어울려 사진도 찍었다. 처음 찾아보는 절이지만 산속 깊이 자리 잡은 데다 좌우로는 높은 산이 둘러쳐져 있어 안정감을 주는 것이 그야말로 명당이었다.

저녁식사 후 커다란 방 하나에 한 반씩 배정을 받았는데 그 안에서 노래 부르고 춤도 추며 신나게 놀다가 잠도 잤다. 새벽 4시경에 기상하여 지리산 정상으로 걸어가는데 두 시간 동안 올라가니 노고단 정상이 있고, 큰 도랑에는 맑은 물이 유유히 흘러내려가는 것이 보였다. 저 멀리서는 불교신자들이 공부하는 소리가 들려오고 있는데 큰 나무는 보이지 않는다.

시간이 여의치 않아 정상까지는 못 올라갔지만 구례는 저 멀리에

내려다보이는데 인솔 선생님의 내려가자는 소리에 골짜기를 따라 내려와 숙소에 오니 저녁이다. 지금은 차가 노고단까지 올라갈 수 있어 시간이 그렇게 많이 소요되진 않을 것이다. 세상은 빠르게 변하고 하루가 다르게 변하는데 이런 행복도 잠시뿐이런가.

어느 날 당숙아저씨가 운영하던 빵집이 적자를 못 이겨 집마저 처분하고 다른 곳으로 이사 가야 한다고 알려왔다. 나도 마찬가지로 중학교를 졸업할 무렵인데 집에서는 졸업하는 대로 집으로 오라는 것이었다. 돈이 없으니 고등학교 진학은 포기하라며 생활비도 안 주었다.

그래도 할머니는 집에 가면 용돈만큼은 적게 주실지라도 한 번도 거른 적이 없었다. 할머니의 그 은혜는 말로써 표현하지 못할 정도라서 그저 감사하다는 마음만 평생토록 가슴 깊이 간직하고 있다.

아무튼 무작정 집으로 철수할 수는 없다는 생각에 자취 과정에서 만나게 된 나보다 나이가 한 살 위인 여성, 그분을 누나로 호칭하고 S누나로 부르며 지내고 있었는데, 내가 처한 사정이야기를 나누다 이 누나가 아는 집에 방이 한 개 있다고 해서 가보니 내 고향 학생들도 머무르고 있었다.

그 집은 여수시 동산동 성당 위쪽에 있는 일본식 집으로 큰방은 그 집 할아버지와 할머니가 살고 있었고, 한쪽 방은 처녀분과 여고 생이 살고 있었다. 너무도 가난한 집 처녀가 공공일터에 나가 밀가 루를 타 와서 수제비로 생계를 잇고 있었고, 여고생은 뒷날 버스 안 내양으로 근무하게 된다.

어쨌든 빈방 하나를 얻어 나만의 자취생활은 지속되었는데 처음 엔 밥 먹기가 조심스러웠다. 안집은 가끔 아침을 안 먹는데 아마도 한 끼니 거를 참인 것 같기도 했다. 나는 그때 생활이 좀 넉넉해져서 쌀도 주고 연탄 값도 주곤 했다. 아버지께서 바다에 나가 오징어, 장 대 등등의 생선을 잔뜩 가져오면 안집에도 나눠주었다. 맛도 제 격 이었다.

그런데 만나면 헤어진다고 얼마만에 그 집도 떠나야 할 사정이 생 겼다. 그 집 아들이 군에서 제대하니 비워달라는 것이었다. 제대 후 바로 애인과 같이 살 신혼방이 필요했던 것이다.

또 다시 누나한테 사정 이야기를 하였더니 우선은 갈 데가 있다고 한 번 가보라고 했다. 해서 다음날 그 집을 찾아가 보니 그 과정이 참으로 무어라 형언할 수 없는 정도였다. 부두에서는 6㎞ 떨어져 있 었고, 그곳에서 학교까지는 5㎞ 떨어진 곳이었다. 여수중학교에서 도 한산도 절이 가까운 동네, 하지만 돈은 없고 맘 편히 갈 곳도 없 는 처지라서 별 수 없이 그곳으로 갈 수밖에 없었다.

사실 그곳은 누님과 애인이 모친 몰래 여수시내서 떨어진 곳에 방 을 얻어 살림하던 것이 탄로가 나 비우게 된 곳이다. 하지만 계약기 간이 남은 상태라서 내가 들어가게 된 것인데 어쨌든 마음 써 주는 누나가 고마웠다. 학교는 빠지지 않고 갔다 왔다. 부두에서 멀어 쌀 과 반찬, 나무 등을 공급해 오는 것도 쉽지 않았다. 그러나 그마저도

3개월 정도 있으니 집주인 아들이 외국에서 아스팔트 공사를 마치고 귀국하니 또 비워달라고 한다. 또 다시 누님한테 말하는 수밖에 없었다.

며칠이 지나고 온 학교 밑 400m 아래 기와집. 그 집은 누님 집과 직선거리는 50m 정도 떨어져 쉽게 오갈 수 있었다. 가끔 누님이 반찬도 갖다 주고, 나 또한 누님의 엄마도 아는 상황이라 누님 댁에도 가 보곤 했다. 그렇게 한 달쯤 지났는데 우리 학교 3학년 선배가 밤 11시에 찾아와서는 이 집에서 나가라는 것이었다. 무슨 이유냐고 물었더니 누님과 애인이 될까 봐 그런다고 한다.

다 아는 처지이지만 사랑에 질투하는 것을 누가 말리겠는가. 실현 누님과 한 살 차이인 나는 사실 애인 관계로 발전시킬 생각은 추호도 없었다. 아무튼 갈 곳은 없지만 이사하기로 약속했다. 그러고는 학교에서 500m 떨어진 곳에서 고향 친구의 형이 운영하는 백화세탁소를 찾아가서 내 집안 형편과 그간의 사정을 이야기하였다.

"형님, 난 중학교를 졸업하고 고등학교도 가야 하는데 부모님은 반대를 해요. 어쩌면 좋죠?"

"너 하나만큼은 천번 만번 가르쳐야 된다고 생각하는데 네 동생이 여덟 명이나 되고 또 그 동생들도 먹고 살아야 하니 포기하라는 것 아니겠냐? 언제 시간 되는 대로 중앙동에 가면 할아버지 되시는 분이 자전거포를 운영하니 자전거도 수리하고, 판매도 하며 기술을 배워라. 그러면서 도시생활을 하면 되지 않겠니? 고등학교 진학은 미련 없이 포기해라."

하지만 나는 고등학교 진학을 포기할 수 없어 버티고 있었는데, 할머니께서 얼마나 아버지에게 장손 고등학교는 보내자고 재촉하는 바람에 무조건 입학은 하게 되었다. 그런데 입학금은 주셨지만 두 달이 지나가도록 납부금은 안 주셨다. 생활은 세탁소에서 밀보리밥에 김치 한 가지로 버티며 지냈다. 방은 겨우 둘이서 잘 수 있는 공간이다.

학교에서는 담임선생님이 거의 매일 납부금 재촉을 하는 바람에 더 이상 머리를 들고 다닐 수가 없어 학교를 포기하기로 마음먹었다. 자포자기 상태로 근 한 달 동안 결석을 하니 반 친구가 내 사정을 담임선생님께 알리게 되었고, 담임선생님께서 세탁소 쪽방에 나를 찾아와서는 면담을 하였다. 나는 학교야 가고 싶지만 부모님께서 납부금을 주지 않으시니 어쩔 수 없이 등교를 포기할 수밖에 없다고 내 사정을 말씀드렸다.

담임선생님께서는 우선 학교는 나와서 공부를 하고 납부금은 후일에 내라는 것이다. 이 말씀을 들은 나는 다음날부터 매일 학교에 갔다. 그리고 열심히 공부하여 안 선생님이 가르치는 과목만큼은 거의 다 88점 이상을 맞았다.

고등학교 시절

우리 집에서는 보리농사가 우선으로 취급되어서인지 우리 마을에서 3번째로 보리농사를 많이 지었다. 보리 수확이 끝나면 보통 100가마 이상 쌓아두는 집이었는데 그해 봄비가 많이 오더니 보리를 전부 적셔 썩히는 바람에 탈곡할 보리가 없게 되었고, 그 때문에 형편이 매우 어려워져 끝내 학교를 포기하게 되었다.

그래서인지 그해는 거의가 고구마를 주식으로 삼았는데 우리 집은 논농사가 다른 집보다 잘 되어 수확이 좋은 편이었다. 다른 집은 삼시세끼 모두가 고구마를 주식으로 삼을 정도였다.

그 여파로 다음해에는 보리를 탈곡할 때가 상당히 멀었는데도 배를 곯아 지친 상태가 되어 보리가 채 익기도 전에 베어서 불에 살짝 익힌 다음 털어서 보리방아를 찧어 깡보리밥을 해먹고 사는 집도 꽤 많았다. 가끔 시골 가면 보리를 베어서 끄슬르는 바람에 얼굴과 손이 검은 사람을 종종 보았다.

세탁소에서는 여러모로 복잡해서 도저히 공부에 집중할 수가 없었다. 학교 갔다 오면 손님들이 자리를 차지하고 있고 그 분들과 열심히 이야기하는 형님, 그 와중에도 친구분들이 끊임없이 찾아온다. 그때 오간 손님 중에 특별히 생각나는 한 사람이 여자와 놀고 먹던 이야기를 자랑삼아 떠벌리곤 했는데 마무리는 군대생활로 하곤 했다.

제대 후에는 서울로 상경하여 동기친구들의 모임인 갑계는 몇 번 참석했어도 그 후 고향을 떠나 생활하느라 갑계 참석을 포기한 적이 많았다.

고등학교 2학년 때 누나와 친구분들, 그리고 그 누나 애인 등 4명이 설날을 기하여 찾아와서는 설을 보냈다. 누나 친구와 세포 처녀들이 우리 집에서 술과 과자를 먹으며 하루저녁을 즐겁고 재미있는 시간을 보냈다.

고등학교 가을소풍

그리고 다음날 누나 애인과 친구분은 여수로 돌아가고 누나는 우리 집에 남아 며칠 동안 먹고 지냈다. 우리 할머니와 어머니도 그 누나를 좋아하며 함께 즐겁게 시간을 보냈다.

사실 누나 일행들이 내 학창시절에 여러모로 도움을 주었던 분들이다. 그런데 우리 동네에서는 내 애인이 온 줄 알고 야단법석이었지만 누나에겐 애인이 있었고, 나는 그들의 도움을 받는 형편이었다.

고등학교 시절에 누나네 집은 밀수장사로 돈을 많이 벌어 잘 사는 편이었다. 초등학교 3학년짜리 동생이 있었고, 아버지는 없었다. 누나 애인은 누가 봐도 비호감에 반대할 정도로 검은 얼굴에 험상궂게 생겼다. 직업은 갑판사로 누나와 같은 학교 일 년 선배였는데, 결국은 주변의 반대에 못 이겨 헤어지고 말았다.

우리 집 형편을 이야기하자면 할아버지의 밥만큼은 보리쌀에 쌀이 반 정도 섞인 정도였고, 나머지 식구는 꽁보리밥에 점심 식사는 삶은 고구마가 주식이었다.

때때로 뼈대기죽으로 끼니를 해결하곤 했는데 그나마 그 죽은 좋은 편이었다. 죽 속에 들어 있는 쌀과 콩이 상당히 크기에 씹을수록 달콤한 맛이 우러났다.

우리 마을은 3분의2가 고구마를 주식으로 하는 집이었다. 고구마도 없는 집은 아침이면 잘 사는 집으로 밥 동냥을 가서 고구마와 보리밥을 얻어먹었다. 쌀농사가 없는 집은 가을에 지붕을 덮을 이엉을 마련하기 위해 평소에 일을 해 주고 그 대가로 볏짚을 가져가기도 했다.

가난한 집 아이들은 초등학교만 졸업하면 곧바로 서울이나 부산으로 떠나서는 피와 땀으로 노력하여 끝내 후일에는 잘 살게 된다. 어린 아이 시절을 생각하고 절약하는 버릇이 뼈에 사무쳐 객지에서 공장 일을 하거나 자동차공업사일, 심지어 중국집 배달원으로 근무하다 훗날에는 사장으로 탈바꿈하여 잘들 살고 있다.

고향을 지키며 눌러앉은 사람은 현재 별 볼 일 없이 평범한 세상을 살아가고 있다.

사실 공부에 열의가 있는 사람은 사회에 나와서도 출세를 하거나 나름대로 성공을 한다. 지금은 우리나라가 살기 좋은 나라가 되어 고등학교도 의무교육이 되었다.

우리 때는 동네에서 최고로 잘 사는 집의 자식들이나 고등학교에 진학할 수 있었고 대부분이 초등학교도 제대로 졸업하지 못한 채 생활전선에 내몰려 객지로 떠나곤 했다.

고등학교 2학년 때 봄소풍 날인데 나와 친구 4명은 소풍을 포기하고 별도로 흥국사에 놀러 갔다. 그날이 마침 사월초파일이라 사람들이 얼마나 붐비던지…, 아무튼 절구경도 하고 친구들과 술도 많이 마시며 놀았다. 고성으로 노래도 부르고 학생의 신분으로 해서는 안 되는 춤도 추었다.

옷도 사복으로 갈아입고 절을 나와서는 친구네 집으로 걸어가고 있을 때였다. 앞에 처녀 두 분이 점잖게 모자를 쓰고는 걸어가는 모습이 보였다.

순간 장난치고 싶은 심술이 솟아난 나는 먼저 달려가서는 모자를 벗겨 빤히 쳐다보며 놀리고는 다시 덮어 씌웠다.

그리고는 아무 생각 없이 그 길로 하치리의 윤선이 친구네 집으로 찾아갔다. 그날 저녁에 그 동네 처녀들이 와서는 열두 시가 넘도록 재미있게 놀았는데 술도 많이 마셨는지 아침이 되어서야 정신이 번쩍 들었다.

서둘러 아침을 얻어먹고서 덕양까지 걸어 나와 버스를 타고서 군자동 자취방으로 돌아왔다. 마침 어머니께서 사월초파일이라 동네분들과 함께 절에 왔다가 절에서 밤을 지내시고 나를 보러 내 자취방으로 오셨는데 그간의 소식을 전해 주시고는 시골로 돌아가셨다.

저녁이 되어서 학생들이 공부를 마치고 책을 보고 있는데 노크소리가 나서 들어오라고 하니 여학생이 문을 열고는 시집 한 권을 주고 간다. 그 집은 어제 절에서 본 영란 학생의 집으로 무역선을 운영하는 부잣집이다.

그러나 그 학생은 내 마음이 끌리지 않는 얼굴이라서 책만 받았고, 후에도 한두 번 더 찾아왔지만 그냥 돌려보내고 더 이상 만나지 않았다.

그 후 어떤 여자분이 찾아와서는 기억 나냐고 묻기에 잘 모른다고 대답하니 홍국사에서 모자 벗긴 여자라고 하는 것이 아닌가. 그때서야 기억이 나 정중하게 사과를 하였더니 돌아간 후일에도 가끔 찾아와서 같이 놀다 보니 서로가 호감을 갖게 되었다. 밤 11시가 넘었을 때는 담을 넘어오기도 했다.

그녀는 거문도가 고향이고 이모네 집에서 편물학원에 다닌다고 했고, 얼굴은 둥근 형에 몸은 좀 뚱뚱한 편이었다. 꼬리가 길면 밟히는 법, 결국 그녀가 드나드는 사실을 주인집도 알고 앞집 형까지 알게 되었다.

그녀는 주인집과는 먼 친척이었고 앞집 형수님과는 가까운 사이로 아는 처지라 나는 남녀간의 정도 나누지 못하고 그녀를 떠나보내야만 했다.

왜냐하면 앞집 형은 독자인데, 그 때 그 시절에는 장남에게 자식이 없으면 구박이 이만 저만이 아닌 데다 형수께서 교동 창녀촌에서 만난 여자다. 당시 부모님은 자식을 재촉하고 앞집 형은 견디기 힘들어 집을 떠나면서 애인을 구슬러 같이 단봇짐을 싼 것이다.

형수님께서 연락을 해 와 일요일 날 찾아가니 교동 창녀촌이다. 형수님이 그녀에게 전에 있던 집에서 만나라며 여기에 있지 말라고 아무리 말을 해도 소용이 없었다.

다음날 마산으로 떠난다며 편지 한두 장을 남겼는데 마산으로 가서는 다방 일을 한다고 전해 들었다. 그 후 몇 년이 지나 군대를 제대하고 찾아와 보니 부산에서 결혼하여 살고 있다고 주인 집 아주머니가 알려 주었다.

최 학생은 기계과 학생인데 한글도 제대로 못 쓰는 학생이다. 그래도 연애는 잘한 것 같다. 그에게 온 연애편지를 보고서 답장은 내가 연애하는 마음으로 써줬다. 그 여학생은 여수고등학교 동급생이었는데 결국은 헤어지고 말았다.

훗날 가까운 친구와 결혼하여 교회에서 서로 만나기도 하고 또 다른 분과 교회에 다니기도 했다는데…, 연애를 하려면 교회로 가라던 권유가 허상은 아닌 듯싶다.

어쨌거나 나는 연애 한 번 제대로 못하고 공부만 하다 졸업을 하였다. 동기들 중에서 고등학교 때에 연애한 사람은 한 명도 없었고 결혼한 사람도 없었다.

2학년 때에 학교장 추천으로 측량경진대회가 있어 처음으로 광주행 버스를 타고 4시간 만에 도착했다. 여수에 비하면 얼마나 큰 도시인지 조선대학교를 보니 그렇게 멋있을 수가 없었다.

두 명이 일개 조로 여인숙에서 잠을 자고 조선대 부속 공업고등학교에 갔는데 여수공고에 비하면 규모면이나 시설면에서 천지 차이였다.

그 곳에서 전남공고 토목과 학생들과 경진대회를 하는데 우리 학교 대표로 두 명이 한 조가 되어 평판측량을 하는 데는 동등한 편이었다. 네 벌 측량에서는 뒤쳐졌다.

조선대 부속 공고생이 잘 한 것 같다. 100m 가면 150m 차이로 앞서가는데 도저히 상대가 되지 못했다. 우리는 등수내 입상은 포기했다. 중요한 것은 학교 대표로 간 것만으로도 학교에서 실력을 인정받은 것이다.

학교로 돌아온 그 다음날부터 군청에서도 원본과 같이 도면 그리는 작업을 일주일 정도 했다. 점심은 짜장면을 먹었다. 그 다음 주부터는 군청 정직원과 같이 여천군 쌍봉면 일대를 돌면서 경계 분할 측량을 했다.

그때는 자가 대줄이었다. 평판 가방을 메고서 고을마다 찾아갔다. 밤이면 이장 댁에서 자고 식사는 측량하는 집에서 해결했다. 고을 음식을 특별하게 대접받다 보니 저마다 색다른 맛을 지닌 대단한 음식이었다.

일주일이 지나면 여수로 돌아오는데 여수에 오면 무조건 중국집에서 탕수육을 먹었다. 토요일과 일요일은 쉬고서 월요일에 군청에 들어가서 보고하고 또 다른 마을로 향한다.

배정된 마을에 가면 우선 군청 일을 하고 개별적으로 농지 경계 감정을 하게 되는데 근 한 달 월급짜리 산을 측량하러 별도의 산골 마을을 찾아간다. 그러면 군청 정직원은 많은 돈을 벌게 되는데 내게는 한 푼도 안 준다.

어디 그것뿐인가. 내 월급까지 반은 학교에서 가져가고 나머지는 정직원이 싹쓸이해 간다. 아무리 학생 신분의 계약직이라지만 월급의 반만이라도 주어야 마땅할 텐데 정직원 혼자서 독차지해 버린다.

후에 알게 된 바이지만 그 직원은 그해 엄청나게 많은 돈을 벌었다. 삼산면만 빼고는 여천군 고을고을을 돌아다니며 매일 경계 감정을 한두 건씩 하였으니 과외 수입이 실로 대단했던 것이다.

6개월을 하고 보니 그 일도 끝이 났다. 학교 공부는 거의 못한 채 3학년이 되고 보니 학과 실력은 상당히 떨어졌다. 그래도 평소에 쌓아 둔 실력이 있어 상위권은 유지하였다.

신 학생은 중학교 2학년 때 만나서 졸업할 때까지 나와 한 의자에 앉아서 생활을 했다. 신 학생의 작은아버지가 우리 학교 선생님이셨다.

그는 고등학교를 토목과로 진학하였지만 나와 같은 토목일은 안 하고 ROTC 공부를 해서 장교로 간 것을 후회하며 지냈다. 후회가 많아도 소용없는 법, 필요 없이 시간만 낭비한 것이다.

담임을 맡으셨던 안 선생님은 내가 3학년에 올라가면서 광주에 있는 전남 도청에 취직하여 우리 학교를 떠나셨다. 참으로 고마운 선생님이시다.

이 선생님이 없었다면 나는 고등학교를 졸업 못하고 중퇴한 채 고등학교 문턱만 바라보고 말았을 것이다. 여러모로 실력이 대단한 분으로서 공부도 잘 가르치셨는데 나로서는 그저 감사하다는 말 밖에 드릴 것이 없다.

3학년이 되면서 담임으로 박 선생님이 부임하서서 납부금 미납자에게 항시 독촉이나 하고 공부는 안 선생님 반도 안 시킨 채 이럭저럭 졸업은 눈앞에 닥치고 보니 앞날이 막막했다. 말만 고등학교 졸업이지 직업은 잡히지 않아 막막한 상태에서 별 수 없이 졸업은 하고 집에서 잠깐 쉬고 있었다.

그러던 차 고등학교 친구의 형이 측량을 맡아서 같이 일하자고 해서 승낙을 하고 합류했다. 한두 달쯤은 우리 마을 측량을 하기로 하고 우리 마을로 들어가니 이장이 시킨 일로써 국가 소유지를 자기네 땅으로 변경하는 일이었다.

3명만 보증하면 국유지를 사유지로 변경할 수 있는 쉬운 일이고 공짜 땅을 챙기는 일이다. 우리 아버지가 보증인이고 이장과는 친하셨다. 우리 동네 일을 맡아서 보는 이장님, 측량을 하는데 야산 봉우리는 이장이나 알 지 누구도 모르는 사실이다.

나는 한 곳을 알아서 삼섬을 하려고 하는데 그 섬이 무엇에 필요한 것인지 모른다. 바닷물이 썰물일 때는 섬이고 밀물일 때는 물에 잠겨 바다가 되는 섬이다. 별다른 생각조차 안 한 채 몇 년이 지나고 보니 황금덩이 땅으로 변해 버렸다.

면사무소 직원은 봉화산과 산전과의 사이가 어마어마하였다고 하는데 산도 풀밭으로 변해서 나무는 가끔 있었다. 그 시절엔 생각도 못한 땅이다. 만평 정도 되었는데 그 측량을 3일 동안 하고서 대접은 잘 받은 기억이 난다. 훗날 그 땅이 골프장으로 변해서 그 분은 큰돈을 벌었다고 하는데…, 사람은 장래를 볼 줄 알아야 부동산 투기도 하고 사는가 보다.

측량일도 2달 만에 끝이 났다. 또 다시 실업자가 되어 집에서 며칠을 머무는 사이에 아버지가 원포산에서 나무를 베다가 기자에게 걸려서 집으로 쫓겨 오신 것이다. 기자 분은 바로 염광중학교 다닐 때 선생님으로 나를 알아보는 것이 아닌가.

선생님과 인사를 나누면서 그날 하루는 무사히 지나고, 내게 직업이 있냐고 물으시기에 없다고 대답했더니 시간이 되면 신문사 일을 도와 달라고 하신다. 나는 지체 없이 "예" 하고는 다음날 곧바로 여수시 관문동에 있는 사무실로 갔다.

가서 보니 지국장이라고 하는 분이 있었는데 그는 사이비기자로서 농촌에 다니며 기자 행세를 하면서 불법을 저지르는 사람들에게 금품을 갈취하는 그런 사람이었다. 물론 기자증은 소지하고 있었지만 공식적인 취재를 하고 기사를 쓰는 것은 보지 못했다.

그저 하는 일이라곤 신문배달원 관리하고 우편물로 신문 보내는 작업이 전부라서 오전만 하면 일은 없어 오후에는 친구 만나는 일이 전부였다.

하루는 부둣가를 지나는데 외삼촌 배가 경찰한테 잡혀서 우왕좌왕하는 모습을 보여 내가 쫓아가 사건 내용을 물어보니 무등록선이라는 것이다. 담당 경찰에게 내 신분이 중앙일보 기자라고 밝히고서 이 배는 돌려보내 주라고 하니 두말없이 보내주는 것이 아닌가. 당시 나는 진짜인지 가짜인지는 몰라도 신문사에서 만들어 준 기자증을 소지하고 있었다.

아무튼 내 기자증 덕을 톡톡히 본 셈인데 그 사실이 날개를 달고 우리 마을에 쫙 퍼져 버렸다. 그리고는 너도나도 사사로운 민원을 부탁해 오는데 나 자신이 감당할 정도가 아니었다. 그야말로 사기를 칠 줄 알아야 하는 일이다. 나는 내 양심이 허락하지 않아 이 일도 6개월 만에 정리하고는 그만 집에서 쉬는데 이장님께서 군 입대 영장을 갖고 왔다.

군대 시절

나는 이장님께 우리 식구 누구에게도 알리지 말라고 부탁했다. 하지만 비밀은 없는 법, 설날이 닥치면서 아버지께서 내 입대 일자를 아시고는 왜 말도 없이 군대에 가려고 하느냐며 무척이나 섭섭해 하셨다. 군 입대일이 정월 초나흘이란 사실을 온 식구가 알고 동네 전체로 퍼져서 군대 잘 다녀오라는 인사받기에 여념이 없었다.

그럭저럭 설을 잘 보내고 입대 전날 머리는 삭발하였다. 그리고 그 길로 우리 인근 마을 또래 친구들과 같이 광주로 갔다. 거기서 학양면에서 온 친구들과 어울려 술을 조금 더하고 여인숙에서 자고는 다음날 택시를 타고 상무대 31사단으로 향했다.

31사단 연병장에 모여서 한 사람씩 호명되면 뛰어나가 줄을 서서 부대로 가는 순간부터가 일단 훈련병 신분이다. 3중대 3소대로 배정받고 막사에 들어가서는 팬티까지 몽땅 벗고서 군복으로 갈아입었다. 그것도 제한된 짧은 시간 내에 조성된 공포분위기 속에서 신속하게 이루어졌다. 그 순간에도 나는 집에서 떠나기 전에 삼각팬티 안쪽에 조그마한 주머니를 만들어 꼬깃꼬깃 돈을 넣어 주신 것을 조교 몰래 꺼내 잘 감춰두었다.

벗어놓은 사복은 부대에서 지급해 준 봉투에 꼭꼭 눌러 넣고는 집으로 보내게 겉에 집주소와 아버지 성함을 적었다. 그리고 지급받은 관물을 요령껏 정리 정돈하였다. 사실 그 순간까지 조교가 어찌나 몰아붙이던지 정신이 하나도 없었다. 점심식사는 내무반에서 정해진 식사당번이 배식을 끝내고 "식사 시작!"이라는 구호와 함께 세 숟가락을 뜨는 순간에 "식사 끝!"이라는 명령과 함께 "식기 들고 기상!"이란다.

훈련병 모두는 군기가 바짝 들어 순식간에 벌떡 일어나 줄을 서고는 식기세척장으로 향한다. 대략 50m 거리에 우물과 함께 식기를 세척할 수 있는 세제라든가 수세미 등이 비치되어 있었다. 우물에서 1개 중대 병력이 늦게 돌아오면 기합인데 밥은 언제 먹겠는가. 요령이 있으면 식기세척장으로 가는 동안에도 먹는다. 밥에 국을 합해서 마시는 것으로, 걸어가면서도 충분히 가능하다. 역시 동작이 빨라야 군대에서는 먹고 살 수 있다고 하지 않던가.

저녁에 하는 일석점호 때는 관물 정돈상태를 보고, '군인정신'이라든가 '군인의 길' 등 군인으로서 암기하여야 할 필수 사항을 잘 외우고 있나 점검한다. 또한 제식훈련이라든가 총검술, 사격훈련, 화생방훈련 등의 실기사항은 일과시간에 연병장에서 받는다.

저녁때는 자유시간을 틈타 PX에 가서 빵과 떡 등을 사먹는다. 짬밥만으로는 배가 고파 견디기 힘든 정도라서 꼬깃꼬깃 숨겨둔 비상금을 꺼내 쓰는 것이다. 하루는 PX에서 2주 전에 입대한 동갑내기 동생을 만나서 무척이나 반가웠다. 하지만 군대문화라는 것이 하루만 빨라도 반말을 할 수 없을 정도로 분위기가 사회와는 엄청나게 달라서 주변을 살피며 조심스럽게 잠깐 만나고 헤어졌다.

내 옆에서 함께 생활하는 훈련병은 담배 골초라서 3일에 한 갑씩 지급되는 담배로는 부족해서 내 담배도 가져다 피웠다. 나는 담배를 피우지 않기 때문에 동료에게 내 몫의 담배를 주고 그 대신 빵으로 보상받는 것도 나쁘지 않았다.

그러고 보니 고등학교 시절, 담배 때문에 교무실에 불려가서 자술서를 썼던 기억이 난다. 어느 날 조회시간에 소지품을 검사하는데 내 주머니에서 담뱃갑이 나온 것이다. 사실 나는 담배를 피우지 않기 때문에 당당했는데 선생님은 쉽게 인정하지 않는 것이었다. 세탁소 형님 집에서 머무르던 시기에 형님께서 벽에 걸린 내 교복이 자기 옷인 줄 알고 무심결에 피우던 담뱃갑을 넣어두었던 것인데, 주머니를 살피지 않은 나는 조회시간에 꼼짝없이 걸려 끝내는 '담배는 절대로 피우지 않는다' 고 자술서를 쓰게 되었던 것이다.

훈련 4주는 무사히 마치었다. 그 힘든 훈련을 받으면서 특별히 생각나는 것이 있다. 각개전투 훈련은 연병장을 벗어나 야외로 30분 정도 걸어가서 교육을 받는다. 쉬는 시간에 잠시 화장실에 가면 타개보로 앞만 가린 상태라 옆 사람과 마주보며 이야기할 수 있는 형편인데 그 틈에 아주머니들이 나타나 빵과 떡을 사라고 소리친다. 변을 보고 있는 상황에서도 배가 고프니 돈 있는 훈련병은 그 빵이나 떡을 사먹으면서 변을 보기도 한다.

나도 그 화장실에서 떡을 사서 먹은 적이 있는데 교관도 눈감아주고 조교 또한 마찬가지였다. 그 안에서는 무슨 사정이 있기에 먹을거리 사는 것에 특별히 눈을 감아주는 것일까. 왜 훈련병은 항상 배가 고픈지…, 장교도 훈련 때는 역시 배고파한다. 사병이나 장교 모두 '훈' 자만 붙으면 똑같이 배가 허해지는 모양이다.

야외에서 훈련을 마치고 돌아오는 길에는 물이 얼마나 먹고 싶은지 행렬을 지어서 오다가 논이 보여서 급히 달려가서 논에 고인 물을 엎드려 실컷 먹고 나니 하늘이 밝아지고 비로소 살 것만 같았다. 물을 먹자마자 재빨리 달려 나와 행렬에 합류했다. 교관이나 조교에게 들키면 한바탕 기합에 뺨을 몇 대 맞는 것이 기본인데 안 들켜서 다행이었다.

다음날은 훈련 마지막 단계인 실사사격훈련이 실시되었는데 사로에 올라서니 마침 고등학교 2년 선배가 나타나서는 자기가 책임질 테니 따라오라고 한다. 방카에 따라가서 빵과 간식도 마음껏 먹고 놀았다. 훈련 시간이 끝날 때쯤 알아서 가라고 하니 얼마나 좋았겠는가. 그날 하루는 무사히 이야기하고 놀다가 사격이 끝난 뒤 중대로 합류하였다. 그리고 다음날의 실제사격에서 무사히 합격하였다. 사실 실사사격에서 불합격 받으면 유급이 되는데 막상 사로에서 표적을 보니 정신이 집중되어 거의 다 명중시킨 것이다.

다음날은 비로소 훈련소 6주 과정이 모두 끝나는 날, 퇴소 준비차 더블 백에다 관물을 담고 군화도 깨끗이 닦았다. 그리고 어느 부대로 배치 받을까 궁금해 하며 잠자리에 들었다.

훈련소에서의 마지막 날 아침을 먹고 나니 면회자를 호명하는 소리가 들려왔다. 설마 나에게 그 누가 면회 오랴 싶어 나는 아무 생각 없이 태연한 자세로 앉아있었는데 뜻밖에도 내 이름을 호명하는 소리가 들려오는 것이 아닌가. 밖으로 나와 둘러보니 내게로 다가오는 사람은 보이지 않고 호명받은 병사들의 행렬이 보여 합류해서 면회장으로 가니 아버님께서 기다리고 계셨다.

무척이나 반가웠다. 닭고기와 생선을 많이도 싸오셨는데 함께 입대한 강관영에게는 면회신청자가 없어 아버님께 강관영의 면회 신청도 부탁드렸고, 잠시 후 강관영과 함께 아버님께서 싸 오신 음식을 배불리 먹고서 부대로 돌아왔다. 그리고 곧 시작되는 퇴소식에 참석하기 위해 관물을 담은 더블 백을 지고 연병장에 모였다. 특별히 생각나는 사단장의 인사 말씀은 "단 한 사람도 탈락 없이 6주간의 훈련을 무사히 마친 것을 박수로 경하하며, 자대에 가서도 나라와 민족을 위해 충실히 근무하고 제대할 때까지 몸 건강하게 무사히 제대하기를 희망한다"는 것이었다.

다음은 한 명씩 호명하는 대로 해당 부대 차를 타고 실려 간다. 후방보다 전방부대인 101보충대, 103보충대로 뿔뿔이 흩어져 가는데 나는 경기도 의정부에 있는 101보충대로 배정받았다. 30명 정도가 군용차로 이동하여 해가 저물어가고 어디가 어디인 줄 모르는 상태가 되었다. 차창 밖이 안 보이고 또 그곳이 어디인지도 모른 채 도착하고 보니 앞산은 눈으로 뒤덮여 있었다.

늦은 저녁식사를 마치고서 식기를 씻기 위해 강가로 가니 얼음물에 손이 시렸다. 광주 31사단에서는 우물물로 식기를 세척하였고, 101보충대에서는 강가에서 식기를 세척했다. 그 시절에는 위생검사도 없이 식기를 세척해도 질병에 걸려 죽은 사람 하나 없이 잘 살고 있었다.

다음날 101보충대 3중대 소속으로 내무반에 대기하고 있었는데 누구와도 이야기할 동료가 없어 가슴만 답답하였다. 조금 있으니 이곳이 의정부라고 하는데 이제 전방으로 와서 고생문이 활짝 열렸다고 생각되었다.

그러다 그날 저녁 점호시간에 한 병사가 알몸으로 나타나서는 "내가 이 방의 방장인데 내 말 안 들으면 기합 한 번 제대로 받게 되고, 정말 안 들으면 뼈만 추려 집으로 돌려보낸다"며 있는 돈을 다 내놓으라고 협박하였다. 그리고 조금 있으니 기합이 시작되었고 그렇게 한참동안 뺑뺑이를 돌리더니 "나는 죄수로서 감방에 갔다가 이제야 나왔다"고 마치 무슨 큰 훈장이라도 받은 것처럼 으름장을 치고서 그날 하루는 마감이 되었다.

101보충대에서 20일 정도 지났을 때다. 어느 병장 한 명이 찾아와서는 카추샤부대로 갈 수 있는 방법이 있다는 것이다. 사실 카추샤에 가고 싶지 않은 병사가 어디 있겠는가. 나는 솔깃한 상태에서 그의 '돈 얼마나 가지고 있냐' 는 질문에 '얼마 있다' 고 하니 '그 돈 자기에게 주면 카추샤에 보내준다' 고 하는 것이다. 나는 아무 의심도 없이 주머니를 털어 그 돈을 건네주었다. 그리고 카추샤로 배치되어 간다고 마음은 붕 떠 있었다.

그러나 그도 잠시, 다음 날 호명된 자대는 1110야공단이 아닌가. 저녁에 도착한 1110야공단은 의정부와 포천 중간쯤에 위치한 공병부대로서 숲 속 깊이 있었는데 뒷산이 그 유명한 후고구려의 왕 궁예가 마지막으로 죽은 왕방산이다. 기대에 부풀었던 카추샤는 도로 아미타불이 되어 아득하게 멀어져 갔고 나는 돈만 날린 새꼴이 되어 버렸다.

그런데 1110야공단에서 10일 넘게 대기하고 있는데 부대 내에 보리카추샤가 있다는 말이 들려왔다. 그러면서 일행 중 4명은 보리카추샤로서 미군과 한국군이 함께 복무하는 파주 소재의 1대대로 간다는 것이었다. 그래서 나는 혹시 그 1대대로 배치되는 것이 아닌가 싶어 다시금 가슴 졸이며 대기하고 있었는데 126대대로 인사명령이 떨어졌다.

군용 트럭에 실려 126대대로 가는 길은 정말로 최전방 같았다. 가는 길도 비포장도로에 산을 넘고 물을 건너 탈탈거리며 가는데 이리저리 둘러보아도 민가 하나 보이지 않는다. 저녁 무렵에 126대대에 도착하니 역시 그곳에는 4명의 카추샤 자리는 없었다. 나는 사기꾼에게 돈만 날려 보낸 사실을 비로소 인정하였다.

126대대로 간 4명 중에서 일주일이 지나자 3명은 본부중대로 가고 나는 3중대로 배속되었다. 3중대는 독립중대로 지뢰를 매설하고 또 제거하며 폭파를 전담하는 부대로서 포천읍내에서 4.5킬로미터 정도 떨어져 있었다. 여기에 오니 전방은 상당히 멀리 느껴졌다. 그리고 126대대 본부로 가는 도로변에 위치한 아담한 부대로서 우물도 깨끗하였다.

도로변에 위병소가 있고 조금 뒤에 병기창고가 있다. 위병소에서 50미터 정도 떨어진 곳에 공구창고와 중대본부 사무실이 있고, 연이어 내무반이 같은 지붕 아래 위치해 있다. 그 옆으로는 PX와 이발소가 있고, 자재창고와 취사반이 연이어 있다. 뒤쪽 산으로 200미터쯤 들어가면 대전차지뢰가 5톤(1000개 분량) 정도가 보관되어 있는 화약고가 있다.

특히 화약고 보초는 벙커 속에서 근무한다. 대전차지뢰는 실로 무서운 무기다. 한 개만 폭파해도 큰 대전차가 산산조각 나는데 혹시 한 개만 폭파돼도 연쇄적으로 폭발하여 5톤이면 포천읍 소재지는 모두 사라지는 것이다. 사실 이렇게 중요하고 위력적인 무기를 1개 공병중대가 관리하는 것이 맞는지 의심스럽다. 낮에는 근무병 하나 없이 야간에만 근무를 서는데 그것도 비상시에는 주야간으로 내가 관리하였다. 돌이켜보면 나 자신이 꽤나 위험한 곳에서 막중한 임무를 수행한 느낌이다.

아무튼 자대배치 받던 날 야간에 3중대 본부에 도착하니 점호를 끝내고 중대 막걸리 회식을 하고 있었다. 부중대장이 주번사관이었는데 사무실에 가니 막걸리 파티가 한창이었다. 주번사관께서 "어느 학교를 졸업했냐?"고 묻기에 "여수공고 토목과를 졸업했습니다"라고 힘차게 대답하니, "이런 병이 우리 부대로 오기를 잘 했다"며 막걸리를 한 사발 따라준다.

나는 이제 갓 전입해 온 말단 졸병으로서 선뜻 받아 마실 수 있는 처지가 아니라서 망설이고 있는데 "사회에서 술을 얼마나 먹었는가?"라며 다시 묻는다. 나는 '조금 마신다'고 말하니, 본부 행정병이 '이 부대는 술 부대'라며 실컷 먹으라고 재촉한다. 오랜만에 본 술 한 잔을 단숨에 들이키고 두 잔을 주어서 또 마시고 세 잔째는 사양하였다. 부중대장은 경북대학교 토목공학과를 졸업하고 임관한 ROTC 중위라 두 달 후인 6월 말에 제대할 예정이다.

이 중대는 한 달간 소대 배치도 하지 않고 불침번도 없이, 또 초소 근무도 하지 않는 채 놀기만 했다. 그러다 아무 생각 없이 본부소대에서 2소대로 가게 되었는데 그 즈음부터 분대장인 이동열 하사가 저녁마다 배치과 뒤로 모두 모이게 하고는 빠따세례를 퍼부었다.

나는 영문도 모른 채 매일 맞기만 했는데 알고 보니 그는 장기 하사로서 월남 파병을 신청하여 수주 내로 월남행 배를 탈 예정이라고 했다. 아마도 전쟁터인 월남 땅에 가면 죽을지도 모른다는 강박관념이 이 하사에게 정신적으로 상당한 압박을 가해 심한 갈등을 겪고 있었던 것 같다. 그렇게 매일 저녁마다 밖에 나가 술을 퍼먹고 와서는 애꿎은 소대 병사들에게 화풀이를 한 것이다.

아무튼 나는 2소대로 가서 작업장으로 배치를 받아 현장에서 근무하였는데 '공병은 누가 뭐라 해도 공병'이라고 시멘트를 비비는데 손과 삽이 안 보일 정도로 숙달된 조교가 되었다. 그러다 어느 날 강진이 고향인 최 상병이 내게 다가와서는 조금만 있으면 사무실에서 행정병으로 일하게 될 것이니 참고 기다리라며 편히 쉬라고 이른다.

어떤 때는 덤프차를 따라가서 모래를 운반하는데 5명이 미제 군용 삽으로 퍼 올리면 5분만에 한 차 가득 채운다. 손이 안 보일 정도로 빠르게 할당량을 채우고는 쉬는 시간에 모래 한 차를 더 퍼 담는데 이 모래는 민간 사업자에게 돈을 받고 파는 것이다. 그렇게 생긴 돈으로 막걸리와 과자 등을 사서 우리 중대는 습관처럼 매일 저녁 점호를 마친 뒤 일상처럼 회식을 하였다.

그러구러 한 달이 지나가던 어느 날 중대장이 소원수리를 받는다고 집합을 시켰다. 사실 나는 훈련소에서 행정병 주특기를 부여받고 배치되어 왔던 터라 작업장에서 매일 막노동을 하는 것이 부당하게 느껴진다고 써냈다. 이틀 뒤 인사계 상사가 호출하여 행정반으로 달려가니, "자재계 조수로 발령하니 자재계로 가서 사수로부터 열심히 배워 유능한 사수가 되라"고 명하여, 나는 힘차게 "예!" 하고 물러 나왔다.

그날부로 나는 본부소대 자재담당 행정병으로 배치되었는데 당시 내 사수는 최고참 병장이었다. 최고참인 내 사수는 애인과 같이 잠도 밖에서 자고 아침이면 장교와 같이 출근할 정도로 자유롭게 생활했다. 군복이며 몸단장도 깨끗한 차림을 유지했고, 그가 관리하는 공구창고는 윤이 번쩍번쩍 날 정도로 깨끗했으며 공구 또한 찾기 쉽고 보기 좋게 잘 정돈되어 있었다.

작업장으로 불출된 공구들인 삽, 괭이, 망치, 톱 등등이 작업을 마치고 회수되면 일단 물로 깨끗이 세척한 다음 마른 걸레로 닦고 마지막은 병기 기름으로 광을 낸다. 그리고는 제자리로 옮겨지는데 자재창고에 있는 모든 자재가 찾기 쉽도록 일렬로 정리되어 있었다. 특히 시멘트, 목재, 합판, 페인트 등등이 시야에 곧장 들어오는 것이 크기와 높낮이마저 감안한 상태로 정리되어 있어 자재파악하기가 참으로 편리했다.

역시 군대 짬밥이란 것이 일도 안 하고 항상 노는 것처럼 보여도 고참 병장의 존재감은 실로 대단한 것이었다. 내 사수는 모자며 군복도 풀을 먹여 다리미질하여 각을 세웠고 늘 깨끗한 군복을 입고 있었다. 사실 장교도 그렇게는 못한다. 빨래도 자주 해야 하고 업무 자체가 녹록치 않아 더욱 그렇다. 내 앞에 근무하던 조수는 목포 출신의 윤 상병이었는데 군단으로 전출가면서 내가 그 자리를 차지하게 된 것이다.

아무튼 깔끔하기로 소문난 최고참 병장에게서 업무를 배우는 데 애로사항이 많았다. 우선 자재와 관련한 내용 모두가 영어로 쓰여 있었다. 영어사전이나 단어장도 없던 상황에서 목재며 공구들의 사용방법부터 관련사항 모두를 익히느라 참으로 고생이 많았는데 날이 가고 해가 지나니 저절로 숙달이 되었다. 공구의 위치라든가 개수, 심지어 삽이 몇 자루, 시멘트 몇 포대가 재고로 남아 있는지조차 내 머릿속에 정확하게 입력되어 있었다.

나를 자재계로 소개한 작전계 이 일병은 서울에 있는 대림건설에서 근무하였던 재원으로 머리가 비상한 천재에다 통솔력도 대단하였다. 나에게는 대단히 고마운 선임병이다.

그 후 병장이 되면서 구례가 고향이며 한양대 토목과 2년을 휴학한 이병이 내 조수로 전입해 와서 업무도 가르치고 자재를 인계시키며 편안하게 말년을 보냈다. 같은 시기에 중대본부에서 근무했던 동료들을 회상해 보면, 식량과 부식을 담당한 1종계는 대구에서 고등학교를 졸업하고 입대한 이 병장, 병기계는 김 하사, 연락병은 목포 출신 강 상병 등이 나름대로 실력을 발휘하며 열심히 근무했던 모습이 눈에 선하다.

자대에서 처음 맞은 중대장은 육사 출신으로 기억되는 이 대위로 3개월 만에 전출 갔고, 그 후에는 간부후보 출신 김 대위가 왔는데 진급에만 눈이 멀어 사병을 꽤나 괴롭히던 기억이 난다. 병장시절에 맞이한 권 대위는 병과 장교 모두에게 엄격하였으며, 특히 사병을 다룰 때는 공과 사가 명확한 중대장이었다.

이후 나는 군생활 35개월 20일 만(1970년 2월 2일)에 제대했다. 입대 당시(1967년 2월 13일)만 해도 30개월이 만기였는데 1968년 1.21사태로 기록되는 김신조 무장간첩 사건 때문에 군복무기간이 6개월이나 늘어났기 때문이다.

자재 반출사건

$\mathcal{X}$ 재계 사수 시절이다.

중대장으로 김 대위를 모실 때에는 자재창고에 물건이 가득 쌓여 있어도 반출금지를 명하여 무서워서 내다팔 수가 없었다. 후임 중대장으로 보리카추샤에서 부임해 온 권 대위는 3중대로 발령이 났지만 한 번 왔다 가고는 한 달 후에나 복귀했다.

그 한 달 동안 인사계는 시멘트, 목재 등 자재가 남은 것을 알고 있던 터라서 당장 그날 저녁에 민간 차를 불러 미리 위병소 주변에 숨겨놓고는 주번사관으로 야간당직 근무도 조정했다. 그리고는 민간인 소유의 화물차를 자재창고 앞에 불러들여서는 사역병을 시켜 시멘트와 목재를 실려 보내고 막걸리 파티로 저녁을 대신했다.

사실 요즘 세상의 잣대로 돌아보면 실로 엄청난 범죄였건만 양심에 거리낌 없이 인사계의 주번사관 근무는 여러 날 지속되었다. 사병인 나 또한 용돈으로는 제법 큰 내 몫의 꼽사리 돈을 챙겼다. 또 알고 지내는 민간인 근무자에게 부탁하여 내가 지정하는 어느 가난한 사람에게 시멘트와 철근 조각 등을 넘겨주기도 했다.

그는 고물을 주워서 팔아먹고 사는 사람으로서 철근 조각은 대단한 수입원이 되었고, 시멘트는 곧바로 현금화시킬 수 있는 귀한 상품이었다. 그런 연유로 그 집에 드나들며 식사 대접도 몇 번 받았고, 약간의 돈도 받아 술값으로 요긴하게 쓰기도 했다.

군단 비행장의 급수장에서 사용하는 염화칼슘도 반은 급수장에 지급하고 나머지 반은 간이식당 충북집에 넘겨주었다. 그 식당은 술장사를 주로 했는데 하다못해 문고리 경첩도 몇 개만 가져가면 일요일 하루 동안 마시는 막걸리 값으로 충분했다. 부대 앞 음식점을 통해 별의별 군수물자가 불법 유출된 것이다.

어쨌든 부실공사를 해서가 아니라 우리 부대는 자재가 많이 남아

돌았다. 사실 우리 부대는 주로 군단 공사를 지원하는 자재창고를 관리했는데 군단장께서 공사현장을 지나가던 중에 살펴보고는 의도적인지는 알 수 없지만 비서를 시켜 공병실로 시정명령을 내린다. 그러면 그 공사는 백지화 되고 재시공 설계에 이은 자재가 별도로 산출되어 입고된다. 결국 이전 설계시의 자재만으로도 공사는 끝이 나고 재시공 설계에 따라 별도로 입고된 자재는 고스란히 남을 수밖에….

한 달 후에 중대장으로 권 대위가 정식으로 부임하였는데 한 달가량 늦게 온 이유는 보리카추샤에서 휘발유가 100드럼이나 부족한 것이 인수인계 과정에서 발견되어 그것을 수습하고 해결하느라 늦었다는 것이다. 아무튼 우리 부대에 부임해 오자마자 곧바로 자재 파악부터 했다. 무엇이 얼마나 남고 재고현황이 어떤지 파악하는 것부터 시작되었다.

나도 조금씩 빌붙어 재고처리의 혜택을 누렸다. 가령 시멘트 50포 대 처분하면 5포대 값은 내 관할의 돈으로 관리하여 우리 행정반 근무사병의 휴가비와 외출비에 조금씩 보태주었다. 특히 재고자재 처분하는 날은 중대 전체가 막걸리 회식하는 날이다. 부대원 입 막기 차원에서 전체회식은 간혹 진행되었지만 나 개인적으로는 주머니가 두둑해지니 그야말로 술을 안 먹고 보낸 날이 거의 없을 정도다.

부대 밖에 있는 술집으로는 비지 김치찌개가 일품인 막걸리집과 충북집이 있었다. 그중에서 충북집이 단골이었는데 이 집 주인은 남자였다. 보조로 그의 여동생이 함께 일하고 있었는데 생활력이 워낙 강해 꼭두새벽에 서울 노량진 수산시장까지 가서 수산물을 구입하여 포천시장에 갖다 파는 아가씨였다.

하루는 충북집 남자가 술을 마시며 이런저런 이야기를 하다가 내게 제대하면 자기 동생과 결혼하라고 권하는 것이 아닌가. 그렇게 소개하기에 하루 만나서 데이트는 했지만 결혼까지 하기에는 부담이 앞섰다. 분명 여자는 생활력도 강하고 인물 또한 빠지지 않았는데, 고향에서 부모님이 정해 준 정인을 머릿속 깊이 간직하고 있던 처지였기에 더 이상의 가슴은 열지 않았다.

특히 충북집은 반 이상이 재고로 남아도는 염화칼슘을 잘도 팔아주었다. 사실 그 돈도 적지 않았다. 어느 날인가 장기복무중인 인사계가 포천에 땅을 구입해서 집을 짓고 세를 주며 수익을 올리자고 해서 선뜻 동조하고 따라나섰다. 건축자재가 풍부한 공병대 창고장이다 보니 충분히 할 수 있을 것 같았다.

자재로는 단단한 블록, 목재, 못, 경첩뿐만 아니라 지붕 슬래브용 콘크리트와 철근이 확보되었다. 그리고 공사 인원은 작전계와 짜고서 부대병력과 꼭 필요한 민간인 기술자 몇 명만을 쓰기로 했다. 그렇게 일주일이면 충분할 것으로 예상하고 비지 김치찌개집 옆에 있는 땅 500평을 사기로 했다.

그런데 막상 인사계와 함께 땅을 사러 가보니 땅값은 헐값이긴 하였지만 왠지 집을 짓는다는 것이 부담스러웠는지 인사계부터 포기하고 말았다. 나 또한 전방에 삶의 터전을 마련하고 산다는 것이 싫었다. 포천도 최전방은 아니었지만 심리적으로 전방에 해당하는 곳이었다.

하루는 강진이 고향인 선배 병장께서 찬장과 호마이카 상을 만들어 고향집으로 보내면 제대 후에 혼수품으로 활용할 수 있다는 것이다. 그 말을 듣고는 곧바로 목수 두 명을 불러 작업에 착수하여 멋지게 두 가지 물건을 완성하였다. 그리고는 서울 창동으로 가는 자재운반차에 싣고서 의정부역에 하차하여 수하인을 아버지로 하여 여수역으로 부쳤다.

이 무렵 제주에서 가구점을 운영하다 우리 부대로 입대한 가구사가 있었는데 서울에서 자재만 사 오면 얼마든지 훌륭한 가구를 만들어 짭짤한 수익을 올렸다.

한편 중대장이 시멘트 50포대만 실려 보내라고 지시했다고 주변 사관에게 보고하고, 위병소에도 협조를 구한 뒤 사역병을 불러 민간인 차에 시멘트 50포대 넘게 싣고, 또 군단 수도공사하고 남은 아연파이프 6인치짜리 20피트를 함께 실어서 보낸 것이 문제가 생겼다. 헌병대 검문에 걸렸던 것인데 하필이면 헌병대장이 깐깐하게 추적하여 우리 부대 자재로 판명이 난 것이다. 꼼짝없이 나는 영창을 갈 상황이 되었고, 중대장과 대대장도 군법회의에 회부될 판이었다.

며칠 뒤 오전 11시경에 헌병차를 타고 중사 한 분이 우리 부대로 들이닥쳤는데 눈치 빠른 인사계가 내게 뒷산으로 피신하라고 눈짓을 보여 잽싸게 자리를 떴다. 한 시간쯤 지나서 헌병대 차가 돌아간 뒤 행정실로 들어오니 인사계가 지난번에 민간인 차에 실려 보낸 자재목록을 묻는다. 사실대로 보고했더니 그중에서 아연파이프 때문에 헌병대에서 왔다갔다는 것이다.

잠시 후에 중대장이 부대로 와서는 인사계에게 지시하여 내게 한 달짜리 휴가증을 주면서 자대복귀 명령이 올 때까지 집에 가서 지내라고 하였다. 졸지에 한 달짜리 휴가증을 받고 그날 바로 출발하여 여수 집에 도착한 나는 걱정 속에 가슴 졸이며 지내다 한 달이 되어 부대로 복귀하였다. 그런데 자재계는 전북 고창이 고향인 고 상병이 맡고 있었고 나는 이도 저도 아닌 무보직 대기병이 되어 있었다.

그 사건은 중대장이 쌀 두 가마를 배상하고 집수리를 2명이 3일간 하고서 해결되었다고 한다. 다행히 징계 없이 해결되었지만 결국 시멘트 50포대 판 돈은 중대장과 대대장이 나누어 가졌다.

헌병대 중사는 원래 1110야공단 소속으로 김신조 간첩사건 때 우리 야공단 앞으로 간첩이 지나가는 바람에 교전이 벌어졌었다. 그 전투 속에서 간첩이 쏜 실탄에 중사가 맞아 죽기 직전에 병원으로 이송되어 실탄 제거수술을 받고 사망 직전에 살아났다. 그리고 건강을 회복한 뒤 소원이 무엇이냐고 상부에서 물었다는데 그때 그 중사는 헌병대를 선택하여 떠나갔지만 우리 부대 인사계와는 친분이 있었던 것이다.

아무튼 두 분의 친분으로 하여 파이프 반출사건은 잘 정리가 되었지만 무보직으로 밀려난 나는 부대 내에서 하는 일 없이 백수로 며칠을 지내다 군단내 공사장으로 파견 나갔다. 그곳에서 동료사병 10명과 함께 막사를 지키며 별 다른 업무 없이 생활하였다. 다른 병들은 작업장으로 나가 중노동을 하였는데 나는 막사에서 하는 일이라곤 고작 타자치는 연습과 잡지책을 보는 것이었다. 이마저도 심심하면 막사 부근을 걸으며 가볍게 운동을 한다.

어느 날 세포초등학교 동창생 김 상병을 만나서 반갑다고 인사하고 부대 이야기를 하는데 26사단에서 군단으로 파견을 나온 중대 서무계라고 한다. 우리 막사하고 직선거리가 100미터밖에 떨어지지 않은 매우 가까운 거리였다. 일요일 날에 한 번 놀러오라고 하기에 "그래, 가마" 하고 다음 주에 찾아갔다.

그때는 여름철이라서 부대를 찾아가는 데 옷은 런닝에 반바지를 입고 신은 나무 게다(슬리퍼) 차림으로 편하게 갔다. 이 모습으로 그 부대 내에서 고향친구를 만나서 훈훈한 이야기를 나누고 돌아왔다. 그 부대 중대장이 우리 둘이 이야기하는 것을 보고는 누구냐고 묻는다. 그러면서 우리나라도 이런 군인이 있냐고 내 차림을 지적한다.

사실 사단만 하더라도 별 하나 보기가 매우 힘든데 군단 내에서는 별이 몇 개인지 수시로 만난다. 군단장과도 공사장에서 대화(브리핑)도 하고 직접 지시 받는 일이 흔해서 자연스럽게 행동한다. 신참 소위들은 별 하나만 나타나도 숨기 바쁜데….

아무튼 그렇게 한 달간 편하게 지내고 부대로 복귀했다. 부대로 오니 2소대로 발령이 났는데 내무반에서 매일 먹고 놀았다. 가을이 되면서 외출증을 끊어 대민봉사에 나섰다. 봉사활동 중 고향이 전남 장흥인 분을 만나서 주로 그 집 일만 하였다. 장흥에서 포천으로 시집 와서 자식도 있고 재산도 많은 분이었다. 포천에서 약 2킬로미터 떨어진 농가에서 닭도 100마리 정도 기르고 있었는데 고향사람 만났다고 반갑다며 닭도 잡아주는 것이 아닌가.

그렇게 잘 먹고 즐기면서 한 달간의 농번기 대민봉사를 마치고는 병기계 권 병장과 함께 중대장님의 공기총을 빌려서 새 비둘기와 날 닭을 잡아먹고는 취침점호가 끝난 뒤에 내무반에 들어갔다. 잠은 하이든 부대에서 자고 아침밥은 부대 내에서 먹고 새 비둘기로 출발하여 점심은 엄마 집에서 해결했다.

친엄마는 아니고 부대 인근에 있는 음식점 여주인이 나를 자식처럼 다정하게 대해 줘서 자연스럽게 엄마라고 불렀다. 그 집 큰아들은 서울 모신문사 기자였고, 둘째는 서울부근에서 군생활을 하고 있었으며, 셋째는 여자고등학교 2학년생으로 다리를 약간 절고 있었다.

하루는 이야기 도중에 이 엄마께서 마을 처녀를 소개시켜 준다더니 실제로 포천고등학교를 졸업한 처녀를 소개했다. 얼떨결에 한번 데이트하였는데 우리 부대 앞 산등성이를 걸어서 포천 쪽으로 넘어갔다가 다시 우리 부대까지 왔다. 그리고는 포천 민가집에 갔다가 돌려보내고는 다시는 안 만났다. 사실 전방 처녀들은 전라도나 경상도 군인들을 좋아했지만 나 자신이 이곳 처녀와는 결혼할 생각이 없었다.

상병 때 본의 아니게 저지른 근무지 이탈사건이 생각난다. 대전차 지뢰 방카 보초근무를 10시부터 서게 되어 있었는데 깜빡 잊고 PX에서 빵과 과자를 먹으며 놀고 있다가 주번사관에게 딱 걸린 것이다. 그 길로 내무반으로 불려가 야전삽으로 엉덩이를 30대나 맞았다. 시범케이스로 당한 것 같은데 그 뒤로 꼼짝 없이 근무 교대를 철저히 하였다.

병장 때는 나한테 상관이라 하여 함부로 했다가는 골탕을 제대로 먹었을 것이다. 중사 이상은 파견된 공사장에 자재가 있으면서도 없다고 안 주면 공사가 지연되고, 그래서 제 날짜에 완공을 못하면 대대장님께 징계를 받는다. 특히 작전계에게 찍히면 인원을 적게 배당받아 제대로 골탕 먹는다.

곡괭이자루 구타사건

어느 날인가, 단기하사 6명이 우리 중대로 배치되어 와서는 일주일 쯤 지나자 이 중대는 기강이 엉망이라며 규율을 잡는다고 설치는 것이었다. 보다 못해 그 날 저녁에 이들 하사 6명을 탄창고로 불러 모았다. 하사지만 군생활을 얼마나 했다고 함부로 설치냐며 '엎드려뻗쳐' 시키고는 5파운드 배트로 엉덩이를 몇 대씩 때렸다. 그리고 이 사건을 누구에게도 발설하면 죽는 줄 알라고 단단히 교육시키고는 내무반으로 돌려보냈다.

며칠이 지난 뒤 우리 고향 출신 이 중사가 내무반에서 보자고 하여 단둘이 만났는데 하사를 어떻게 병장이 때릴 수 있느냐며 단단히 꾸짖는 것이었다. 전라도민만 아니면 상부에 보고하여 영창에 보내겠는데 전라도 출신이라 봐준다며 앞으로 행동 조심하라 이르고는 더 이상 거론하지 않았다.

춘천에서 깡패로 놀던 청년이 군에 입대하여 우리 중대로 배속되어 왔는데 지위고하를 막론하고 답하는 말마다 반말투다. 한 번은 조용히 불러 군대 내에서는 위계질서가 생명이니 상관의 지휘에 하급자는 절대복종하여야 한다고 경고를 주고는 향후에는 절대로 반말로 상급자에게 답하지 말라고 타이르고는 돌려보냈다.

그런데 며칠도 안 돼서 또 반말 지껄이라 화가 머리 끝까지 치밀어 올라 공구창고로 불러서는 엎드려 뻗치게 하고는 곡괭이 자루로 허벅지를 30대나 후려쳤다. 그야말로 피가 배어나오도록 힘껏 내리치느라 때리던 내가 지쳐 버렸는데 더 때려 달라고 반항투로 말하는 것이 아닌가. 순간 곡괭이 자루를 다시 힘주어 잡으면서 화가 치밀어 오르는 것을 억누르며 간신히 냉정을 찾아 그만 말조심하라고 타이르고는 돌려보냈다.

나중에 안 사실이지만 춘천 그곳 마을에서는 태생부터가 높은 촌수로 태어나 어른 아이 할 것 없이 가리지 않고 반말로 대해 왔던 것이 그대로 몸에 배여 자신이 최고의 어른이라는 착각 속에 젖어 살아왔던 것이다. 이후에도 반말 버릇을 고치지 못하고 맞으면서도 계속 반말로 대꾸하기에 아예 고문관 취급을 해서 그냥 열외시켜 버렸다.

그 무렵 또 하나 잊을 수 없는 대형 사건이 일어났다.

어느 날 무전기 수리를 마치고 아침 식사를 한 다음 포천에서 복귀할 때다. 126대대로 향하는 9인승 차에 올라탔는데 화물칸으로 세팅된 상태에서 호로만 씌워서 운행하는 차였다. 나는 맨 뒷좌석에 걸터앉은 상태에서 고개를 넘고 8사단 교육연대를 지나 126대대가 보이는 급커브 길에서 그만 차가 중심을 잃고 논으로 굴러 떨어지고 말았다.

선임탑승자이신 중위와 소위를 비롯한 상사장병들이 차와 함께 굴러서는 땅바닥에 내동댕이쳐진 채로 비명을 지르고 있는 것이다. 나는 맨 뒤에 승차한 덕에 맨 먼저 뛰어내려 땅바닥에 납작 엎드렸다. 차는 차대로 사람은 사람대로 나뒹굴어져 혼란스러웠는데 어느 틈에 구급차가 달려와서 모두 싣고 야전병원으로 향했다.

　나는 위생병에게 차에서 뛰어내리느라 다리만 좀 아프지 많이 다치지 않았다고 말하고는 부대로 복귀하여 무전기는 통신과로 갖고 가서 또 고장이 났을 거라 말하고는 고쳐놓으라고 맡겨 놨다. 그리고는 친구 강 상병과 함께 점심을 먹고 무전기를 찾으러 갔더니 무슨 고장이냐고 쌩쌩하다는 것이었다. 무전기도 차와 함께 몇 바퀴 굴렀는데 고장이 아니라니 신기하기만 했다.

　퇴근차로 우리 부대 덤프차를 탔다. 군단 소속 자동차 운전교습소 옆에 자동차 정비공장을 우리 부대가 맡아 지었다. 마침 완공일이어서 군단에서 막걸리 한 드럼과 돼지고기 한 마리를 마련하였는데 그곳에 들러 막걸리와 돼지고기를 실컷 먹고 9시경에 다시 덤프차로 소위 한 분과 병사 10명 정도 타고서 부대로 오는 중이었다.

　군단을 지나 포천이 보이는데 갑자기 운전기사가 급브레이크를 밟는 바람에 덤프차에 탄 병사들 모두가 앞으로 확 쏠리면서 떨어져 아스팔트에 쫙 깔려 버렸다. 잠시 후 정신을 차려 일어나 보니 입에서 피만 좀 나고 다른 곳은 아무 이상이 없었다. 그런데 깔린 병사들을 일으켜 세워 차에 다시 태우고 서둘러 부대로 돌아와 보니 내 이마도 많이 깨져 있었다. 위생병이 머큐로크롬을 바르고 나서 주사 한 대로 마무리를 하였다. 내무반에서는 남은 막걸리로 또 회식을 이어갔다.

　어느 날 창고에 쌓여 있는 깡통과 쓰레기를 부대 뒤로 갖고 가서
태우다가 다 탄 줄 알고 깡통 하나를 건드렸는데 갑자기 폭발하여
얼굴에 화상을 입고 또 머리카락이 그슬렸다. 재빠르게 얼굴을 찬
물에 담금질하고서 위생병을 찾아가 얼굴에 약을 바르고 응급조치
를 하였다. 머리도 타서 말이 아니었는데 그날 오후에 중대장이 보
고는 위생병에게 얼굴에 흉터 없이 치료 잘하라고 당부하며 세탁소
옆에 독방을 만들어 특별대우를 해 주었다.

중대장은 매일 내게 들르더니 대대장을 찾아가서는 얼굴에 흉 안지게 민간 화상가제와 민간약을 구해와 한 20일 정도 치료하였다. 그 후 얼굴은 흉터 없이 깨끗한 얼굴로 아물었다. 그동안 조수는 모르는 것이 있으면 질문하러 와서 정상을 유지했다.

치료를 끝내고 부대로 복귀하던 날 전부대원이 연병장에 집합하는 사건이 일어났다. 집합시킨 소대장은 간부 후보생으로 우리 부대로 처음 부임하였는데 공병대 특성상 규율이 엉망이라서 규율을 잡겠다고 토요일 오후에 경계병을 빼고서 전원 집합시킨 것이다. 사실 전원 집합이라 해도 80명 정도밖에 되지 않았다. 45명은 늘 파견 나가 있었기 때문에 솔직히 내가 봐도 이 부대는 군기가 엉망일 수밖에 없었다.

아무튼 보병 입장에서 보면 군기가 엉망이라 신참 소위는 군기 빠진 군대는 군대가 아니라며 줄빳다를 치는 것이다. 행정반 계원도 전원 집합할 수밖에 없어 나도 줄 속에 끼어 있었다. 한 줄을 줄빳다 치고 있는데 연락병이 위병소로 가서는 근무병의 총을 빼앗아 와서는 소대장 가슴에 총부리를 대고 "죽을래, 살래!" 하더니 "같이 죽자"고 위협한다.

소위도 사람인지라 겁에 질려 그 자리에서 손을 들고는 그것으로 전원집합은 해산되었다. 그러니 우리 부대는 늘 규율이 개판 오 분 전이다. 다른 부대 같았으면 전원이 영창감이다.

어느 날 야간에 대대에서 우리 부대 본부까지 일 보러 가서는 강가 친구와 함께 부대 밖에서 술 한 잔씩 하다 보니 귀대하는 차를 놓쳤다. 중대로 와야 해서 도보로 출발하여 8사단 훈련연대까지는 그래도 올 만했는데 연대를 지나 고개를 넘고 넘어도 주변에 민가는 찾아볼 수가 없었다.

산 속에는 아직도 6.25한국전쟁 때 죽은 사람의 뼈가 나뒹굴고 있고, 녹슨 개인철모도 있었다. 그런 전투지대를 군 담력으로 가다듬고 부대까지 걸어오니 취침점호도 이미 끝났고 모두가 취침에 든 후였다.

한 번은 특별훈련 기간에 그 산 중턱에서 보초를 서다가 땅을 헤쳐 보았더니 녹슨 철모가 나왔다. 유골도 발견하고는 6.25 한국전쟁 때 이곳에서 얼마나 많은 사람이 죽고 또 부상자도 얼마나 많이 생겼을까, 가슴이 저려와 그 자리에서 전사자들께 오래도록 묵념을 드렸다.

보통 중대장을 비롯한 전 부대원은 공사장으로 나가고 중대는 행정요원과 취사병만 남는다. 중대장은 우리 중대가 공사를 맡은 공사장을 순회하고 중대로 돌아오면 휴식차 행정요원과 바둑이나 장기를 둔다. 그래도 심심하면 포커도 함께 치면서 가르쳐 주기도 하는 참으로 재미있는 분이다. 군대에서 바둑을 기본으로, 쉬는 시간은 장교와 병사를 구분하지 않고 편하게 대하신 분이다.

하루는 토요일 저녁에 인사계와 행정요원 다수가 저녁 초청을 받아 관사로 찾아가니 마침 딸의 생일이라며 음식을 푸짐하게 장만하고서 실컷 먹게 했다. 중대장 슬하에는 딸만 셋이 있는데 사모님과 함께 모두들 대하기가 편안했다.

하루는 인사계와 대화 중에 창고에 전기 배터리가 있냐고 물으며 일요일 날 같이 한탄강으로 민물고기 잡으러 가자고 하신다. 배터리는 미군 배터리가 작으면서도 강했다. 민간인 승용차를 타고서 4명이 한탄강으로 가서는 민물고기로 뱀장어, 쏘가리, 붕어, 가물치 등등 한 바께쓰를 잡아 포천 민간집에서 매운탕을 끓여 점심과 함께 소주를 곁들이며 즐거운 시간을 보내고 저녁에 부대로 복귀하였다.

여기서 잠시 총 이야기 하나를 곁들인다. 병기계도 아닌 자재계가 웬 총이냐며 다소 의아해 하겠지만 자재창고에 총이 한 자루 보관되어 있었다. 육사 출신 중대장인 이 대위가 어떻게나 소대장과 하사관을 괴롭혔던지 중사 한 사람이 공구 창고에서 자살하면서 그 총이 한 자루 남아 있던 것이다.

인사계가 이 총이 있는 것을 알고는 빌려달라고 한다. 그러더니 민간인과 함께 그 총으로 강원도 산에 가서 산양 한 마리를 잡아서 하룻저녁에 먹자고 제안했는데 나는 거절하였다. 산양은 먹을 줄도 모르지만 총은 분해해서 공구창고 밑바닥에 녹슬게 버려뒀다. 내가 하는 일은 군인으로서 해야 할 일이다. 정말로 총기를 들고 민가로 나가 사고가 나면 나까지 책임소재가 따른다. 아무튼 그날 그 유혹을 뿌리쳐 지금 여기까지 무사하니 천만 다행이다.

우리 부대에서 나는 내 사수와 동일하게 행동하여 공구창고도 윤이 나게 항상 쓸고 닦았다. 자재도 파악하기 좋은 방식으로 철저하게 정리정돈을 하였다.

중대장이나 인사계 등 모두가 같은 배를 탄 몸으로서 똘똘 뭉쳤다. 특별 감찰에서 쌀이 몇 가마 부족하고, 철모를 비롯한 몇몇 관물도 부족하다고 주의를 받았다. 그래도 군단 최고부대로서, 중대장이 해결사 군단에서 모범중대로 표창장도 받았다. 그러고 보니 중대장을 잘 만나야 중대원이 편하다는 것을 직접 체험해 본 것이다.

제대, 그리고 취업

01
02 병 시절, 그러니까 1968년 1월에 북한 무장간첩 김신조 일당이 남파되어 일부는 청와대 인근까지 잠입하였다가 김신조는 생포되고 나머지는 사살되었으며, 대열에서 이탈한 일부는 전방을 지나는 과정에 우리 1110야공단 앞에서 전투가 벌어져 모조리 사살되었다.

그 무장간첩의 시체들을 각각 대형 보자기로 싸서는 인근 6군단 연병장에서 거행되는 사열식에 보냈는데 우리 중대가 수령해서 부대 차에 싣고 사열식 현장에 인계하고는 그 준엄한 광경을 둘러보았다.

무장간첩이 남하한 당시에는 특별경계태세를 갖춘 비상근무라서 11시경에 지뢰벙커에서 보초를 서는데 어디서 바삭하는 소리만 나도 머리가 쭈뼛쭈뼛해진다. 간첩인가 싶어 총구를 겨누고 신경을 곤두세워 주시하는데 시간은 왜 그리도 안 가는지…, 평상시에는 졸다 보면 어느새 한 시간이 지나갔는데 말이다.

베트남 전장에도 참전하여 살아 돌아온 사람이다. 내가 살기 위해서는 상대를 먼저 총으로 쏴서 죽여야 한다. 그야말로 살기 위해 사람을 죽이는 이것이 전쟁이다.

그 후부터는 아침마다 4킬로그램짜리 모래주머니를 다리에 차고 포천을 지나서 부대까지 매일매일 행군을 하였다. 그럭저럭 1년이 지나고 김신조 간첩사건과 관련한 강화훈련도 흐지부지 진행되더니 내 군대생활도 어느덧 35개월 20일 되었다. 제대라는 특명을 받고 보니, 사회에 나가서 무슨 직업을 가지고 살아야 하나 신경이 쓰였다.

밤새 잠이 어디론가 사라져 버리고 뜬눈으로 지새고 보니 제대 날짜가 되었다. 대대 본부로 가서 대대장님께 제대신고를 하고 반갑게 입대 동기들을 만났다. 또 31사단 훈련소에서 훈련병 때 본 친구들과 함께 무사히 제대를 했다.

집에 돌아오니 내 방은 깨끗이 수리되어 있었다. 한겨울이라 하는 일도 없이 그냥 쉬는 중인데 여동생 춘금이가 선을 보고서 결혼을 승낙했다고 한다. 신랑은 화양면 이목리에 거주하는데 동생보다 열 살이나 많은 남자로서 자기 소유의 배는 없고 남의 배만 타면서 생계를 꾸리며 농사는 밭만 조금 부쳐 먹을 정도로 가난하다고 한다. 동생이 중매인의 농간에 속아 시집간다는데 무슨 수로 막겠는가. 본인이 간다는데 부모님도 어찌지 못하고 승낙하고 말았다.

그 즈음 내 동갑내기 친구가 장가를 간다기에 우인으로 동행하기로 승낙하고 4명이 걸어서 산전마을로 향했다. 우리 마을에서 약 6킬로미터 떨어진 곳을 산길로 걸어서 친구의 처가에 도착하고는 예식은 구식으로 마치고 방에 들어갔는데 그곳에서 고등공민학교 다닐 때의 선배를 만났다. 오랜만에 만나서 반갑다며 우인대접으로 술을 권하는 바람에 많이 마시게 되었다.

무엇보다 가스명수와 소주를 혼합한 술을 마셨는데 달착지근해서 그런지 평소보다 많이 마신 것 같다. 술이 거나하게 취한 상태로 신부집을 나와 논둑길을 걸어오는데 동네 청년들 몇 명이 시비를 걸어 말싸움 끝에 손찌검도 오고 갔다. 발길질을 했는지 구두가 벗겨져 휘청대다 덤불 속에서 구두를 찾아 신는데 마침 동네 어르신들이 달려와 말리는 바람에 싸움은 끝이 났다.

그렇게 다시 논둑길을 걸어서 그 마을을 지나오는데 해는 서산으로 기울고 날은 어두워지기 시작했다. 술도 취했고 싸우느라 힘도 빠진 데다 날도 저물어 잠시 쉬었다 가기로 하고 누가 먼저랄 것도 없이 산길 가에서 네 명이 쓰러져 잠이 들었다. 얼마가 지났는지 한기가 느껴져 일어나 보니 네 명 모두가 똑같은 모습으로 앉아 있는 것이다.

자리를 털고 일어나 아랫마을 수문리로 걸어가는데 한 친구가 그 마을에 잘 아는 친구가 있다고 한다. 그 친구 집을 찾아서 가니 마침 친구가 집에 있어서 부모님께 인사를 하고 방으로 들어갔다. 그리고 낮에 있었던 친구 결혼식 이야기를 나누다 패싸움한 사정을 돌아보고 서로 몸 상태를 점검해 보니 모두들 말짱했다.

그 집에서 한 잠자고 아침에 일어나 우리 집 식사시간에 맞춰 서둘러 돌아왔다. 그리고 오전 11시경에 동생 결혼 예물이 도착해서 살펴보니 보잘 것 없는 것이 가난한 집의 예물 티가 났다. 그러나 내가 결혼하는 것도 아니고 동생이 좋아서 하는 결혼인지라 나는 그저 바라보기만 했다.

그리고 며칠 후 7촌 재당숙이 딸 결혼식에 우인 접대원을 맡아달라고 하여 8촌 여동생 결혼식에 참석하였다. 그런데 정작 신랑은 안 오고 상각과 우인들만 와서 기다리는데…, 12시가 넘어서자 나는 식사나 하자고 자리로 안내하였다.

신랑은 군인이라는데 휴가 날짜를 잘못 받아서 그날 아침에 부대를 나와 오후 4시가 넘어서야 도착하였다. 아무튼 결혼식은 늦게나마 진행되었다.

그리고 그날 군에서 나와 동기로 126대대 행정반에서 우정을 쌓은 친구가 자신의 결혼식에도 우인으로 와달라고 부탁을 한다. 그 친구의 집은 율촌에 있고, 처가는 덕양 못가서 우측에 있는 양지마을이라고 한다.

친구는 초등학교 교사로서 군대에 입대하기 전부터 연애한 사이라고 하는데, 일주일이 멀다 하고 행해지는 결혼식에 우인으로 참석하는 것도 꽤나 바쁜 일이었다.

그 친구의 결혼식장에서도 무슨 술을 그리도 많이 마셨는지…, 나 스스로가 초라한 몰골로 집으로 돌아와 보니 세상 살 일이 막막하게 느껴졌다. 현실적으로 마땅한 직업도 구하지 못했고, 또 결혼할 애인도 없는 그야말로 빌어먹는 놈팽이 신세였다.

동생 춘금이의 결혼식 날이 되었다. 일찌감치 온 신랑은 늙수그레한 데다 거무튀튀한 것이 참으로 볼품이 없어 보였다. 양복은 남의 것을 빌려 입고 왔는지 몸에 맞지 않고 어색해 보였다.

다음날 신랑 집으로 가는데 나는 가고 싶지 않다고 하였더니 아버님께서 대로(大怒)하시는 바람에 동행하게 되었다. 역시 예상했던 대로 매우 가난한 집이다. 하지만 어쩌겠는가. 인연은 어쩔 수 없이 만나는 것, 나는 속으로 안타까운 심정을 달래며 앞으로 잘 살기를 기원했다.

계절은 어김없이 봄이 찾아왔지만 나는 직장을 잡지 못하고 집에서 빈둥거리고 있었다. 그러다 텃밭에 봄배추를 심기로 하고 조그만 하우스에 모종을 심었다. 배추는 물만 줘도 잘 자라서 텃밭에 옮겨 심었더니 금세 속도 차고 먹음직스럽게 자라났다. 그야말로 농사일은 한 번도 안 한 사람이 제대로 한 격이다.

어느 날, 아버님께서 여수를 다녀오시던 날 저녁에 내게 하신 말씀이다.

"내일 양복점에 가서 양복을 맞추어 입거라. 돈은 아버지가 줄 것이다. 양복점 주인은 세포골 안말 사람으로 내 친구다. 그분 소개로 서울에 취직을 시켜 준다고 해서 돈도 마련해 줬다. 그곳에 있는 손님 한 분을 따라서 서울로 가면 철도국에 취직하게 될 것이다."

나는 우선 지낼 옷과 간단한 소지품을 준비하고 쌍봉 사람 둘과 함께 셋이서 기차를 탔다. 대전에서 내려 대덕농공단지 옆 양옥집에 갔는데 소개받은 그분은 60대 어르신이었다. 쌍봉 사람들과 함께 며칠 동안을 먹고 놀며 지냈다. 그러다 보름 정도 지나면서 무슨 일인지 궁금해지고 조마조마해졌다.

하루는 서울로 가자고 하여 대전에서 고속버스를 타고 출발했다. 그리고 한진고속 안내양이 친절하게 음료수와 과자도 갖다 줘서 맛있게 먹으며 시간 가는 줄도 모르게 2시간 만에 서울역에 도착하였다. 택시로 용산역으로 향하여 인근 여인숙에 거처를 정하고 짐을 풀었다.

그리고 그날 동행한 어르신이 친한 사이라는 어느 분을 만났다. 그분은 철도국 기자로 근무하다 정년퇴직을 하였다는데 신문사 기자로 있을 때는 몇몇 사람을 철도국에 취직시켜 줬지만 퇴직한 당시로서는 힘이 없다는 것이다. 우리들의 취직도 부탁했던 것 같은데 역시 감감무소식이다.

그렇게 막연한 기다림으로 한 보름이 지나갔다. 지루하기도 하고 희망 없이 노는 것은 휴식이 아니라 그야말로 고문이었다. 아무런 희망도 없이 놀다 지친 채 취직은 포기되었는데 쌍봉 사람 한 명이 영등포를 다녀온 뒤 양평동에서 학생들 과외공부를 할 수 있다고 하여 나도 함께 짐을 쌌다. 다른 한 명은 원래 동아염직에서 직공으로 근무한 경력을 살리고자 영등포에 살고 있는 그의 친형 집으로 떠나갔다.

나는 초등학교 6학년, 4학년, 2학년 남자 아이들 셋을 과외공부 시키기로 하고는 저녁 식사 후 공부를 시작하여 밤 10시까지 가르쳤다. 틈틈이 군대 시절 서무계와 통화하여 만나기도 하다가 서울 지하철공사에서 실시하는 토목측량기사 모집에 둘이서 원서를 내고 시험도 보았지만 둘 다 떨어지고는 포기하였다.

그러다 어느 날 영등포 인근에서 고등학교 동창을 만났다. 그 동창은 구로동에서 살고 있다는데 이미 결혼도 하였고 군대 생활도 구로에서 하여 민가와 잘 통하는 사이였다. 때마침 경찰공무원 시험이 있어 그와 함께 응시하여 당당히 합격을 하였다. 하지만 경찰청 지정병원에서 신체검사를 하는데 혈압이 180으로 매우 높아서 채용불가로 최종 판정이 났다.

나는 너무나 아쉬워 검사관에게 재검할 것을 간청하니 일주일 후에 재검을 받으라고 한다.

일주일 후에 다시 혈압을 체크했는데 긴장이 되었는지 가슴이 쿵쾅대더니 혈압이 185를 가리킨다. 그 시절에는 혈압약이 없어서 고혈압을 정상혈압(120/80)으로 조절하지 못하던 때다. 무엇보다 고혈압과 관련한 뇌출혈과 뇌졸중, 뇌경색 등이 흔히 발병하던 시절인지라 경찰공무원도 끝내 포기하고 말았다.

주인집 아저씨는 쌍봉마을이 고향이고 태성공업사의 공장장으로 근무한다고 했다. 태성공업사까지는 3킬로미터 정도 떨어져 있었는데 하루는 친구와 같이 공장 구경도 할 겸 놀러 갔다. 공장은 일감이 많은지 매우 바쁘게 돌아가고 있었다. 때마침 공장장으로 있는 주인아저씨가 "여기서 이 일을 해 볼 텐가?"라고 권하기에, 당장 "예!" 하고는 그날부터 일을 시작했다.

일당은 좋은 편이었다. 공장에 일이 있으면 나가고 없으면 집에서 놀다가 저녁이면 아이들 공부를 가르쳤다. 그러다 현대자동차 공장에 출장으로 한 달간 가서 일을 하는데 서울대생도 절절매고, 정식직원은 정식직원대로 상관에게 절절맨다. 안전관리가 철저하게 요구되는 험한 일을 하는 데다 생명이 위험하니 그럴 수밖에….

지금 생각해 보니 청소차나 운송용 탑차를 조립하는 과정에서 상당부분을 하청으로 태성공업사에서 취급했던 것이다. 태성공업사가 주로 일하는 곳은 창동 미원공장 수리 및 기계 제작이었는데 스테인리스 탱크 만드는 작업은 매우 힘들었다.

그러구러 겨울이 찾아왔는데 주인집에서 이불을 안 줘서 밤이면 옷을 껴입고 또 다른 옷을 덮고 잤다. 그러다 할머님이 세포 고향집에 가서 학교 다닐 적에 덮었던 이불을 서울로 가져와서 덮게 되었다. 부모님은 내가 직장을 제대로 잡고서 서울에 있는 줄로 아는지 아무 연락도 없었다.

주인집도 처제가 와서는 한 방에서 같이 지내는 판이다. 나와 어찌해 주려는 눈치인데 나는 마음에 내키지 않았다. 후에 고등학교 동창을 만나 이야기해 보니 그 처제에게는 애인이 있었다는데 월남에서 전사했다는 것이다. 아무튼 슬픈 심상을 정리하고 쌍봉마을을 떠나 서울로 올라와 나를 만나게 된 것인데 어찌하랴.

내 마음 속은 부모님이 정해 주는 여인과 인생을 함께하기로 굳게 다져져 있었다. 주인집도 내 처지를 눈치 채면서 갑자기 어색해졌다. 친구가 다른 집으로 가자고 해서 나도 미안한 마음에 근처 집으로 거처를 옮겼다.

그 집도 초등학교 학생 3명이 있었고 할머니도 계셨다. 다락방 아저씨는 강철회사 공장장이라는데 원래는 동양강철에 근무하다가 스카우트 되어 갔다고 한다. 회사는 부천에 있어 아침이면 출근하느라 분주한 모습이었다.

학생들은 나를 잘 따라줘서 공부 가르치는 일도 편한데 실력도 부쩍 늘었다. 그래서 학생을 추가로 모집하여 그룹지도나 할까 하다가 주인집 학생과 같은 학년 1명만 추가했다. 실력이 저조해서 별도로 두 달 동안 신경 써서 가르쳤더니 성적이 많이 올랐다.

평상시 공부를 안 하던 학생이 집에 오면 공부도 열심히 하고 말도 잘 듣자 그 아이 아버지가 내게 찾아와서는 무척이나 고마워하면서 별도의 직장이 없냐고 묻기에 그렇다고 했다.

그러자 자기가 다니는 회사가 동양강철인데 출근할 수 있겠냐고 재차 묻기에 고맙다고…, 내일부터 당장 출근할 수 있다고 대답했다. 즉석에서 취직이 된 것이다.

다음날 동양강철로 출근하였는데 집에서 500미터 정도 밖에 안 떨어져 있어 걸어서 갔다. 그리고 나는 철가구 조립반에 배정되었다. 학생 아버지는 알루미늄 샤시반 반장으로 사장님과 가까운 친척분이다.

아침 8시에 출근하고 점심은 집에 와서 칼국수를 끓여 먹고 다시 출근하였다. 매일 점심은 칼국수로 때웠지만 질리지 않고 맛만 좋았다. 첫 월급은 생각보다 많았다. 3개월이 지난 후에는 3년 근무자와 월급이 동일하였다. 그러자 늦게 온 사람이, 특히 신참이 같은 금액의 월급을 받는다고 많은 사람들에게 질투의 대상이 되었다. 하지만 나는 주눅 들지 않고 월급은 회사에서 주는 것이라며 당당하게 근무에 임했다.

저녁 6시면 퇴근하고 일요일이면 회사사람들과 산행을 즐겼다. 우이동까지 버스를 타고 가서는 북한산을 오르는데 처음으로 물도 좋고 산도 좋은 숲속에서 하루를 보내니 가슴 속이 뻥 뚫리는 것처럼 상쾌하다.

그 다음 주에는 관악산으로 떠났다. 점심은 회사 친구가 처녀 한 분과 함께 준비하고 나는 밀가루 빵을 가져갔다. 함께 즐겁게 먹고 산을 타는데 바위를 오르는 일이 힘들고 위험했지만 산 정상에서 서울 시내를 내려다보니 왠지 뿌듯하기만 했다.

바로 밑에는 대학로에서 옮겨온 서울대학교 캠퍼스가 넓고 크게 자리하여 위용을 자랑하고 있었다. 하루는 회사 친구가 관악산에 동행한 그 여자 분과 사귈 생각이 없느냐고 묻기에 모은 돈도 없고 당분간 할 일이 많아 사귈 처지가 아니라고, 친구로서 산행이나 함께 하자고 했다.

그 여자의 친구는 충남에서 상경하여 오랜 세월 동안 공장 생활을 하였다고 한다. 친구의 고향 사람으로 춘옥이 동생을 그 친구가 공장에 취직시켜 준다고 해서 세포에서 서울 양평동 다락방으로 상경하였다. 그리고는 집에서 가까운 동아염직에 취직을 하였는데 옷감을 짜고 염색하는 회사로서 격주로 야간근무와 주간근무를 하고 있었다.

그 친구는 동아염직에서 작업을 관리하는 직원으로서 여직원들에게 인기가 만점이었다. 나도 동아염직에 놀러가서 이곳 저곳을 돌아보고 구경을 해 봤는데 분위기 또한 만점이었다.

그 친구하고 여수에서부터 같이 와서 고생도 많이 하고 철도국에 취직시켜 준다는 사기꾼을 만나 사기도 당했지만 쓴 경험으로 정리했다. 그리고 그 친구는 그전 회사에 열정을 갖고 다시 근무를 시작하였다.

별 탈 없이 몇 달이 지났을까 싶은데 회사 안팎에서 이상한 말이 떠돌고 있었다. 회사 본사는 서울에 두고 공장은 규모를 확장하여 대전으로 이전한다는 것이다. 나에게 대전은 연고도 없거니와 아는 사람이 없어 가기가 싫었다.

내 삶의 멘토로서 또 내 인생의 좌표로서 형님으로 깍듯이 모시고 있는 김정삼 시인께서 그 때는 중장로에서 형수님과 함께 점포를 운영하고 있었는데 매우 잘 되고 있었다.

어쩌다 들르면 맛있는 과일과 함께 먹을거리를 듬뿍 내어주고 또 2층에 올라가서 옛 이야기도 나누며 즐거운 시간을 보내기도 했는데 사실 어릴 적부터 명절 때는 떡과 엿을 만들어 갖다 주며 매우 가까이 지내온 사이이기도 하다.

　군자동 집에서 학교 다닐 적에 김정삼형이 휴가를 오면 우리 집에서 잠시 지내기도 했는데 나는 고등학교 1학년 때 백화세탁소에서 밀보리밥으로 지낸 이야기도 나누며 형수님과도 친하게 지냈다. 그러다 어느 날 놀러가니 무슨 영문인지 갑자기 목포로 이사간다며 짐을 싸는 것이었다.

결혼, 힘겨웠던 신혼시절

*아*버님께서 추석 전에 전화를 했는데 명절에 잠시 집에 왔다 가라는 말씀에 무슨 영문인지도 모르고 찾아가 보니 고모님께서 여자분을 소개하며 결혼하라는 것이다. 지금은 돈도 없고 결혼할 생각도 없다고 했지만 결혼만 하면 여수에 대리점도 내줄 테니 선만 보라고 강권하신다. 화를 내도 소용없고 무조건 보고 오라는데 어쩔 수 없이 그날 당장 부모님을 따라 선을 보러 해영호를 타고 고흥으로 갔다.

이미 해가 지고 어두운 그곳 고흥에서 세포 갑장 친구를 만나 이야기하는데 괜찮은 여인이라며 선을 보라는 것이다. 밤에 선을 보니 뭐가 뭔지도 모르겠고 내 사정 이야기를 해도 그냥 좋다며 내일 약혼식을 하자기에 그만 승낙하고 헤어졌다. 그날 밤은 친구네 집에서 자고 다음날 아침 일찍 여수로 나와서 약혼반지와 양복을 준비했다. 약혼식이라 해야 사진 몇 장 찍고 양가 대표 몇몇이서 점심

식사하는 것으로 간단하게 끝을 맺었다.

밤차로 서둘러 서울에 와서 생각해 보니 아무래도 결혼은 안 되겠다는 생각뿐이다. 이런 저런 이야기와 함께 파혼하여야 한다는 생각을 담아 아버님께 3장 정도의 긴 편지를 써서 다음날 우편으로 보냈다.

그런데 며칠 있다가 약혼한 여자의 오빠가 찾아와서는 회사 구경을 시켜 달라는 것이다. 나와는 공고 1년 선배이기도 하고 서로가 아는 사이라서 흔쾌히 허락했다. 그리고 점심시간을 이용하여 회사로 가서는 부서를 돌아보고 또 내가 일하는 곳도 보여주고는 헤어졌다.

아버님으로부터 답장이 왔다. 내게는 반가운 내용이 담겨 있었다. 반지도 돌려받고 우리 집에서 해준 선물을 돌려받으며 파혼했다는 것이다. 아마도 당시 어머님의 성화에 내가 넋이 빠졌었나 보다. 선

約婚紀念

보던 날 어머님께서 옆에 앉아 이러쿵저러쿵 하는 바람에 나도 모르게 승낙하였던 것인데…, 어쨌든 약혼사진도 찢어버리고 그새 오간 편지도 깨끗이 없애 버렸다. 사실 그 여자와는 사진 찍을 적에 가볍게 손만 잡았을 뿐 더 이상의 접촉은 없었다.

파혼으로 찜찜해진 마음을 정리하고자 서울 남산, 창경궁, 경복궁 등을 돌아보고는 군대 생활을 했던 포천으로 갔다. 후배 부대원들과 이야기를 나누는데 내가 근무했을 때와는 딴판으로 술도 마음대로 못 먹고 규율도 엄격하여 재미가 없다는 것이다. 행정반에 가 보니 인사계만 남아있고 중대장과 소대장들은 다른 부대로 전출 갔다고 한다. 자주 가던 음식점도 찾아보려 했지만 그냥 서울로 돌아왔다.

당시 우리 회사는 정말로 좋은 직장이었다. 토요일은 오전근무만 하고 일요일은 무조건 휴무를 보장한다. 갈 데가 마땅찮으면 동생과 같이 목동으로 가서는 쑥도 캐고 나물도 캐며 지냈다. 당시 목동에 있는 논과 야산을 사두면 장래에 큰돈이 되고 부자가 될 것으로 생각했다. 그때는 비만 오면 물바다가 돼서 땅값은 헐값이었지만 언젠가는 아파트 단지가 조성될 것으로 예측하긴 했는데 가난한 내겐 그저 그림 곳의 떡일 뿐.

두 달이 지났을 때 할머님께서 제일에 왔다 가라는 편지를 보내왔기에 안 갈 수 없어 가겠다는 답장을 보냈다. 그리고 제일에 맞춰 주인집에서 주신 머루술 한 병과 선물을 준비하여 여수행 열차를 탔다. 여수 군자동 형님 집에 가니 두균이 동생이 기다리고 있다가 반갑게 맞이해 주었는데 학교 때 내 방에서 나와 함께 자취생활을 했던 사이 좋은 동생이기도 하다. 그는 여수공고 전기과를 나왔다.

그날 형님 집에서 쉬다 질자호를 타고서 세포집에 도착하니 제사 음식 장만하느라 야단법석이다. 이목리 고모님도 오셨는데 나를 보더니 반가워하신다. 그러다 잠시 후 하시는 말씀이 이제는 장가 갈 때가 되었으니 서두르라는 것이다. 나는 모아둔 돈도 없고 마음에 준비도 안 돼 있어 아직 멀었다고 답했다.

그때 어머님께서 하시는 말씀이 처녀를 만나봤냐는 것이다. 나는 그냥 하신 말로 생각하고 슬쩍 웃어 넘겼다.

제를 모시고 다음날 아침에 상경하려 하는데 어머님께서 먼저 처녀를 봤으니 같이 가서 보자고 하신다. 6촌 동생까지 와서 권하는데 내 마음이 흔들렸다. 6촌 동생과는 이전에 자주 놀기도 해서 잘 아는 처지라 거절할 수 없었다. 아버님께서는 "그냥 보고만 오너라!" 하며 물러서신다.

아무튼 중매인 홍씨 형님이 오자 떠밀려 부치박에서 30분 넘게 배를 타고 제도리까지 갔다. 그곳에서 계원 김씨를 만났다. 돌팔이의사로 활동하는 분의 집에서 한참동안 이야기를 나누었는데 그가 좋은 여자 분이니 만나보라고 적극 추천한다. 전에 고흥에 가서 선을 보았고, 두 번째로 여수에서 보게 된 것이다. 고흥에서 또 이곳으로 이사를 한 집주인은 학교 때 다른 학교를 다녔지만 아는 사이다. 놀 때는 쾌활하고 노래도 잘 불러 칭찬이 자자하다.

처녀의 집으로 오라는 연락을 받고서 중매자와 함께 찾아가니 기와집에 행랑채까지 달려 있는 큰 집이었다. 안방으로 안내하여 따라 들어갔다. 할머님과 아버님, 어머님께서 인사를 하고 양가 식구 서로가 이야기를 나누는데 처녀가 술상을 들고 들어왔다. 몸매는 수수한 데다 사치는 없고 몸은 약간 뚱뚱한 편이었다. 나는 막걸리

두 잔만 마시고 더 이상은 사양했다.

할머님은 줄담배를 피우신다. 독한 연초를 담뱃대에 꾹꾹 눌러 피우시던 분이다. 아버님의 동기간은 5형제에다 고모님이 두 분이다. 그 중에 우리 형제도 9남매가 있다. 한참 동안 이야기를 나누다가 당사자인 우리 둘에게 행랑채로 가서 따로 이야기하라고 한다.

처녀의 방에 가서 이런 저런 이야기를 두 시간 넘게 나누다 보니 어느 틈에 나는 그 처녀에게 푹 빠져 있었다. 둘만의 이야기를 마치고 안방으로 가니 온 가족이 모인 자리에서 아버님이 "어떻게 하기로 했느냐?"며 묻는다. 나는 아버님의 결정에 무조건 따르겠다고 답했다. 순간 아버님께서 "그럼 됐다. 내일은 시내에 가서 약혼사진을 찍고, 또 간단하게 약혼식도 하고 저녁에 서울로 올라가라"는 것이다.

나는 내 사정을 이야기하고 허락하시면 약혼하겠노라고 했다. 작은아버님도 잘 되었다고 좋아하시고 온 가족이 좋은 모습으로 저녁식사를 마쳤다. 그리고 별 다른 어려움 없이 술도 한 잔 하고서 정중하게 인사를 나누고 헤어졌다. 이어서 중매인, 그리고 동생들과 함께 배를 타고 집으로 왔다. 집에 도착하자 아버님께서 대환영으로 맞이해 주셨다.

다음날 어머님과 같이 여수로 갔다. 그곳에서 연자누나와 동석하고 처부모님과 같이 사진도 찍고 함께 식사를 했다. 반지와 코트는 연자누나가 아는 집에서 샀다. 오후 시간에 열차를 타고서 서울로 떠나야 되는데 마음 같아서는 약혼녀와 함께 오고 싶었지만 그래서는 안 될 일…, 하루 만나고서 헤어지는 마음이라니 꽤나 섭섭하게 느껴졌다.

서울에 도착하고 일주일 만에 약혼사진을 받아보니 보고 또 보고 싶은 것이 확실히 마음이 끌리는 것이었다.

그런데 보름 정도 지난 어느 날, 퇴근하여 집에 와 보니 전에 파혼한 고흥 처녀분과 그녀의 언니가 찾아와서 주인아주머니와 이야기하고 있는 것이다. 나는 할 말이 없어 그들을 외면한 채 간단하게 저녁을 먹고는 학생들을 공부시키고 있었다.

그래도 그 여자들은 가지 않고 자꾸 만나 이야기하자고 채근한다. 나는 새롭게 약혼한 여인이 있다고 하였지만, 알고 왔다며 자기와 다시 결합하지 않으면 손해배상도 청구할 수 있다고 떼를 쓴다. 참으로 정이 뚝뚝 떨어지는 막무가내였다. 심지어 죽는 사람 살린다고 생각해 달라며 매달리기도 했지만 나는 단호하게 거절했다.

나중에는 영등포역까지만 바래다달라고 사정을 하는데 할 수 없이 그것만은 승낙하고서 같이 영등포역으로 걸어갔다. 앞에서 부지런히 걷는 내 걸음을 그들은 따라올 수가 없었고 멀리 떨어져 영등포역에 도착하자마자 나는 '잘 가시오. 좋은 남자 만나서 잘 사시오' 라고 인사하고 부리나케 집으로 돌아왔다.

며칠 후 아버님한테서 편지가 왔다. 결혼 날짜가 잡혔는데 한 달도 채 안 남았다. 모은 돈도 태부족이고 여러모로 준비가 안 된 상태라 고민이 이만 저만이 아니었다. 우선 쌍봉 친구에게 결혼 소식을 전하니 중앙강철 옷장 하나 사고 몸단장만 하면 집에서 알아서 할 일인데 무슨 걱정이냐며 좋은 생각만 하고 있으란다.

회사에도 결혼 소식을 전하고 구두와 양복도 간단하게 준비하였다. 결혼 날짜에 맞춰 기차를 타고 여수역에 도착하고 보니 새벽 4시 반, 개찰구를 나오니 약혼녀가 기다리고 있었다. 마중 나올 것이

라고는 미처 생각도 못했는데 몇 년 만에 만난 사람처럼 격한 감정에 가슴이 미어져 왔다.

하지만 그런 속마음은 표현하지 못하고 가볍게 인사를 나누었다. 새벽이라서 친척집으로 찾아가기도 어려워서 함께 근처 여관으로 들어갔다. 그런데 나는 나대로 금방 곯아떨어져 한숨 푹 자고 나니 8시가 넘었다. 아침 식사를 같이하고 약혼녀는 고모님 댁으로, 나는 군자동 형님 집으로 가니 다들 기다리고 있었다. 아버님도 왔다 가셨다고 한다.

질자호를 타고 집에 도착하니 야단법석이다. 주변 손님들에게 인사를 하고 보니 내일이 결혼하는 날이라는데…, 정말로 준비 없는 결혼! 첫날 만나서 대화하는 순간 홀랑 빠져 버려서 나도 모르게 하게 된 결혼! 선만 보고 결혼은 안 한다고 공언했던 사람이 결혼에 골인한 것이다.

아침을 먹고 나니 시끌벅적한 분위기에서 한복 준비를 하는데 우선 신부가 보고 싶은 마음에 가슴이 두근거린다. 몇 시간만 참으면 만날 것을…, 밖으로 나가니 가마가 기다리고 있었는데 그 가마를 타니 무슨 대감 같은 기분이 든다.

부치박 해변가에 배가 준비되어 있었는데 선보러 갈 때 탔던 배이기도 하다. 배는 깃발을 날리고 있었다. 우인으로 태균, 원석, 상각으로 봉두아버지가 동행했다. 봉두아버지는 두루마기에 중절모자를 쓰고는 오십도 안 된 나이에 노인 행세를 한다. 부상각으로 고모부님이 오셨다. 함진아비는 김영식, 결혼 날짜는 양력으로 12월 25일, 내 나이는 26세.

아버님과 나의 나이 차이는 20세로 누가 보면 형과 동생 사이로 보인다. 학교 때 집에 있으면 아버님의 친구분들이 집에 와서 '자네 형, 어디 갔냐'고 물은 적이 한두 번이 아니다. 실제로 아버님의 얼굴은 동안이시다. 반면에 나는 키도 크고 걸쳐 나이가 들어 보인다.

선착장에 도착하니 마중 나온 사람들이 가마는 신랑이 타는 법이라며 나에게 타라고 권한다. 함진아비는 "함 사시오. 함이요"라며 큰 소리로 외친다. 신부측에서는 막걸리 안주로 함을 사는 모양새다. 함팔이가 끝나자, "신랑 입장!" 하는 구령과 함께 전통 혼례식이 진행되었다.

사회자의 '신랑 입장', '신부 입장', '신랑 절, 일배요', '신부 절, 일배요', '술잔을 주시오', '술을 따라서 신랑에게 주시오', '신부에게 주시오' 등의 구령에 나는 정신없이 따라 했다. 그러다 닭도 날리고, 콩도 던지고, 재도 흩뿌렸던 것 같은데…, 아무튼 옛날 방식 그대로 혼례를 마치고 사진은 현대식으로 양복과 양장으로 갈아입은 다음에 찍었다.

현대식으로 사진을 찍는데 신랑과 신부의 키 차이가 많이 난다고 신부의 발밑에 하필이면 숫돌을 놓아 뒤뚱뒤뚱했지만 그 바람에 서로가 꼭 잡고 한 컷 찍었다. 사진 촬영 후 많은 음식이 차려진 방으로 입실하였다. 나와 함께 간 우인들도 입실하고 신부측 우인도 들어와 다함께 음식을 먹으며 술도 주고 받으니 이보다 더 좋은 일은 없을 것 같았다. 참으로 행복한 시간이었다.

라디오에서는 '메리 크리스마스!'라며 인사말이 나오고 각종 크리스마스 캐럴이 끊임없이 울려 퍼진다. 두 시가 되자 상각 방에서 술을 올리고, 세 시에는 상각과 함진아비, 우인들이 간다기에 밖에 나가서 인사를 하고 보냈다. 밖에는 손님들이 많이도 와서 와글와

글한다. 나는 음식을 조심해서 먹고 술도 조금씩 마셨다. 우인으로 갈 때는 많은 술을 먹었지만 오늘은 새신랑이니 그럴 수는 없는 일, 저녁때는 신랑을 단다고 야단이어서 나 스스로가 중심을 제대로 잡아야 했다. 친척분과 여자 우인들이 신랑 신부에게 노래를 시키는데 나도 3곡이나 불렀다. 이 와중에 백야도 작은어머님은 유독 소란을 피운다.

　밤은 깊어 하객 분들은 거의 집으로 가고 신랑 신부 둘만이 신방에 들었다. 신부는 그때까지도 머리에 족두리를 쓰고 있었다. 나는 족두리를 벗겨 한 쪽에 내려놓고는 저고리 옷고름도 풀어 가지런히 벗겨 한쪽에 정리해 놓았다. 그리고 둘 다 잠옷으로 갈아입고 이불 속에 들어갔는데 밖에서는 문창호지를 침으로 발라 구멍을 내고는 들여다보고 있는 것이다.

우리 둘이는 조용히 속이야기만 하고 있으니 한참 뒤 문 밖이 조용해진다. 첫날밤을 보내고 새아침이 밝아오니 다시 손님들로 붐빈다. 하지만 별 다른 행사 없이 친척분만 모여 함께 식사를 하고 조용히 하루를 보낸 뒤 다음날 신부와 상각과 아버님, 어머님과 우인으로 동생들이 이불이며, 옷, 선물 등등을 메고서 귀가했다. 4명 정도로 기억되는 짐꾼들에게 운임으로 돈을 주고서 많은 음식과 술로써 극진히 대접했다.

마을에서도 대잔치가 벌어져 많은 친척분과 이웃마을 사람들로 들썩들썩하였다. 오시는 손님마다 인사를 하고 그렇게 하루해가 가고 보니 이제는 동네 처녀들이 신부에게 노래를 부르라고 성화다. 신부야 노래 하나는 똑소리 나게 잘도 부르니 모두들 흥겹게 놀다가 12시경에 돌아갔다.

우리 집에서 제대로 된 첫날밤을 알콩달콩 지내고 다음 날은 음식을 장만해서 신부집으로 향했다. 구식으로, 잰걸음으로 가서는 장인어른과 장모님께 감사의 인사를 올렸다. 그리고 처가 식구들 모두에게 인사를 드리고 처가에서 또 하루를 보낸 다음날 다시 우리 집으로 많은 음식을 가지고 와서 정을 나누었다. 양가의 친척분들과 화합하고 우정을 다지는 잔치를 벌이고 그 다음날 서울행 기차를 탔다.

안집에게는 신혼여행을 간다고 인사를 하고서 남산 구경차 케이블카를 타고 남산 정상으로 올라가는데 바로 아래 대연각호텔이 시커멓게 불탄 채 흉물스럽게 보였다. 우리가 결혼하던 1971년 12월 25일 성탄절 오전 9시 50분에 불길이 솟아 하늘을 삼킬 듯 넘실거렸고 시커먼 연기는 서울 시내를 캄캄한 암흑으로 휘감았다고 한다. 백주 대낮에 일어난 대형 화재사건으로 오래도록 세간에 화제가 된 사건 중의 사건이 우리가 결혼한 날에 일어났던 것이다.

남산 꼭대기에서 서울 시내를 내려다보니 높은 빌딩들이 빽빽이 들어차 있고 도로는 차로 뒤엉켜 있었다. 북한산은 하얀 옷으로 갈아입었고 한강은 유유히 흐르는 것이 실로 장엄해 보였다. 남산에서 서울 시내 구경을 하고 내려와서는 경복궁으로 향했다. 조선왕조의 호화로운 생활이 묻어나면서 조선시대의 백성들은 못 먹고 못 입고 뼈 빠지게 일만 하다 죽은 노예처럼 생각되어 가슴이 시려 왔다.

남산과 경복궁 두 곳만 구경했는데 하루해가 진다. 다음날은 회사에 출근하는 날이다. 주인집 아주머니와 같이 음식을 준비해 놓고 출근해서는 조립반 반장님과 가까운 친구들만 집으로 초청하여 대접하고서 혼사와 관련한 인사를 마무리했다.

신부와 함께 신접살림을 하기에는 현실적으로 부족한 것이 너무나 많았다. 신부를 세포집으로 보내야 하는 실정인데 그간 정이 깊이 들어 어쩔 수 없이 함께했다. 그러다 며칠 후 세포집으로 내려 보냈는데 내 준비가 부족했던 것을 누구에게 말도 못하고 답답하기만 했다.

한 달 정도 지나고 설날이 찾아와서 고향집으로 부리나케 찾아가니 아내는 부엌에서 불을 넣다 말고 뛰어나와서 울음바다를 만든다. 미안한 마음에 나는 아무소리도 못했다. 어머님이 이 광경을 보시고는 방으로 들어가며 하시는 말씀이 아내를 얼른 방으로 데리고 가서 달래주라고 한다.

해는 서산에 지고 제물은 차려야 하고…, 아무튼 그날 저녁에 가족분들과 제물을 준비하여 설날 아침에 차례를 지냈다. 새해에는 가족 모두 건강하고 만복이 가득하기를 기원하면서….

떡국으로 아침식사를 하고 할머니 산소에 가서 성묘하고 석개마을 큰집과 작은집에 들러 새해 인사를 드렸다. 이어서 부치박 할아버지 산소에 들러 성묘하고 오후에는 객선으로 처갓집에 갔다.

처갓집에서는 할머님과 부모님이 처남들과 새해인사로 동네 분들을 만나 세배를 하며 정을 나누고 있었다. 나와 아내는 처가식구들 모두에게 인사드리고, 처작은집에도 찾아가서 숙부님과 숙모님께 인사드렸다. 그야말로 이 동네에 사는 사람 거의 모두가 처갓집 친척 분들이었다.

우선 그 당시에 처가 인근에서 살고 있던 처갓집 가족들을 대충 짚어 본다.

최고의 어른이신 할머님이 줄담배를 피우며 살아 계셨고, 동네 의료를 책임지는 돌파리 의사 및 약사로서의 장인어른과 장모님이 살고 있었다. 결혼한 처형은 신랑 따라 제리도 수돌금 시댁에 갔고, 큰고모부님은 우리 마을 배짓는 일도 도맡아 하시는 분으로서 내가 초등학교 다닐 때부터 목성호 수리와 우리 외삼촌 배도 건조하신 분이라서 잘 알고 있던 분이다.

바로 밑 작은아버님도 목수로서 배 만드는 일에 관여하셨고, 백야도 작은아버님은 6.25한국전쟁에서 부상당한 상이용사, 여수 작은 아버님은 백수, 막내삼촌은 외항선 선원이다. 처남은 덕용, 상일 · 상호 쌍둥이, 재복, 인호 등 5명에다 처제 제금이 살고 있었다. 그야 말로 대가족이 인근에 모여 서로 돕고 의지하며 살고 있었다.

아무튼 처가를 거쳐 생가에 돌아왔는데 앞으로의 삶이 걱정으로 다가왔다. 우리 아버님은 내가 결혼만 하면 다 되는 줄로 아셨는지 여수에 대리점을 내주시겠다던 약속도 까맣게 잊고 있었다. 서울에 서 살면 무조건 잘 사는 줄 알고서는 '나 몰라라' 하시는데 정말로 너무한다 싶어 섭섭했다.

나는 다음날 회사에 출근해야 해서 곧바로 서울로 올라왔다. 아내 는 일주일 후에야 어머님과 같이 서울로 왔는데 쌀 한 말과 옷가지 몇 개, 그리고 이불 한 채만 갖고 왔다. 참으로 서운해져서 가슴이 답답했다.

서울에 산다지만 부부가 함께 살 수 없을 정도로 비좁은 다락방 신세, 그것도 학생들 가르치며 사는 방에서 세 식구가 하루를 지냈 다. 그리고 다음날 어머님께서 서울 구경을 하고 세포로 가는데 앞 으로 보내줄 쌀값이라며 거금을 쥐어 드렸다.

그런데 어머님도 아버님과 똑같은 분으로서 쌀 열 가마 값을 받아 가시고는 1년 내내 딱 한 가마로 끝이다. 사실 세포마을 350가구 중 10위권 안에 드는 부를 누리며 사시는 분으로서 지독해도 너무 지 독했다.

아내는 별 일 없이 안집에서 놀기도 하며 소일하다가 첫 일요일 날 내 친구와 같이 관악산 등산에 동행했다. 나는 운동화에 등산복 차림인데 아내는 아무런 준비 없이 고무신에 평상복 차림으로 따라

나섰다. 친구가 김밥과 빵을 준비해 와서 정상에서 나눠 먹고 그런 대로 즐겁게 시간은 보냈지만 아내에게는 영 미안했다. 결혼 후 서울에서의 처음 산행인데 등산복과 등산화를 미리 준비하지 못한 내 탓에 아내가 얼마나 힘들고 창피했을까 싶었다.

매주 일요일은 휴일이라서 아내와 함께 영등포시장 구경을 가서 구석구석 돌아다니다 보면 어느새 노천시장이 나타난다. 노천시장은 길이가 길고 상인도 많아 그야말로 인산인해를 이루고 있었다. 오가는 사람들이 어찌나 많은지 역동적으로 장사가 잘 되고 있었는데 그곳에서 내 군대시절 작전계를 만나 반가웠다. 그는 스테인리스 그릇을 팔고 있었는데 인기 품목은 잘 팔린다고 했다. 아내가 장사를 하고 싶다며 가게 한 칸만 얻어주라고 했더니, 알겠다며 기다리라고 한다.

아내가 고모님 쪽으로 해서 고종 4촌언니가 이태원동에 산다고 하여 버스로 물어물어 찾아갔더니 언니 내외분이 반겨준다. 그 밑의 동생들도 만나고 원포가 고향인 영곤이도 만났다. 그렇게 서울 시내를 걸어서 구경하며 집에 돌아와 보니 콧속이 새카만 굴뚝처럼 검은 딱지가 묻어 나온다. 얼굴을 만져도 새카만 연탄가루가 묻어 날 지경이니 서울시내는 매연으로 엄청나게 오염돼 있던 것이다.

갑자기 서울에서 산다는 것이 싫어졌다. 회사는 대전으로 이사 간다고 떠들썩하고 미래에 대한 아무런 기약 없이 단칸방에서 신혼생활을 지속한다는 것이 나 스스로 꽤나 서글펐나 보다.

목포에 있는 형님께 직장을 구해달라고 부탁했다. 얼마 후 목포로 한 번 왔다 가라는 연락을 받고 일요일 날 기차를 타고 내려갔다. 영산강에서는 중선배가 고기를 잡는 모습이 아련하게 다가왔고, 목포역에 도착해서 유달산을 바라보니 기암괴석으로 둘러쳐져 있는 것이 매우 아름답게 보였다.

동명동으로 걸어서 가는데 흙탕길이라 장화 없으면 못 갈 형편이다. 아무튼 힘겹게 형님을 찾아뵈었더니 그곳 호남제분 전기과에 근무하게 될 것이라고 한다. 마침 형님 집에 세 들어 살고 있는 호남제분 전기과 반장님이 소개했다는데 그분 말을 믿고서 서울로 돌아와서는 곧바로 이사 준비를 하려니 가슴이 허전했다.

주인집도 정이 들었고 회사도 적당한 보수에 나름대로 편하게 근무했었는데 떠나려니 아쉬웠다. 회사만 대전으로 이전하지 않는다면 공기야 좋든 말든 계속 머무를 만했는데 어찌하랴. 그때 마침 영등포시장에 가니 일전에 만난 군대 친구가 가게를 말해 놨다며 내일이라도 당장 장사를 할 수 있다고 한다. 그런데 목포행이라니…. 깜짝 놀란 친구에게 사실대로 이야기하고 신경 써 줘서 고맙다는 인사를 건넸다.

마지막으로 회사에 가서 사표를 제출했다. 직장 동기들과 조립계 사원들이 내 퇴직 의사에 깜짝 놀라며 섭섭해 했지만 며칠 후 퇴직금과 급료를 정산 받고, 또 그간 모은 돈을 인출하여 목포로 내려왔다.

목포에 와서 동명동 탈각다리 정상에 단칸짜리 전세방을 얻고는 우선 시급한 짐만 들여놨다. 다른 짐은 소화물로 부쳤다. 형님 집과는 10여 미터 떨어진 이웃인데 물은 그 아래서 받아와야 했다. 물지게를 지고 탈각다리 90개를 내려가 그곳 수돗가에서 줄서서 물을 받아오려니 그것도 매우 큰 일이었다.

목포 정착, 생선장사 시절

목포에 내려오면 호남제분 전기과에 곧장 취직이 되는 줄로 알고 있었는데 아무런 연락이 없다. 별 수 없이 형님네 일을 돕기로 하고 인부가 오징어를 까면 정리하는 일을 했다. 또 지렁이 채취하러 대만동으로 가서 잡다한 심부름도 하며 용돈을 벌었다.

그러다 어느 날 하루 호남제분에 면접 보러 갔는데 토목과 출신이 전기공이 웬 말이냐며 멋지게 낙방하고 말았다. 이제 회사에 취직하는 것은 접어두고 화신상회로 향했다. 그곳에서 놀다가 아귀머리와 장 껍질 벗기는 일을 도와주고, 아귀머리 일부는 집에 가져와 반찬으로 만들어 먹었다.

낚싯밥으로 쓰는 지렁이 상자도 100개나 직접 만들어 화신상회에 일당을 받고 넘겨주었다. 도매업을 하는 화신상회 창고가 100평 정도 되었는데 나는 그곳에서 낙지작업도 하며 일을 도왔다. 일을 배운다는 측면에서 낙지 상인과 막걸리 한잔으로 하루 일과가 끝나도 나는 후회하지 않았다.

어느 날 아내가 다라이에 낙지를 받아 장사를 하겠다고 제안한다. 생활이 곤궁하니 직접 돈을 벌어 보겠다는 아내의 마음을 모르는 바 아닌 나로서는 안 된다는 말을 못하고 형수님께 낙지 두 접을 받아 아내에게 건네주었다. 그런데 장사 수완이 좋았는지 아내는 두 시간 만에 뚝딱 팔고는 돈 계산하러 오는 것이 아닌가.

그야말로 낙지가 없어서 못 팔 정도로 날이 가면 갈수록 판매량은 늘어났고 수입 또한 괜찮았다. 시장에 앉아 있지 않고 아내가 직접 식당을 찾아다니면 아가씨가 장사하는 줄 알고서 주방장들이 꽤나 구입해 줘서 낙지 주문이 점점 늘어났다.

덕분에 나는 짐자전거에 바닷물을 싣고서 낙지를 넣어 바쁘게 뒤따라 다녔는데 형수님께서 마련해 주는 낙지 수급에 문제가 생겼다. 서울시세가 좋으면 부둣가에서 곧장 서울로 부치고 우리에게 낙지를 주지 않는 것이다.

일전에 부둣가에서 형수님이 할머님께 낙지를 구입해서 서울로 부치는 것을 본 적이 있어 부둣가로 할머님을 찾아가서 낙지를 주시라 하니 형수님보다 싸게 주시는 것이다. 오후에 아내는 할머님한테서 직접 구입해 선창시장 노상에서 장사를 하였다. 오전에는 식당 장사로써 주문 받은 대로 공급해 주고 저녁에는 자전거 타고 식당으로 수금 나가는 것이 흐뭇한 일상이 되었다. 수입도 꽤나 좋은 편이었다.

장사의 규칙을 알고 장사의 재미에 빠지고부터는 형수님께 물건을 가져가는 사람들과 술도 한 잔씩 나누면서 가게자리 나면 소개해 달라고 부탁을 했다. 일주일쯤 지나니 김인규형이 중앙시장 골목에 350만원 보증금에 월세가 상당히 비싼 방 한 칸에 부엌 겸 매장이 있는 가게를 소개하여 곧바로 계약했다.

이사날짜가 되어 보증금도 지불하고서 짐을 옮기기 전에 수리차 찾아가니 우리가 정한 그날에 비워주지 못한다며 일주일만 더 있다가 오라고 한다. 난감해 하며 돌아온 우리도 새로 이사 온 사람들에게 떼를 쓰며 우리 사는 방도 그날 못 비워준다고 하니 이삿짐으로 갖고 온 장롱과 간단한 이삿짐을 마룻바닥에 놓고 주무신다.

정말로 미안했는데 그날 새벽에 만삭의 아내가 산통을 느끼다 양수가 터져서 급히 산파를 불렀다. 산파가 오고 잠시 후 6시경에 아내는 큰딸 선미를 출산했다. 그리고 3일 만에 이사를 가는데 눈은 오고 길은 미끄러웠지만 아내에게 갓난아기를 보에 싸서 안긴 채 자전거에 태우고 비틀거리며 시장집에 도착했다. 넘어질까 싶어 얼마나 조심했는지 애초부터 택시를 부르지 않은 것을 자책하고 또 자책했다.

다음날부터 장사는 시작해야 하는데 장사밑천 100만원이 부족해서 아버님께 부탁했더니, 아버님이 기차로 목포에 오시면서 김정삼 형과 같이 오셨다. 경비로 10만원은 제한다며 90만원만 주시면서 나중에 이자 보태서 갚으라고 하신다. 나는 "예!" 하고 힘주어 대답했지만 왠지 가슴 속은 섭섭함으로 허전해 왔다.

'모질고 지독하신 아버지, 갈 때는 빈손으로 가는 것인데…. 첫손주가 태어난 지 며칠 밖에 안 되었는데 축하금으로 10만원만 보태주시지. 그 돈 정도는 아낌없이 줘도 되는데….'

그 당시 겨울철에는 낙지가 나지 않았다.

옆집 가게를 보니 홍어와 생선 등을 팔고 있었는데 우리도 따라

하기로 작정했다. 생선은 화신상회에서 알려주는 곳에서 구입하고, 옆 가게 동근사장님을 따라 홍어는 그 집에 들어오는 날에 맞춰서 구입했다. 장사는 그런대로 잘 됐다.

미안한 마음은 며칠뿐이고 본격적으로 장사에 매달리자 나는 새벽 4시 반이면 좌판을 깔고서 물건 구입차 선창으로 자전거를 타고 나갔다. 적은 물량은 자전거로 직접 운반하였고, 많으면 리어카 배달부에게 부탁하였다. 이 장사도 봄이 오면서 본격 낙지장사로 변하였다.

낙지철이 되면서 낙지장사에 몰두하였는데 나와 형님집 물건은 비교적 싸게 공급받았다. 선창에서 석길, 원길, 민숙 등 삼총사 할머니들은 우리가 형제인 줄 알고서 물건을 좀 싸게 주어서 장사하는 데 여러모로 유리하였다. 시장에서는 할머니들 십여 명이 나란히 앉아 낙지를 꼬챙이에 꽂아 짚불에 구워서 판매하였다.

우리 가게는 비닐봉투에 낙지를 담아서 팔았기 때문에 물도 안 흘려 자연히 손님이 많아졌고 덕분에 장사도 잘 되었다. 처음으로 우리가 비닐봉투를 사용했는데 나중에는 시장 전체가 비닐봉투를 사용하기로 통일하였다. 아침이면 식당 주인들이 낙지를 주문하고 나는 열심히 배달하고, 또 바닷물도 듬뿍 줘서 인기였다.

매일 한 명씩 계를 타는 일수계를 하자고 시장 상인들의 의견을 모아 매일 매일 좀도리로 내는 돈이 모아져 맨 나중에 타니 목돈이 된다. 어느 날 저녁때 계를 탔는데 그 돈을 받고서는 도둑맞을까 두려워서 돈은 장판 밑에 밀어놓고 도장이 안 와서 뜬눈으로 밤을 새웠다. 새벽이 되고서야 마음을 풀 수가 있었고, 돈 모으는 재미에 피곤한 줄도 모르고 지냈다.

또 다시 겨울이 찾아오자 홍어와 선어장사로 바꿨는데 우리가 영도네와 인구네보다 많이 팔았다. 인구네는 20미터 정도 떨어졌고 영도네와는 딱 붙어서 판매경쟁도 하고 시기도 하며 장사를 했는데 선의의 경쟁이 정말로 볼만했다.

겨울철 홍어는 단골상회 단골장사로서 흑산도에서 배가 오면 미리 가서 기다리고 있다가 받는데 나는 가마니로 두 가마를 받았다. 다른 사람보다 많이 받은 것으로 한 가마에 암치 열 마리, 수치는 두 마리가 들어있었지만 한 마리로 할당을 받는다. 운반원의 부탁으로 대청도 홍어는 새벽 5시경에 4상자를 할당 받는다.

대청 홍어는 잘 숙성시키면 흑산 홍어와 구분을 못한다. 심지어 장사하는 사람도 어디 산인지 못 맞춘다. 인천 홍어는 표시가 나서 숙성을 잘 시켜도 맛을 보면 식감이 뚝 떨어진다. 또 냉동시킨 것은 싱싱한 홍어인지 구분하기 어렵다. 처음에는 등뼈를 보고서 흑산 홍어인지 구분한다. 흑산 홍어는 등뼈가 일자인데 인천과 대청 홍어는 등뼈가 휘어진 채 4마리 정도가 상자에 담겨져 오는데 신기하게도 등뼈에서 차이가 확연히 난다.

우리 가게는 원래 홍어장사가 살아서는 땅바닥에 창고를 만들었다는데 생선 30상자가 들어갈 정도로 꽤나 큰 규모였다. 뚜껑은 판자로 만들어져 있었는데 가로 1.5자에 세로 6자로서 상자를 넣고 꺼내는 통로로 규격화 되어 있었다. 저녁에 팔던 물건도 넣고, 다른 집 생선도 내 책임하에 넣어두었다.

한 번은 흑산 홍어를 가지러 갔는데 배가 적게 잡아와서 한 가마만 내 차지가 되었다. 그래서 그 뒤로 많이 삭혀진 홍어 한 가마 반을 저렴한 가격으로 구입해 와서 그 홍어를 좌판에 놓아두었다. 그런데 사람들이 지나가면서 흑산 홍어 냄새가 난다며 가격을 묻기에 조금 저렴하게 답했더니 홍어는 잘 팔리고, 오히려 인기가 최고였다.

덕분에 흑산 홍어 값 받아 돈도 많이 벌었다. 구입 당시 반값으로 한 가마가 더 담겨서 이익은 배가 되었다. 목포 사람들은 톡 쏘는 냄새를 좋아한다. 타지역 사람들은 흑산 홍어를 냄새난다고 오히려 싫어한다. 타지역 사람에겐 인천 홍어를 보여주고 적당히 판다.

홍어장사를 2년간 하고서 전면 생선장사로 바꿨다. 화신상회 사장님한테 부탁해서 황복어와 횟감 고기를 경매로 구입하면 '동원일식' 주방장이 물건을 보고는 상당부분 구매한다. 뒤에 나는 일식집으로 가면 주방장(성일)은 무조건 비싼 가격으로 책정한다. 이익금은 둘이 반씩 나누는데 얼마나 편한 장사인지 모른다. 황복어도 8상자를 구입하면 일식집 '동원미락'에서 가져갔다. 조기와 기타 생선도 팔았고 한쪽으로는 낙지도 조금 팔았다.

봄이 돌아오면서 낙지장사가 본격적으로 시작되었다. 일손이 너무 부족하여 처남을 목포로 오게 하여 아침 배달일을 맡겼다. 나는 물건 구입하랴, 뚱어리 보러 바쁘게 움직였고, 또 물 배달로 시간에 쫓겨서 그야말로 눈코 뜰 새 없이 바빴다. 처남은 아침이면 임성식당 주인들을 만나 그날 필요한 시장을 봤다. 단골손님용 낙지는 2~3접 정도 구입하였다. 목포에서 시장 본 것도 역까지는 배달하고, 주점과 일식집까지 배달하고 나면 12시가 된다.

이후는 2시간쯤 한가한 시간을 이용해서 비닐봉지를 수작업으로 동태용 비닐을 잘라 한쪽을 묶는다. 크고 작은 것, 한 접 구입한 것, 2~3접 구입한 것이 달라서 시장통 할머니들은 짚으로 꿰어서 판매했지만 목포에서는 우리 집이 맨 처음으로 비닐을 사용했다.

인구네 가게는 우리 가게와 20m 정도 떨어졌고, 영도네는 우리 가게와 바로 붙어서 경쟁자 집이다. 영도네는 원래 낙지장사는 안 했었다. 그런데 우리가 하는 것을 보고서 시작하였다.

아무튼 어느 해 겨울이야기인데 좌판에는 생선과 낙지가 조금 남아 있었다. 오후 5시경에 비료비닐 부대에다 대성동 아무개가 낙지를 가져와서 구입하였다. 며칠 후 이번에는 두 사람이 나타나 낙지를 가져왔기에 대성동 사람에게 계산을 하였는데 동행한 한 사람이 안 가고 남아서 만나자고 하기에 시장 막걸리 집에 가서 한 잔 하면서 인사를 나누었다.

그는 경주 정씨 69대 병자돌림으로 우리 아버지와 같은 항렬에 나이는 나보다 한 살 위고 집은 하의도라고 하였다. 사실 나는 하의도가 어디에 있는 줄도 모르고 있었는데 그는 하의도에서 낙지를 잡고 있다며 우리와 거래를 하고 싶다는 반가운 소리를 하는 것이 아닌가.

낙지장사 시절

ㄱ 뒤로 비닐 부대에 낙지를 담아서 목포로 오고 갔다. 그러다 한 번은 이야기 끝에 하의도 정씨가 배를 구입해야 되겠는데 돈이 없으니 선대금을 줄 수 없겠느냐고 물어온다. 사람을 살펴보니 사기꾼은 아니고 그저 순한 농어민의 한 사람이다. 봄이 되면 낙지가 많이 잡히는데 그때는 별도의 배에서 낙지를 받는 것도 매우 바람직한 일이라는 생각이 미치자 나는 오래도록 거래를 지속하자고 단단히 약속하고 계약서도 없이 배 한 대 값을 건네주었다.

겨울이 지나고 봄이 되니 하의도 정씨가 싣고 오는 물건이 상당하였다. 무엇보다 직접 배에서 옮겨 오는 것이 왠지 더욱 신선하게 느껴졌다. 게다가 지난 겨울에 정한 시세대로 물건 값을 계산해 주었는데 물건은 목포의 대낙보다도 컸다. 그래도 목포 평균시세로 약정했기에 내 생각대로 낙지 대금을 주면 그는 주는 대로 그냥 받아가고 더 이상 달라는 말이 없다.

물건을 싸게 다량으로 받아 비싸게 파니 얼마 만에 돈에 여유가 생겨 텔레비전을 구입했다. 그때 큰딸 선미가 와서는 이곳 집에 눌러앉아 텔레비전만 보고 있었고, 시장 안에서 낙지 파는 할머니들도 시간만 나면 우리 집으로 몰려오는 바람에 작은 방의 텔레비전은 늘 켜져 있었다. 그때만 해도 골목 부근에서 우리 밖에 텔레비전 있는 집이 없었다.

전화도 그 골목에 두 대 밖에 없었다. 우리 옆집에 한 대가 있었는데 전화비는 통째로 우리가 내고 거는 전화 없이 받는 것만 허용 받았었다. 받는 전화만이라도 우리에겐 대단한 영업효과를 안겨주었다.

전화가 귀하던 시절, 그야말로 집 한 채 값이다. 어느 날 전신전화국에서 전화접수를 받는다는 말에 그 날짜에 맞춰 친구 김은만과 같이 새벽 4시 반부터 줄을 서서 기다리다 10시부터 시작된 전화접수를 우리는 11시 반에 마쳤다. 그리고 저녁 무렵 전신전화국 직원이 찾아와서는 당첨되었다며 현장조사를 하더니 전화번호 몇 개를 보여주며 하나를 선택하라고 한다.

나는 42국에 9335번을 선택하고 홍어 반쪽 가격으로 전화기도 샀다. 그 시장골목에서 3번째로 전화기가 설치되는 순간이다. 그 후 이 사람 저 사람 우리 전화기를 많이 사용했는데 돈을 주고 가는 사람, 안 주고 가는 사람 등 가지각색이었지만 시장 편의를 도모해 준다는 측면에서 나는 개의치 않았다.

그때는 은행거래를 하면서 일수계도 하며 자금관리를 하던 때다. 어느 날 일수계 계주가 와서는 시장입구 쪽에 가게가 매매로 나왔다며 한 번 가보라고 권하여 찾아갔다. 우리 집과는 몇 집 사이 떨어져 있었는데 방이 없다. 좌판은 우리 가게와 동일하였고 가게는 언제라도 비워줄 수 있다고 한다.

나는 옆집과 장사하느라 경쟁할 필요도 없고 무엇보다 안전하다는 생각이 들어 그 가게를 사기로 결정하였다. 그리고 방이 달린 안채도 있어야 했기에 부동산을 통해서 알아보기도 하고 시장통과 200미터 떨어진 여인숙 뒤쪽에 슬래브로 된 집도 가봤지만 모두가 여의치 않아 포기했다. 그러고는 곧바로 가게를 사서 안쪽으로 방을 만들었다. 연탄화덕을 밀고 당기며 방을 따뜻이 하고, 방 옆에는 찬장을 놓아 밥은 가게에서 해 먹기로 했다.

큰딸 선미는 아침이면 가게로 동생 은주를 안고서 왔다. 그리고 어린이용 목마를 타고 골목을 왔다 갔다 하면서 시장골목에 나와 있는 음식재료를 손가락으로 쿡 찍어 놓곤 했다. 앞집 은숙이네는 야채와 고기 등을 튀겨 파는 덴뿌라집인데 선미에게 틈틈이 먹을 것을 챙겨 주었지만 아랑곳없이 제 맘대로 집어다 먹는다.

그 옆 두부집에서는 매대에 내놓은 두부를 선미가 손가락으로 쿡쿡 찌르고 다녀 아예 못 팔게 만들어놔서 돈을 주고 사과까지 하였다. 아무튼 선미는 시장 안 말썽쟁이로 유명한 아이였다. 옆집 식품가게의 미선이는 우리 선미와 동갑인데 가끔 싸워서 그렇지 어릴 적부터 서로가 잘 어울리며 활달하게 지냈다.

나는 새벽 4시 반이면 일어나서 자전거를 타고 부둣가에 가서 낙지와 바닷물을 싣고 가게에 와서 낙지를 대·중·소로 선별해서 통에 넣고 물을 부어놓는다. 손님맞이를 제대로 하려면 시장의 낙지 상인들에게 물배달을 확실히 해야 한다. 자전거에 10통을 싣고서 부두에서 통운 앞을 지나 오거리로 가는 길은 경사가 심해서 매우 힘든 곳인데 그래도 그때는 힘이 장사여서 차질 없이 물배달을 제대로 하였다.

그해 여름철이 시작되니 하의도에서 선대로 가져간다며 세발낙지를 싣고 왔다. 처음엔 100접 남짓 가져와서 배는 통운배 정박지에 두고는 그곳에 있는 뚱어리에 옮겨 놨다. 나는 급한 대로 뱃사람들의 식사를 해결하고, 대병(1리터 들이) 소주와 돼지머리 등을 실려 보냈다. 가격은 물어보지도 않고서 우선 필요한 자금만 조금 받아 가는 것이다.

2~3일마다 배가 들어오는데 소매상 여자분들이 먼저 와서 배를 기다린다. 한 번 오면 200접도 넘게 가져온다. 아무튼 배만 들어오면 그 즉시 쌀 한 가마 값은 수월하게 벌었다. 이것저것 떼고 이만 원에 받아서 도매로 이만오천 원에 판다. 인기가 좋아서 조금 지나면 가격은 또 5백 원이 오른다. 낙지가 조금 큰 것이면 가격이 많이 달랐다.

가을철 연승낙지가 나오기 전까지는 하의도 낙지로 돈을 잘 벌었다. 연승낙지가 나오면 하의도 낙지는 출하량이 대폭 줄어 한나절치밖에 안 된다. 아무튼 그해 하의도 낙지장사로 상당히 많은 돈을 벌었다.

그해 여름철에 낙지 잡는 현장이 궁금하여 처음으로 하의도에 가봤다. 목포부두에서 하의도행 여객선을 타고 갔는데 어찌 그리도 먼지 4시간이 넘게 걸렸다. 가는 도중에 장산을 지나는데 이곳은 바다가 아니고 물길 양쪽이 갯벌로 이루어진 강이다. 바닷물은 뻘물로 혼탁했다. 개펄은 어찌나 넓은지 옥도 개펄이 신의까지 연결되어 있는 줄 알았는데 가운데 야산이 있는 섬이다.

하의도 선착장에서 친구 인도 씨의 삼촌집에 가려면 후광리로 걸어서 약 4킬로미터 들어간다. 길가에 연이어 펼쳐진 염전을 따라 찾아가니 인도 씨 삼촌도 작업 나갔다가 돌아와 계셨고 숙모님은 간이술집을 운영하고 있었다. 이곳에서는 두 명이 오면 대병 반병, 3명이 오면 대병 하나에다 안주는 김치 한 가지란다. 내가 놀란 얼굴로 쳐다보니 여기서는 그것도 양반이라며, 염전에 가면 소금으로 술안주를 한단다. 그리고 아무튼 안주 없는 술집이니 이해하란다.

그리고 금택 씨네 집으로 안내를 해서 찾아갔더니 농주 한 잔과 식사도 내왔다. 저녁이라서 잠을 의탁하고 새벽 4시쯤에 시끌벅적하는 소리에 잠에서 깨어났다. 일어나 보니 막걸리 농주 술상이 차려져 있고 친구 금택 씨도 일어나 있었다. 새벽부터 술을 마셨는데 이 술맛은 정말로 잊을 수 없는, 생전 처음 맛보는 최고의 가정주였다.

그것이 아침이라는데 꼭두새벽에 식사를 마치고 낙지배로 2킬로미터쯤 떨어진 선착장으로 갔다. 4명 정도 기다리고 있었는데 우리 다음으로 바로 7명 정도가 탔다. 방앗간으로 가는 기계와 함께 이 사람들을 실어도 배는 까딱없다.

장병도 뻘밭에서 배를 정박하고 모두 내려 다른 사람들은 뻘로 가고 나는 인도 씨 삼촌 뒤를 따라갔다. 인도 씨 삼촌은 낙지를 잡으면서 가고 나는 빈 몸으로 쫓아가도 못 따라갈 정도다. 몇 사람은 그 부근에서 무슨 표시를 하고 조금 가다가 구멍을 보고는 집을 만들어 자기 것이라고 표시한다. 물이 들면 재빨리 집을 부수고 낙지를 잡는다고 한다. 인도 씨 삼촌은 구멍만 보면 손으로 깊게 디밀어 낙지를 잡아내는데 그 방법이 가장 쉬워 보였다.

어떤 사람은 일일이 구멍을 l미터까지 깊이 파서 낙지를 잡는다. 이런 분들은 고생을 제일 많이 하고서도 낙지는 적게 잡는다. 밀물이 들어와서 작업을 마치고 배에 모여 낙지를 세는데 인도 씨 삼촌은 10접이 넘고 못 잡은 사람은 주전자에 20마리 정도 담겨 있다. 금택 씨도 인도 씨 다음으로 꽤 많이 잡았다. 배는 3인 공동소유로 인도, 금택, 재근 씨가 소유주다.

그날 잡은 낙지는 내가 보내준 대뚱어리 속에 세어서 넣은 후 강으로 돌아왔다. 목포에서 대상인이 왔다고 뱃사람 전원에게 인도 씨 삼촌집으로 오라고 하여 다른 안주는 없어 김치에 소주만 대접했다. 돼지고기를 사려면 하의면사무소 근처까지는 가야 된다고 해서 포기했다.

금택 씨 집에서 잠을 자고 다음날엔 낙지배가 옥도 뻘로 갔다. 그곳에서 낙지 잡는 법을 배웠다. 낙지가 있는 곳에는 구멍이 두 개 있는데 구멍 하나는 '부름'이라고 낙지가 굴을 파는 과정에 뻘을 밖으로 밀어 내면서 생긴다. 그 부름을 보고서 부근의 또 다른 구멍을 찾는다.

구멍을 찾아 1자 정도 파면 큰물구멍이 나오는데 그 둘레를 바르게 하고 뻘로 뚜껑을 만들어 표시를 한다. 또 다른 곳을 찾으며 1시간 또는 30분 정도 있으면 낙지는 빠른 속도로 숨다가 뚜껑 앞에서 숨구멍이 막혀 밖으로 튀어나온다. 이때 빠른 속도로 낙지를 잡는데 그렇게 한 번 시도해 한 마리 잡는 것이 전부다.

옥도 뻘에서 낙지를 잡고 오후 1시경에 출발해 목포로 오는데 항해는 밀물을 타고 해남 등대에 오니 썰물로 변해서 물이 내려간다. 배를 하도쪽으로 붙여 줄을 당기고 삿대질을 하며 마지막 목에 왔는데 배는 해남 등대 앞으로 금방 쏠려가서 실패하고 만다. 두 번 실패한 뒤 마지막으로 추진기계 속도를 최고로 올리고 성공해서 목포에 도착하니 6시가 넘었다. 서둘러 식사하고 술과 돼지머리로 조촐하게 하루 일과를 정리하고는 다음 날을 위해 일찍 헤어졌다.

뒤에 한 번 또 갔다. 그때는 낙지는 안 잡고 한 발이 길고 굵은 꽃게를 잡았는데 구멍만 보고 손을 넣으면 게 한 마리가 잘도 잡혀 나왔다. 그 재미에 빠져 낙지잡이를 늦게 끝내는 바람에 그 날은 좀 늦게 출발했다. 목포로 오는데 역시 해남 등대 앞에서 물살이 바뀌어 연거푸 세 번이나 시도했지만 전과 같이 끝자락에서 앞머리가 돌아 실패했다. 추진력을 최고속인 30노트로 올렸지만 역부족이라 결국 등대 아래쪽에서 포기하고 해남 훈수 지는 곳에 닻을 내렸다.

그러고는 낙지를 살리기 위해 뚱어리를 바다에 넣었다. 금방 캄캄한 밤이 되었다. 배에는 먹을 것이 하나도 없고 술도 없었다. 두 사람은 가로 내리고 해남으로 빵과 술을 사러 산을 넘었다. 그런 뒤에 빵과 막걸리를 먹는데 꿀맛이었다. 허기를 달래고 배로 돌아와 있으니 물살이 잠잠해져 시동을 걸어 목포에 도착했다. 물건을 내리고 술과 돼지머리 등 먹을거리를 주고서 선주에게 전화했다. 내일 작업해서 밤에 간다고, 무사히 도착했다고….

배 대금은 계산시에 조금씩 갚아 왔다. 가을이 되니 낙지 잡히는 양이 적어서 객선으로 운송되어 왔다.

선주생활, 그리고 낙지유통업

우리가 사는 집은 전세였고, 가게 안집을 구하려고 하던 차 50 미터 정도 떨어진 곳에 작은 집이 나와서 계약을 하였다. 그러고 며칠을 지났는데 집을 알선한 사람이 자기가 사겠다고 해서 계약금에 2배를 받고 해약했다.

다시 며칠 후 부동산을 통해 북교동 교회 바로 뒤에 있는 기와집이 나왔다. 가게와는 500미터 정도 떨어진 곳으로 도로변에 차도 주차할 수 있고, 방이 세 개에다 부엌이 두 개라서 두 집 살림이 가능한 집이었다. 그 집이 마음에 들어서 한 푼도 깎지 않고 3천 3백만 원에 샀다. 한쪽 부엌에 달린 방은 전세로 내놓았다.

이때에 김희봉 씨를 김정삼형의 집에서 소개받아 친한 사이가 되었다. 일을 도와주면 수고비를 몇 푼 주고 형에게 일이 없는 겨울철에는 집에서 오징어도 까고 새우도 까서 이 물건을 서울로 보냈다. 이분과 더욱 친해진 뒤 장흥군 안양면 수문리에서 낙지가 많이 생산되니 그곳에서 낙지를 사들여 서울로 보내면 돈을 꽤 많이 벌 수 있다고 했다.

그리고는 장흥 수문리에 미리 들어가 답사를 하여 강복수 씨 댁을 거처로 정하고, 전화는 옆에 있는 전화교환원을 활용하기로 하고 장사를 시작했다. 그런데 전화교환원의 이야기가 그곳에는 이미 3인조 상인이 들어와 활동하고 있어 경쟁해 봐야 적자라는 것이다. 그야말로 같이 죽는 것이라는데…, 일례로 수문리에서 물건을 탁송하려면 영산포까지 가야 하는데 여간 불편한 일이 아니었다.

봄철에 시작하고서 곧바로 포기하자니 아쉬워 주저하고 있었는데 수문리 강복수 씨가 한 번 왔다 가라고 하기에 들어가 보니 3톤급 배가 싸게 나와 있으니 구입하라는 것이다. 그 순간 나는 무엇엔가 홀렸는지 아내와 아무런 상의도 하지 않고 배를 사기로 하고 혼자서 목포까지 운행해 봤다.

배를 운전해 본 경험이 전혀 없는 데다 항로도 모르면서 조그마한 수첩을 보고서 찾아왔다. 자금도 없어 화신상회 둘째마나님한테 비싼 이자로 빌려서 그 해 갚았다. 선원으로는 기관장이기도 한 장태섭 선장과 작업하는 사람들 3명이 농어주낙을 하는데 일꾼이 빠지면 사람 구하느라 분주했다. 낚싯밥은 그물로 전어를 직접 잡아서 사용하고 나머지는 먹는다. 전어비늘도 손으로 직접 벗겨내고 배에서 통째로 소주와 먹는데, 하루는 얼마나 먹나 세어봤더니 48마리나 먹었다는 것이다.

한 번은 뱃사람이 부족해서 암태와 팔금 사이에 그물을 쳐놓고서 닻을 내리고는 배 안에서 잠을 자는데 배 밑에서 꾸욱꾸욱 소리가 요란하게 나서 선원에게 물어봤더니 민어와 부서가 우는 소리라고 한다.

배를 운영하려면 본인이 선장이 되어 배를 직접 운전해야 되지 타인에게 맡겨두면 골치만 아프다는 생각이다. 사람 다루는 일이 여간 어려운 일이 아니라서 여차하면 적자다. 내 경우 뒷개에서 가장 성실하게 일을 잘한다는 사람을 구했어도 마찬가지였다. 3톤급 배를 처분하고 잠시 쉬면서 다음 사업을 도모하고 있을 때다.

김정삼형이 여수에서 배를 구입해서 보길리 사람들에게 팔곤 하다가 5톤급 동부호를 가져와서는 나보고 구입하라는 것이다. 대금은 우선 반만 지불하고 잔액은 추후에 지불하기로 하고 구입했다. 선장 겸 기관장은 장태섭 씨로 정하고 배 운행은 뒷개에서 낙지 잡는 사람들을 주로 태우는데 운임은 낙지로 받는 것이다.

하의도에서 인도 씨 삼촌과 금택 씨가 목포 뒷개로 나와서 인부 몇 명을 데리고 낙지 잡는 일을 시작했다. 그리고는 점차 규모를 늘려 운임을 낙지 20마리에 2마리로 정하여 많이 잡는 사람은 그 비율에 따라 낙지를 많이 냈다. 어쨌든 낙지를 많이들 잡는 바람에 배 잔금은 몇 달 만에 다 갚을 수 있었다.

배는 나왕으로 건조하여 튼튼했다. 그 당시 그곳에서 5톤급 우리 배가 제일 크고 그만큼 안전하게 운항되어 자연히 이용하는 사람이 많이 늘었다. 배 선대금도 주라는 대로 줘서 승선자들에게 서비스도 최고로 하였다. 여름철에는 승선하는 사람이 삼십 명 정도 많았다. 그래서 운임으로 받는 낙지도 200마리가 넘을 때가 많았다. 겨울철에는 낙지 잡는 아주머니가 없어 좀 적다. 그래도 적자는 기록하지 않았다.

다른 배 선주들은 이 시기에 무척이나 고전한다. 그런 사정 때문에 나를 향해 여수 촌놈이 목포 타향에 와서 왕초노릇 한다고 놀리기도 하고 싸움까지 걸어온다. 한 번은 종식 씨하고 뒷개서부터 말싸움을 했는데 북교동 집에까지 와서는 쌍욕을 하고 악을 쓰며 행패를 부린다. 동네 사람들에게 창피를 주려고 작정한 것이다.

가만히 있을 내가 아니다. 이 새끼가 어디서 행패를 부리냐며 호통을 치고, 가택에 무단침입했다고 경찰에 고소한다며 전화통을 잡으니 순식간에 줄행랑을 친다.

다음은 내가 행패부릴 차례다. 맥주 두 병을 벌컥벌컥 마시고 종식 씨 집에 처들어간다. "이 집에 누구 없소?"라 소리치며 문을 두드린다. 안에서 "예! 들어오시오"라는 말과 함께 뛰어 들어간다.

그때부터 나의 호통은 시작된다. "종식이 나와 봐! 그래 한 번 해 보자." 이렇게 두어 번 소리치면 종식 씨는 숨어 버리고 그의 처가 나와서 죄송하다며 그냥 가시라고 통사정을 한다. 의기양양해진 나는 또 다시 "종식이 나와 봐! 그래 한 번 해 보자"고 재차 소리치고 나면 스르르 속이 풀린다. 그리고 편안하게 집으로 돌아온 기억이 난다.

그런데 우리 배의 특성이 법적으로 항시 불법 정원이다. 어선으로 등록된 배라서 승선 인원은 4명으로 제한되어 있는데 늘상 20명 정도가 탄다. 이러니 우리 배는 무조건 해경대의 밥이다. 인원 점검하면 무조건 걸리는 상황이라 아예 낙지 한 접시 주고 사정을 한다. 그러다 안 되면 벌금도 물다가 어느 날 배짱 좋게 해경대 정보과에 가서 담당직원에게 우리 배의 특별한 사정을 민원이라며 제기했다.

그 뒤로는 우리 배 승선인원에 대한 검문에서 많은 배려를 받았는데 우리 선장 또한 배짱이다. 해경대에 걸리면 선주가 해결해 주니 마음 놓고 운항을 하는 것. 그 바람에 해경대는 자주 오고 가니 자연히 많이 알게 되었다. 해경대 체육대회 날에는 낙지 3접을 찬조하였는데 매년 한 번은 고정으로 있었다.

한 번은 해경에서 내 신분증과 도장을 달라고 하기에 주었더니 나를 첩보원으로 등록하였다. 공식적으로 지불되는 첩보원 활동비는 해경에 기부하고 우리 배가 부득이 걸리면 해경대에 가서 적당히 처리하고 나온다. 언젠가 선적증을 집에 두고 나오는 바람에 검문에 걸린 적이 있었는데 해경대에 있다고 해경대에 알아보라고 둘러 댔더니 통과시켜 준 사례도 있다.

동진호 말고 5톤 정도 되는 화물선이 나왔는데 같은 일수계원 정 씨가 배만 있으면 마늘장사로 돈을 벌 수 있을 것 같다고 한다. 속없는 사람, 그 말을 듣고서 그 화물선을 구입해 주었더니 선적할 화물이 없어 선적증도 없는 배를 적자로 운항하는 것이 아닌가. 설상가상으로 하필이면 그해 마늘 농사가 흉년이 들어 돈 되는 일이라곤 아무 것도 못하고 빚만 졌다.

그러다 급한 대로 정초에 실뱀장어 새끼를 잡는다고 모든 준비를 하고 영산강 뒷개에서 출발하여 가는데 해경대 앞에서 해경대장에게 잡혔다고 선장 팔남 씨의 연락이 왔다. 내가 급히 가서 사정 얘기를 해도 소용이 없다. 이 배는 어장부터가 불법이란다.

점심때가 되어 집에 가서 식사하고 오겠다고 말하니 다녀오라고 한다. 집에 와서 서둘러 식사하고 다시 가서 또 사정을 해 보지만 역시 소용없다. 집에 가서 식사하고 오라는 것은 무마할 돈을 구해 오라고 했던 것인데, 눈치를 못 채고 순진하게 있었던 것이다.

이래저래 난감한 현실을 눈치 챘는지 나이 많은 순경이 다가와서는 "보내지, 어업이 생업인 사람들을 하루 종일 잡아두면 어쩔 것이냐?"며 상관을 꾸짖는다. 그러면서 "조금만 있으면 보내줄 테니 기다리시오. 대장이 경상도 사람이라서 그렇소!"라며 나를 위로한다. 그리고 저녁때가 되자 가라고 풀어준다.

그로 인해서 그 순경과는 친한 사이가 되었다. 돈도 요구하지 않았고 나이가 좀 많은 연배로 사업이 끝날 때까지 알고 지냈다. 경위로 정년퇴임하고도 가끔 만나 막걸리 한 잔씩 했었는데 지금은 어디서 무엇을 하며 사는지도 모른다.

부두엄마 민숙 씨가 선대로 배를 한 척 잡아와서 내게 넘겨준 배가 생각난다. 고대구리 배를 이용해서 게도 많이 잡았지만 죽은 게는 팔 수가 없던 시절. 꽃게를 영암에서 잡는데 봄철에는 50킬로그램 정도 잡고 다른 고기도 잡는다. 어장터로 최고는 무안 탄도로서 게와 새우, 서대 등 안 잡히는 고기가 없다. 선원 한 사람이 부족하면 땜질로 가서는 대병 소주 한 병을 그날 하루에 생선을 안주삼아 마시면 술을 먹는지 모를 정도로 술기가 없다.

이 배는 일 년만 조업하고 헐값에 팔았다. 역시 배 사업은 아무나 하는 사업이 아니다. 전문가가 해야 밥벌이를 한다.

어느 해 정월 초삼일 날 여천군 돌산면 우두리에서 4톤급 배를 구입해서 선장 장태섭 씨와 당일 목포까지 오기 위해서 아침 일찍 출발했다. 나라도 앞에 왔을 때 기계가 와장창 깨지는 소리를 내더니 배가 멈춰 섰다. 마침 지나가던 다른 배에 의탁하여 나라도 선착장 수리소에 맡겨 점검해 보니 동력을 전달하는 축이 휘어서 교체해야 한다고 한다.

장태섭 씨를 그곳에 머무르게 하고는 나는 목포로 와서 수리비용을 준비하여 3일 만에 가니 수리가 끝나 있어 12시경에 출발했다. 해가 질 무렵에 삼마도를 지나서 외국선박이 진도목을 지나는 것을 보고 항해를 하는데 금방 해는 서산으로 지고 말았다. 캄캄한 밤이 되긴 했지만 그래도 울돌목만 넘기면 갈 수 있다는 마음으로 조심조심 가는데 스크루에 무언가 둔탁하게 감기는 소리가 나면서 배가 멈춰 섰다.

나는 재빠르게 웃통을 벗고서 칼을 들고는 물속으로 뛰어 들어가서 나무기둥을 밀어내고 줄과 미역을 반대로 풀어냈다. 우리 배가 미역 양식장을 헤집고 들어온 것이다. 물은 너무도 찬 데 내일 양식장 주인에게 걸리면 몇 배로 변상해야 하니 또 다시 물속으로 빠져들어갔다. 뼛속까지 파고 드는 냉기를 참아내며 간신히 기둥나무를 제거하고 올라왔다. 이제는 더 이상 물속에 들어갈 용기가 나지 않았다. 추운데 배 안에는 불도 없고 먹을 것도 없었다. 그저 될 대로 되라는 마음가짐으로 포기상태가 되어 배장에 들어가 일찌감치 잠을 청했다.

아침에 잠에서 깨어나 보니 해가 올라와서 8시쯤인 것 같은데 밖을 보니 배가 밀려서 진도 가까이에 떠내려가 있었다. 밀물 때가 되기를 기다렸다가 헤엄쳐 나가 줄을 돌에 매어 놓고 배를 당겨 최대한 올려놓고 썰물이 되기만을 기다렸다. 그리고 스크루를 감고 있는 미역 줄거리를 잘라서 떼어내 컨테이너에 넣었다.

그나저나 밀물이 되어야 배가 떠서 목포로 이동할 텐데…, 해가 질 무렵에서야 배가 떠서 출발하고 울돌목을 넘겨 무사히 목포에 도착하니 밤 열두 시다. 배만 서둘러 정박시키고 차도 없어 걸어서 집으로 왔다. 그래도 운이 참 좋은 편이다. 양식장 주인에게 걸리면 살림 망한다.

　배를 팔려고 해도 안 팔려 전장포 사람에게 2년 계약으로 차대를 준 뒤 2년이 지났는데 배도 안 가져 오고 연락도 없다. 하는 수 없이 여객선을 타고 전장포로 가서 사람을 만나 보니 20일만 추가로 차대해 달라고 부탁을 한다. 그때가 성수기라고 하는데 부둣가에서는 묘령의 아가씨가 자기 집에서 술도 먹으며 놀다 가라고 유혹을 한다. 목포에서 성수기가 되면 그곳 전장포로 술장사하러 간다는 말은 많이 들었다. 전장포는 민어, 농어, 부서, 새우 등이 많이 잡히고 특히 새우가 유명한 곳이다.

　목포로 와서 장흥 수문리 배하고 부두엄마 민숙 씨가 준 배는 팔렸다. 5톤 화물선은 정나미가 뚝 떨어진다. 이 배로 해서 나의 살림을 많이도 없앴다. 인생일대 최고로 머리 아프게 했고, 아내 또한 이 배 때문에 고생한 것을 무슨 말로도 표현 못할 정도였다.

　동부호는 낙지 운송배로 3년 쓰고는 동백화새우 장사를 하는 데 쓰였다. 한 번은 날씨가 매우 춥고 눈이 펑펑 오던 날 동백화새우를 100상자 구입해서 목포에 도착했다. 1톤 용달차로 서울에 가는데 장성을 지나면서 눈이 앞을 가릴 정도로 쏟아졌다. 밤늦게 간신히 용산시장에 도착하여 동백화새우를 상회에 맡기고 인근 여관에서 일박하고 아침식사까지 한 뒤 다시 갔다. 하지만 날씨가 너무 추워서 상회에 찾아오는 손님이 하나도 없어 상회에다 그냥 맡겨두고 목포로 내려갔다.

　후일에도 그 동백화새우 100상자는 끝내 못 팔고 쓰레기로 치우면서 고생만 했다고 전해 왔다. 처음으로 시작한 동백화새우 장사가 처절하게 실패했던 것이다.

동진호는 갑장친구의 덕을 많이 봤다. 그 친구가 선장 관리와 뱃사람 관리를 도맡아 해 주었는데 월급도 없이 내 사업에 은인이었다.

낙지 잡는 사람은 경쟁 속에 한 사람이라도 다른 배에서 빼내 올려면 설날 때와 추석 때 잡아야 한다. 정보를 전해 주는 사람에게 이름이 올라 있는 사람은 먼저 찾아가 술집에서 같이 술 한 잔하자며 이야기하면 그때는 선대금 달라고 손을 벌린다. 그 때 선대금을 주면 그 한 사람은 우리 배에 승선한다.

배 선대금을 가져가지 않은 사람들이 많아 자금이 많이 남아 있었다. 그런데 선대금은 주었지만 낙지를 못 받고 사라진 사람들이 있다. 일남, 황씨, 장산 사람 등인데 천당으로 가신 분들이다.

뒷개는 동부호를 시작하면서 우리 부부가 같이 갔다. 낙지배가 도착하면 달려가서 낙지를 우리 뚱어리에 옮기는 사람은 아내다. 아내가 낙지 숫자를 세고 나는 장부에 적고 돈도 지불한다. 다른 배에서 낙지 잡은 사람도 우리에게 주어서 우리 뚱어리는 80%가 찼다. 우리 집으로 오는 낙지는 최고로 좋은 편이다. 낙지를 잡는 선원이 주로 하의와 신의 사람이어서 장산, 옥도를 거쳐 신의까지 가기도 했다.

뚱어리를 선창에 두고 용달차로 앞선창에 가면 뚱어리가 30~50개가 있으니 앞선창에 가서 대·중·소를 구분하여 다시 뚱어리에 넣고 배에다 매단다. 그리고 오늘 물건은 다음날 서울로 보내고 전날 물건은 5시부터 작업하여 소화물로 탁송한다.

낙지장사한 지 2년쯤 지났을 때 한 사람이 찾아와서 낙지를 산 채로 서울로 탁송할 수 있겠냐고, 한 번 해 보자고 했었다. 처음에는 일처리가 미숙해서 탁송 도중에 죽은 낙지가 많이 생겨 1년 넘게 장사를 했지만 미수금도 상당히 많았다. 대금 회수차 최고장도 보내봤지만 소용없었다. 결국 잔액 수금은 포기하고 말았다.

서울에서 온 상인이 처음에는 선대금을 주고 물건을 거래하는 도중에 토요일에 송금이 늦어져서 월요일에 부친다고 하고는 감감무소식이다. 낙지 값을 못 받는 미수금이 많아지고 그 돈을 받기 위해 다시 외상 거래를 하고 결국은 못 받고 포기한 경우도 있다. 서울에서 우리 낙지가 인기 좋아 이 집 저 집에서 거래하자고 부탁이 와서 거래는 해도 거의가 겨울이 되면 끝이고 결국 뒤로 밀린 미수금은 반 가격으로 깎자는 사람들이 많았다.

낙지 소화물 탁송은 서울, 인천, 대전, 제주, 군산 등지로 보냈다. 제주 여자분이 오랫동안 거래 중이었는데 미수금이 많아서 제주까지 가서 어느 정도 받고는 거래를 끊었다. 제주도에 낙지를 탁송하려면 호화선 가야호를 이용해야 했는데 배에 물이 흐르면 안 된다고 까다롭게 굴어 피곤했다. 다른 배는 조건 없이 받아주어서 편했지만….

기와집에서 500미터 떨어진 곳으로 이사 와서는 셋째 은희를 산파집에서 출산했는데 처음에는 미동도 없어 죽은 채 태어난 줄 알고 이불로 덮어서 한쪽에 밀어두고 있었다. 그런데 꼬물꼬물 이불이 움직여 살펴보니 살아서 생명을 유지하고 있었다.

넷째 정화도 그 산파집에서 출산하였는데 임신 초기부터 특이해 꼭 남자로 생각했지만 끝내 여자아이로 태어났다. 사내아이를 기다려 왔기 때문인지 그 때는 왠지 모르게 섭섭했다.

다섯째 점순이는 그 산파를 우리 집으로 불러서 출산하였는데 잘도 자랐다. 5살 때부터는 아침 일찍 시장에 갈려고 하면 '돈 백원만!' 하고 졸졸졸 따라와 돈을 쥐어주면 가게로 쪼로록 달려가서 먹을 것을 사갖고 와서는 잘도 논다. 이젠 딸이 5명, 아들 한 명을 보기 위해서 계속 출산한 것이 딸부잣집이 되어 버렸다.

내가 장남만 아니어도 이 많은 딸을 두지 않고 둘만 두고 살았을 것인데, 그 시절에는 오직 아들을 두어야 한다는 신념 때문에 그렇게 되었다. 사실 그때 그 시절에는 아들이 없으면 안 되는 줄 알았다. 특히 후손으로 아들을 두어야 제사를 모실 수 있다는 유교적 관습 때문에 남아를 선호했었다.

시장골목에 자식 없는 집이 있었는데 우리 슬하에 선미만 있는 줄 알고는 눈물을 보이기에 아내와 함께 마지막으로 아들을 보기로 결심했다. 주변 사람 모두가 아들을 선호하는 통에 우리 둘은 또 다시 출산할 것을 다짐하였다. 아내가 임신을 한 뒤에 이번에는 서울에 있는 대형병원에 가서 검사를 받으며 아들인 것을 확인했다.

그 때야말로 햇살이 뻗어오며 하늘이 밝아지는 심정이었다. 출산 예정일 오전에 아내는 출산 준비를 하고 예약된 산부인과로 갔다. 나는 장사에 몰두하며 해가 질 무렵에 뒷개에서 마지막 물건을 사고는 6시경에 서둘러 병원에 가니 아내가 아들을 낳고는 환한 표정을 짓고 있었다. 얼마나 고마운지 나도 모르게 조상님께 감사의 인사를 드렸다.

그 당시 뒷개에는 딸부잣집이 많았다. 종식이네가 딸 6명 후에 아들 1명, 명륜이네가 딸만 7명에 아들은 없고, 양관이네가 딸 6명에 우리 아들보다 두 달 늦게 아들을 봤는데 모두가 낙지 잡는 집이었다.

아들이 무엇이기에 그런 고생을 하며 낳으려고 했는지…. 무슨 덕을 본다고 재산 털어 가르치고 애지중지 키워서 결혼까지 시키고 나면 자기가 잘 나서 잘 사는 줄 안다. 그동안 부모님이 피땀 흘려 뒷받침한 줄도 전혀 모르고….

막내 정욱이가 태어난 달에 동진호를 진수했다. 동진호 선주는 부인 배 여사 이름으로 내가 도본을 작성하였다. 조선소 홍탁 씨와 상의하여 저렴한 가격으로 배 모양은 어선, 배 구조는 화물선, 선장실과 기관실 앞은 툭 터진 방칸, 많은 사람이 탈 수 있고 누워서 쉴 수 있는 구조로 설계했다. 배 밑 목재는 나왕으로 하고 나머지는 수기목으로 지을 것을 예정으로 직접 가서 나무도 선택하고 기타 재료도 최고급품으로 구매했다.

목수들 술참은 막걸리에 돼지머리 눌린 것으로 하고 간식으로 고급 빵을 준비하였다. 엔진과 관련한 동력기계 모두는 수협융자로 60%를 조달하고 자부담 20%, 국가보조 20%로 해결한다. 배는 보통 일반배보다 넓고 세찬 파도에도 헤쳐 나갈 수 있도록 설계하였으며, 중량은 5톤으로 정했다. 5톤 이상이면 설계 모두가 복잡해지는데 사실 우리 입장에서는 5톤 정도가 제격이다.

진수식 날에는 많은 사람을 초청하였다. 특히 뒷개마을 낙지 잡는 사람들 모두를 초청해서 대성황을 이루었는데 많은 음식을 장만하고 많은 술로써 대접하고 기념수건도 한 장씩 나눠주었다. 많은 사람들이 우리 동진호를 보고서는 잘 지었다고 야단법석이다. 또 오손도손 정감 있는 대화로 분위기가 매우 좋았다.

이렇게 진수식을 마친 이 배는 기관장이 장 기관장, 영국 기관장, 해남·영술 기관장 등으로 이어지며 운항되어 왔는데, 이 사람들은 처음부터 끝까지 월급 30만원으로 근무해 왔다. 당시로선 보통 수

준의 급료였지만 그래도 기관장 때문에 속 썩은 적 한 번 없이 무난하게 운항해 왔다.

여기에 멍텅구리배 하나가 배정되어 있었는데 대부분의 배가 나왕으로 골격을 갖추고 있지만 이 배는 내부부터가 훤하게 비어 있는 통배로서 노도 없고 추진을 위한 동력장치도 없다. 항시 정박해 있는 배로 어획물을 넣어두는 뚱어리를 양쪽에 60개 정도 달고 있는 든든한 배이다.

처음부터 끝까지 변화 한 번 없이 같은 용도로 30년을 넘게 사용해 왔다. 새벽부터 이 배에 올라가면 우선 뚱어리를 배 바닥으로 올려서 죽은 낙지를 찾아내어 밖으로 내놓는 작업을 한다. 그리고 다시 물속으로 넣어두는데 뚱어리 무게는 보통 60킬로그램 정도 나간다. 이쪽 저쪽에 낙지가 많으면 무게가 훨씬 더 나가고 물도 잘 빠지지 않는다.

혹시 죽은 낙지를 찾아내지 못하고 다음날까지 계속 넣어 두면 부패가 급속도로 진행되어 그 지독한 냄새가 사람 썩는 냄새를 방불케 한다. 더군다나 다른 낙지까지 죽게 함으로써 피해 또한 엄청나게 늘어난다. 빨리 보고 빨리 찾아내면, 특히 죽은 지 얼마 안 되는 낙지는 팔 수도 있다. 썩은 냄새가 나는 낙지는 못 팔고 바다로 던져 고기밥이 되게 한다.

뚱어리에 저장된 낙지가 많을 때에는 매일 아침, 아니 새벽부터 일에 매달려 허덕대다 보통 11시가 되어서야 끝이 난다. 그야말로 무르팍 쑤셔대고 허리는 끊어질 듯 아려오는 일인데 이 일을 오래도록 맡아 하며 선창에서 갓 죽은 낙지마저 팔아주신 어머님이야말로 인생말년을 골병신세로 보내셨던 것 같아 안쓰럽다.

11시가 되면 장산 낙지와 하의도 낙지가 들어온다. 바쁘게 숫자를 파악하고, 남는 돈은 여비와 식대로 주고서 대금은 한 번 계산해 준다. 그동안 필요한 돈은 이미 선대금으로 가져간 상태라 보름 뒤에 집으로 와서 정산한다. 무엇보다 이익이 많이 났으면 별도로 보너스도 주고 선물도 주었지만 못 벌었으면 각자의 필요에 따라 선대금만 지원해 준다.

동균이 형수님은 날담보 낙지를 갖고 오다 여객선에서 손님들께 팔고서 나머지만 내게 넘긴다. 그 소식은 장산네가 전해 준 사실. 배가 필요하다고 해서 700만 원을 선대로 주고 오랜 세월에 걸쳐 물건으로 받았는데 그렇게 여객선 손님들에게 거의 다 파는 바람에 결국 400만원은 못 받고 포기하고 말았다.

아내는 때론 뒷개로, 아침이면 강진으로 가다가는 차츰 여수, 통영, 삼천포 등, 남해안 일대에서 낙지가 생산되는 곳은 모두 찾아다니다 오후 5시에는 돌아온다. 5시부터 서울 갈 준비를 서둘러서 6시면 본격적으로 마무리한다. 그래야 열차시간에 맞추어 갈 수 있다. 사실 뒷개는 아무나 가서 낙지를 살 수 있는 곳이 아니었다.

뒷개에는 대장에 김씨가 있는데 이 사람이 뒷개의 낙지대통령이다. 낙지 값도 자기 마음대로 정해서 잡는데 사람들은 아무 말도 못한다. 우리 배가 드나들면서 여름 낙지도 잡게 된 것이지 그전에는 못 잡았다. 겨울에는 추워서 어차피 낙지를 못 잡고 놀기만 하는데 먹고 살기 위해서 선대금을 갖다 쓰고는 아무 말도 못한 채 자기네들끼리 싸워서 파출소에 가 보면 그가 해결사로 나타난다.

동생들 둘은 김씨 밑에서 인부로 종사하고, 그의 아내는 매일 아침 일찍 광주행 버스로 낙지를 가져다가 대인시장에서 판매한다.

목포에서도 도매로 낙지를 팔고 있었다. 가끔 바람이 심하게 부는 날이면 낙지가 품귀상태를 빚는데 이 때 찾아가면 다른 사람에겐 안 줘도 나에게는 준다. 가격도 저렴하게 주어서 가끔 술 한 잔씩 하곤 했다.

박씨 엄마는 몰래 물건을 구입하고서는 땅바닥에 뿌려버려 못 오게 해도 또 온다. 그러다 걸리면 낙지를 땅에 팽개치는데 남우세스러운 것이 동네 창피이련만, 참으로 부끄러운 줄도 모르는 사람이다. 이 집은 주변 상인보다 돈을 더 주고 구입하니 이래저래 욕을 먹는 것이다.

우리는 처음에 하의도 삼촌이 뒷개에서 낙지를 잡아와서 그 낙지를 구입하고 점차적으로 시장을 확대하여 거래하는 사람은 늘어났다. 금택 씨도 목포로, 신의면 남현 씨 형제들도 5형제 모두가 목포로 와서 우리 배를 이용했다. 그리고 잡은 낙지도 우리에게 넘겨주었다. 하의도와 신의면에서 우리 배를 이용하여 낙지를 잡아서 목포로 나오면 모두 우리 배에 넘긴다. 우리는 낙지 값을 항상 현금으로 주었고 외상거래는 하지 않았다.

우리 장사의 비법이랄까, 외상으로 거래하면 이미지가 안 좋아질 수 있어 현금거래만 한다. 그러면 조금이라도 저렴한 가격에 기분 좋게 살 수 있다. 그래서 자금이 부족하면 남에게 이자를 주고 돈을 빌려 사용한다. 현금거래로 생겨나는 수익이 이자를 주는 것보다 훨씬 효과적이다. 신용도 좋아진다. 은행은 조흥은행을 거래했는데 나는 신용이 좋은 편이어서 토요일 늦은 시간에도 돈을 찾을 수 있었다.

북교동 살림집에서는 아이들이 많아 여동생 송자가 가사도우미로 와서는 아이들을 돌봐주기도 하고 빨래와 식사도 준비하며 집안일을 책임지고 있었다. 친동생이니 모든 것을 믿고 맡길 수가 있었다. 아이들도 어딘가 모르게 핏줄이 당기는지 말도 잘 듣고 편하게 지낸다.

한 달 후에 겨울철이라 물건도 적고 해서 린나이 판매장에서 쉬고 있는데 오후 4시쯤 형사 두 사람이 나타나 같이 갈 데가 있다며 가자고 한다. 선창가 신라장에 가니 김씨가 있어 눈치는 챘는데 형사가 김씨와 신안유물을 같이했느냐고 묻는다. 나는 안 했다고 부정했고, 다음날 부산 검찰로 나오라는 통고를 받았다. 그리고 그날 밤 김씨는 부산 검찰로 이송되었다.

다음날 부산 검찰에 가서 나는 안 했으니 김씨와 대질시켜 달라고 했지만 김씨가 와서 이미 다 말했으니 사실대로 말하라고 한다. 그러면서 인정하고 잠자코 있는 것이 훨씬 유리하다며 압력을 가한다. 더 이상 거부해 봐야 검찰에 백이 없는 필부라서 소용없음을 인지하고 수사내용을 그대로 인정해 버렸다.

그리고 그날 저녁 부산교도소 감방에 수감되니 5명의 문화재범, 부도범, 사기범 등이 한 방에 있었다. 신고식은 성명과 나이, 사건내용 등을 보고하는 것이었는데 이 범인들이 검사 구형 징역 5년, 판사 2년 징역에 집행유예 2년이라고 나름대로 판결을 내린다. 그 순간 눈앞이 캄캄해지고 정신이 번쩍 드는 것이 잠을 이룰 수가 없었다.

뜬눈으로 밤을 지새우고 아침에 일어나서 콩밥을 먹으려니 목이 메여 한 숟갈도 못 넘겼다. 주변 사람들이 먹어야 산다며 계속 먹으라고 권유해서 저녁부터는 억지로라도 다 씹어 삼켰다.

일주일이 지나면서 면회가 허용되었다. 아내가 면회신청을 하고 접견하면서 눈물을 흘린다. 그리고 추운데 어떻게 지내냐며 겨울옷을 넣고 간식이나 먹고 지내라며 영치금도 충분히 넣고 갔다. 사실 그 안에서는 돈이 없으면 천대를 받는다. 나는 그날부터 간식을 부탁하여 나누어 먹고 또 반찬도 나누어 먹었다.

아내와 같은 시간대에 김씨 동생도 면회를 왔는데 접견 때에는 김씨 얼굴을 볼 수 있었다. 그때마다 애꿎은 나를 공범으로 끌고 들어간 그가 죽이고 싶도록 미웠다.

「부산일보」 전면에 '정씨는 돈주, 김씨는 두목'이라는 제목이 달리고, 목포에 문화재 밀반출범 일당이 동시에 범행에 참여하여 김씨는 다른 조 사람과 같이 물건을 부산으로 가서 팔고, 또 그 물건을 일본으로 반출하려다 잡힌 것이라고 보도되어 있었다.

조회를 하고 보니, 특별검사가 목포로 와서 사건을 지휘하여 처음에 나오는 관련이 없는 사건이라고 한 사람이 김씨와 내가 잘 알고 지낸다는 사실을 알고는 공범으로 엮어 버린 것이다. 그리고 나 자신이 검사의 회유에 범행 자체를 인정해 버린 상황이 아닌가. 한 달 후 1차 재판에서 검사가 5년 징역을 구형하는데 그 상황이 되고 보니 김씨에 대한 화가 치밀어 '너 죽고 나 죽자'는 악이 솟아오르는데 간신히 가라앉혔다.

그리고 그 안에서의 구호가 '밖에 있는 사람은 생각 말고 본인이나 건강하게 지탱하며 모든 것을 잊어버리기'였듯이 장기간 있는 사람은 태연하게 일상을 보내고 있었다. 나 또한 마음을 가라앉히려 독서에 빠져들었다. 면회 때 넣어준 책들을 보며 정신수양을 하다가 만 2개월 후에 '집행유예 2년'을 선고 받고 풀려났다.

죽교어민회, 그리고 동진횟집

죽교 뒷개마을 어민들이 낙지 제값받기운동을 활성화시키는 차원에서 죽교어민회가 결성되었다. 그리고는 모든 배의 낙지를 한 곳으로 모아서 대형 뚱어리에 넣고서 일정량의 뚱어리로 배당하여 가격을 정하고는 판매를 전담하는 사람을 몇 명으로 제한하여 운영하는 시스템을 채택하였다.

그런데 운영의 묘를 살리지 못하고 극히 일부의 이익을 좇아 파행을 거듭하면서 3개월도 못 가서 파산하고 말았다.

예컨대 우리 배가 잡은 낙지는 내가 구입하고, 가끔 가다 죽교어민회 낙지를 구입하면 적자를 봤다. 관리 부실로 질이 떨어지는 데다 천문삼 씨가 주동자로 나서서 우리 배가 잡은 낙지는 왜 합하지 않느냐고 불이익을 주어야 한다며 말싸움을 걸어와 시장 전체가 시끄러웠다.

그런가 하면 천 씨에게 좋은 물건 달라고 돈이나 뇌물을 준 사람도 있었고, 술을 사주느라 이호광장 양주·맥주집으로 몰려다니기도 했다. 결국 물건대가 많이 밀린 박상금 씨에게 매상을 올려 준다는 핑계로 그 집까지 찾아가서는 술을 퍼 마시고 화투놀이로 공금을 탕진하여 어민들에게 물건 값을 제대로 주지 못하면서 파산이 되고 말았다.

그 상황을 직접 목격한 나로서는 이제부턴 편히 장사하겠다고 그들과는 확실하게 선을 긋고 나만의 낙지장사에 열을 올리고 있었다. 그렇게 1년이 지나자 죽교에 활어공판장이 들어서고 중매인을 모집한다기에 나는 중매인 1번으로 가입하였다.

그리고 낙지장사는 우리집을 비롯하여 주상금, 성일 등 세 집이 전체 90%를 독점하고 나머지 10%는 소상인들이 처리하였다. 생선부는 부두어물, 영암어물, 남해수산, 박 사장 등등 중매인 20명이 점유하였고, 이들을 빼고는 모두 들러리에 불과했다.

낙지는 세 집이 경쟁적으로 구입해서 서울에 보냈고 거의가 적자로 나왔다. 최고로 6만원에 구입해서 3만원에 보낸 적도 있는데 그럴 때면 2배로 적자가 났다. 그런데 구입가격에 맞춰 보낼 수도 없었다. 서울 상인들이 한 곳에서 장사를 하니 조금만 높은 가격으로 보내도 당장 전화를 걸어 항의한다. 다른 집은 그대로인데 왜 우리집만 비싸냐고 금액을 내려서 보내라며 확답을 받는다.

물건의 질이 조금만 떨어져도 좋은 상품을 보내라고 말하는데…, 사실 우리는 직접 배에 올라가서 확인하며 구입하는데도 서울 상인들의 기준에 맞출 수가 없어 적자를 면하기가 쉽지 않았다. 서울장사가 뭐라고 그렇게 어이없는 경쟁을 2년이나 하다 보니 은행에 예금해 두었던 돈 7천만 원을 고스라니 날려 버리고 죽도록 고생만 하

였다.

3년차가 되면서 이젠 속을 차려 매사 신중하게 접근하였고, 무엇보다 물건만큼은 조심해서 규모에 맞게 구입했다. 수협에는 점점 물건이 안 들어가더니 4년차에 수협도 문을 닫았다. 나만의 적자가 아니고 모두가 적자로 보였다. 생선부에서는 부두어물만 돈을 벌었다. 택시사장은 택시 3대를 팔아 생선장사에 투자했으나 적자로 홀랑 날려 마지막엔 일반택시 기사로 취업하여 생계를 유지하고 있었다.

사람이 망하려니 순식간에 모든 사업이 안 되고, 접근해 오는 사람은 망하는 쪽으로 인도를 한다. 나도 모르게 꼬임에 넘어가고 때마침 불황이 온 것이다.

5톤 화물선 배가 그냥 정박된 상태로 안 팔리는 바람에 그 배를 빌려 주면 무슨 대박칠 일이 있다는 계원 김씨의 부탁에 넘어갔다. 배도 수리하고 마침 처남도 놀고 있던 터라 김씨에게 배를 빌려 줄 테니 하려는 사업을 해 보라고 했다. 그런데 이번에는 돈이 없다며 주저해서 배에 부식과 쌀을 실어주고 돈은 나중에 받기로 하고 5톤 화물선을 빌려주었다.

그랬는데 두 달 후에 난데없이 신안앞바다 해저청자유물 밀반출 사건에 휘말리고 만 것이다. 마치 내가 김씨에게 원치 않는 배를 빌려 주며 해저청자유물 밀반출을 도모했다는데 참으로 화가 나고 기가 막혀 죽을 지경이었다.

감옥에서의 시간은 왜 그리도 긴지…, 두 달 만에 첫 재판이 열려 법정으로 불려가니 판사님 앞으로 피고석 옆에 변호사님이 앉아있고, 맞은편에는 검사님이, 방청객 속에는 김씨 동생과 김씨 아내도 앉아있었다. 재판 순서에 따라 나는 법정에 불려나가 판사님의 준엄한 판결을 받았는데 '징역 2년에 집행유예 2년' 으로 확정 받아 풀려났다.

그날 오후에 밖으로 나오니 누군가가 두부를 가져와서 먹으라고 건네서 받아먹고는 곧장 식당으로 가서 식사를 하고는 저녁 늦게 목포행 완행열차를 타고 집에 왔다. 집에 오니 아이들은 아무것도 모르고 '아빠, 어디에 가서 오랫동안 있다 왔느냐' 고 묻기에 '돈 벌러 다녀왔다' 고 답은 했지만 두려운 생각이 앞섰다.

사람 만나기가 두려워 밖으로 나가기를 꺼리다가 3일 후 '내가 무슨 잘못을 했냐' 며 용기를 내어 밖으로 나왔다. 그리고 떳떳이 살기로 다짐하고 자전거를 타고 뒷개도 가고, 또 물건도 구매해 왔다. 그러다 불현듯 스쳐가는 생각이 '이 집에서 아들을 낳으면 3년 안에 이사를 가라' 던 어느 무당의 말씀을 미신이라며 너무 소홀히 대한 것은 아닌가 싶었다.

지난해 가을 무렵부터 2톤반 차에 윤 기사를 두고서 낙지 구입차 매일매일 여수에 갔다 왔다. 그날은 오전 11시경에 도착하였는데 곧 점심때가 되어서 식사하고 오라고 보냈다. 한참 후 윤 기사는 식사를 하고 와서 아무 말 없이 있다가 차를 타고는 머리를 숙인 채 꼼짝 않고 앉아 있는 것이다.

갑자기 불길한 예감이 든 나는 그 길로 파출소로 뛰어가서 윤 기사가 이상하다고 신고했다. 곧바로 경찰이 와서는 사망사실을 확인했다. 그리고 곧장 윤 기사의 집에 사망사실을 알리고는 그 길로 시 의료원 영안실로 이송시켰다.

그날 저녁 나는 집에서 잠을 자지 못하고 여관신세를 졌다. 다음날 시 의료원에서 사인을 알기 위해 부검을 실시한다기에 입회하였다. 흉부외과 과장님이 윤 기사의 머리와 심장에서 시료를 채취하여 갔다. 검사 결과는 심근경색으로 판명나서 다음날 화장장에서 장례식을 치루고 유족들에게 상당한 금액의 위로금을 주고 조위를 표했다.

윤 기사는 딸과 아들 두 명의 자식을 두고서 말 한 마디 못한 채 이승을 마감한 것이다.

나는 오토바이로 뒷개에 물건 구입차 매일 갔다. 하루는 물건을 많이 사서 오토바이에 가득 싣고서 홍고 앞을 지나오는데 홍중ㆍ고생들이 갑자기 몰려나와서 급히 멈추는 과정에서 한 학생이 오토바이에 부딪쳐서 내렸다. 학생을 살펴보니 몸 상태가 조금 이상해 보여 돈 몇 푼 주고서 해결하는데 경찰이 와서 보고는 경찰서로 가자고 한다.

면허증은 제시했지만 오토바이는 등록증이 없다고 불법이란다. 마침 아는 경찰이 그냥 가라고 해서 집으로 왔다. 그런데 다음날 검찰에서 출두요구서가 왔다. 뒷개 경찰에게 몇 푼이라도 주고 왔으면 무마될 일을 최악으로 만들고 만 것이다. 검찰청에 가니 즉결심판에 회부되어 면허취소에 벌금이 부과되어 있었다.

운이 없으면 모든 것이 안 되는 것이다. 2년 동안은 면허취득이 불가능하다. 차가 있어도 운전은 못한다.

이래저래 어려워서 삶의 돌파구를 찾으려 집을 이사하려 해도 기존의 집이 안 팔린다. 전셋집이라도 구하려고 부동산에 문의해 봤지만 어린 애들이 6명이나 된다고 거부당한 상태로 있는데 마침 부동산에서 남초등학교 뒤편에 있는 50평짜리 한옥을 소개했다. 하지만 돈이 없어서 전전긍긍하고 있는데 내 사정을 아셨는지 부두어물 사모님께서 1백만 원을 빌려주며 계약하라고 한다.

그 돈을 가지고 부동산에 가니 이 집에서 부자가 되었다며 1500만 원에 파는데 한 푼도 깎아줄 수 없다고 한다. 할 수 없이 상대방의 요구대로 계약금 1백만 원을 주고 잔액은 홍익금고에서 연리 28%에 700만원을 대출받았고, 부엌 달린 작은방을 300만원에 전세를 놔서 보탰다. 또 북교동 집도 300만원에 전세를 주었고, 나머지 1백만 원은 장사 밑천에서 빼내 이사를 하였다.

그런데 세상사 알 수 없는 것이 이 집으로 이사를 하고부터는 일마다 순탄하게 잘 풀리고 장사는 물론 배도 사고 없이 잘 운영되고 있었다. 남교동에 오면서 식사전담 가정부도 두고서 도시락을 매일 5개 정도 쌌다. 또 그 가정부에게 월급으로 후하게 주고서 선창에서도 일을 돕게 했다. 별명은 키다리할머니다. 우리 식구 8명에 기사와 가정부가 한 달이면 쌀을 한 가마 정도 소비하는 실정이라 시장 도매상에서 쌀을 대량으로 들여놨다.

또한 이 집으로 이사 온 지 3년 만에 홍익금고에서 대출한 돈을 다 갚았다. 어느덧 우리 애들도 쑥쑥 자라 딸 다섯이 고등학교, 중학교, 초등학교에 다니고 있었고, 막내인 아들만 이즈음 유치원에 다니고 있었다.

다시 3년이 지나면서 한 해에 5천만 원을 벌 정도로 사업규모도 커졌다. 삼천포와 통영에서 운항하는 배가 목포로 입항할 때는 그 규모가 30톤 정도 된다.

하지만 낙지를 살려서 가져와도 목포에서는 다 처리를 못한다. 그래서 한 배 분량은 합동상회를 통해서 빼낸 다음 야간에 삼학도로 가서 경찰 몰래 다른 배에 옮겨 싣는다. 그리고 뱃사람은 다이버로서 낙지 뭉어리를 물칸에서 잡고 옮기는 낙지 숫자를 세는데 처음에는 잘 따라 세다가 후에는 따라 세지 못한다. 간혹 세 마리가 한 손에 잡혀도 대낙만 세고 넘겨서 중낙은 공짜로 넘어간다. 처음에는 한 배 분량을 하다 다음에는 양이 늘어 두 배도 세고 나면 새벽 3시경이 된다.

나머지 많은 낙지는 아침에 가게마당에 내려놓고 오후까지 철사로 20마리씩 꿰어놓는다. 서울로 탁송하는 양이 많으면 냉장실에 저장하는데…, 이 작업도 사리 때만 있고 없을 때는 모두 서울로 탁송한다.

어느 날엔 배 2척에 실려 있는 낙지를 세고 나면 새벽 4가 되는데 얼마 쉬지도 못하고 다음날 곧바로 작업을 해도 돈 버는 재미에 고단한 줄을 모른다. 그렇게 뒷개 낙지 사서 산낙지로 작업하여 서울로 탁송하는 일이 많아졌다. 또 남해수산에서 수족관을 채우지 못해 배가 안 올 때면 미뤄둔 낙지를 다시 작업해서 서울의 강 사장에게 탁송하면 그것 또한 돈벌이가 되었다.

그렇게 두 해 봄철만에 상당히 많은 돈을 벌어서 한 해에 1억을 벌고 두 해에는 2억을 저축하였다. 지금 생각해도 조그마한 시장에서 참으로 어마어마한 돈을 만진 것이다. 어쨌든 이렇게 큰돈이 된 이유로는 한 조금에 한 배를 작업하여 가격을 매기면 차후의 배도 같은 가격으로 맞춰달라는 상회의 부탁을 충실히 이행했기 때문인데, 무엇보다 까다로운 서울시장에서 우리는 손해 보지 않고 제대로 판매하였다.

그런데 나만의 노하우가 3년이 지나면서 목포상회에서 알게 되고 슬그머니 내 뒷조사를 하더니 서울 탁송까지 따라 하는 바람에 내 판매량이 절반으로 줄었다. 특히 해경대가 이런 상황을 알고는 단속도 심하게 해서 탁송은 목포에서 못하고 삼천포와 통영 등에서 비밀리에 수행했다.

봄은 가고 여름도 지나고 2톤반 차는 삼천포로 가면 중매인 30번하고 거래를 하고 낙지는 다시 서울 산낙지를 탁송하여 무등록에 무면허 상태로 오토바이는 계속 운행하고 뒷개로 앞선창으로 다녀도 안 걸리고 잘 타고 운이 없으면 그런 사고로도 검찰까지 가고 인생사가 요지경 속이다.

면허정지 기간 2년이 거의 지나가고 한 달 정도 남았던 어느 날, 여수로 급히 물건을 실으러 가야 하는데 기사가 나오지 않았다. 때마침 일용 기사를 구해서는 서둘러 가는데 무엇에 홀렸는지 내가 운전대를 잡고 운전하다가 삼호에서 무면허로 걸려 버렸다. 참으로 어처구니없는 것이 정식으로 기사를 구했으면 기사한테 운전을 시키지 왜 길눈이 밝은 척하다가 그 꼴을 당하누….

또 다시 벌금내고 면허시험은 2년 후로 미뤄졌는데, 다급한 마음에 수표 두어 장을 꺼내 파출소 경찰에게 건네주었지만 면박만 받았다. 혹시 현금으로 쥐어줬으면 눈감아주었을지도 모르겠는데 멍청해서 또 다시 장기무면허 신세가 되어버린 것이다.

그래도 가끔 잠깐씩 운전을 하긴 했는데 한 번은 노량진시장에서 물건을 풀고 기사가 잠시 자리를 비운 사이에 갑자기 차를 빼줄 상황이 되어 버렸다. 한참을 기다릴 수가 없어 내가 운전을 했는데 다른 차를 살짝 스치는 사고가 발생했다. 그 순간 교통경찰이 오는 줄 알고 어찌나 가슴을 졸였는지…(?). 아무튼 해결은 잘 되었지만 지금도 그때를 생각하면 가슴이 조마조마하다.

압해도 곰보가 봄철이면 하루에 낙지를 두 번도 가져오더니 압해 면사무소 근처 도로변에 천 평짜리 땅이 평당 8천 원에 나왔다고 소개하여 나를 비롯한 3명이 공동명의로 계약하였다. 또 면사무소를 지나면서 자리한 야밭 500평을 천만 원에 사서 원매자에게 농사를 짓게 했다. 그리고 남초등학교 옆에 있는 집은 부동산에서 찾아와서 1억 원을 줄 테니 팔라는 것이다.

우리는 그때 낙지장사에 싫증을 내고 있는 상태에서 돈이 좀 있으니 집을 옮기려고 부동산을 통해 알아봐도 마땅한 곳이 없었다. 아무튼 이집 저집 보느라 매일 오후면 돌아다니기 바빴는데, 집은 1억 원을 준다고 팔라기에 계약서를 쓰고 2개월 내에 비워주기로 했다.

그리고는 새 집을 찾아 바쁘게 돌아다녔다. 이호광장 부근은 상업

지역인데 4층 건물에 대지는 40평, 1층은 식당 '동진횟집' 이고 2층은 고급 술집 '아방궁' 이며 3층은 사무실, 그리고 4층은 가정집 구조로 되어 있는데 매매가는 5억 원이란다. 그 당시로 봐서는 큰 금액이다. 우리가 갖고 있는 돈은 이리저리 모아봐야 4억 원밖에 안 돼서 1억 원은 은행에서 대출하여 보태기로 하고 막상 찾아가 보니 안 판다고 한다.

하지만 집을 비워줘야 할 날이 얼마 남지 않은 상태라서 급한 마음에 사정하고 또 사정하여 한 푼도 깎지 않고 5억 원 전액을 지불하기로 하고 계약을 마쳤다. 그리고 절친이신 임 사장님 소개로 상업은행 지점장을 비롯한 임직원 몇몇이서 1층 식당 동진횟집에서 저녁을 먹고 2차로 아방궁에서 양주를 마시며 1억 원 대출건을 마무리했다.

이호광장 집으로 이사할 때는 급하게 오느라 4층 살림집은 청소만 했다. 1층 횟집은 아무리 급해도 새로운 분위기에서 새롭게 장사하려고 전체 수리를 빠르게 하고 이사 당일에 오픈했다.

광주에 있는 큰딸한테도 연락을 못할 정도로 정신없이 바빴다. 지금이야 휴대폰으로 아무 때나 전화를 마음대로 할 수 있지만 그 때는 전화통이 한 곳에 붙박이로 있어서 그곳으로 자리를 옮기는 것도 일이었다.

아무튼 주방장 월급 250만원, 주방아줌마 150만원, 서빙아줌마 150만원에 직원 구성을 마치고 기타 잡무는 우리 부부가 하기로 하고 횟집을 오픈했는데 첫 달 매상은 그런대로 괜찮았다. 그런데 한 달이 지나면서 주방장이 여러모로 골탕을 먹이기 시작하는 것이 아닌가.

나중에 안 사실이지만 주방아줌마가 아침에 출근할 때 바께쓰를 가지고 와서는 저녁에 퇴근할 때 비닐봉지 속에 물건을 단단히 담고는 개밥처럼 위장하여 빼돌렸던 것이다. 사실 주방용품을 대용량으로 사놓아도 얼마 안 가 없다고 하고, 깨, 마늘, 설탕 등등의 양념과 식자재 등이 금방 동이 나서 이상하다고 생각했었는데 서빙아줌마 말이 주방아줌마 소행이라고 알려주는 것이었다.

그래서 나중이야 어찌 되든 주방장을 즉시 내보내고 그간 보아둔 대로 내가 직접 주방장 일을 했다. 주방아줌마도 곧바로 일당아줌마로 교체했다. 그리고 아내가 가게에 상주하면서 일을 도왔지만 한 달도 안 돼 지쳐 쓰러졌다. 나도 주방에서 일하는 것이 너무 힘들고 장사도 점점 안 돼 적자의 기로에 서서 그만 세무서에 폐업신청을 해 버렸다.

왜냐하면 은행 대출금 이자가 연리 28%라 매월 230여만 원이 나가고, 원금 1억 원 상환을 위해 든 적금에 주방과 홀서빙 아줌마의 급료, 또 낙지장사를 돕는 처남 월급 등, 매달 나가는 돈이 너무 많아 횟집 장사를 계속 하다가는 순식간에 거지가 될 상황이다.

역시 나는 낙지장사가 천직이라는 생각이다. 처남에게 맡겼더니 낙지장사도 적자인데 여러 사람 고생시킬 일이 아니라 내가 낙지장사를 하여야 모두가 편해질 것이었다.

돌아온 낙지장사

다시 본업으로 돌아가야 한다는 명제를 안고 낙지장사를 처음 시작하던 초심으로 나 자신을 다짐하고 또 다짐하였다.

3개월 만에 식당 경영을 포기하고 부두가로 나오니 마음이 한결 가벼워지고 하늘로 날아갈 것만 같았다. 이제 빚도 청산했으니 아이들 학교 보낼 일만 생각하면 되고, 역시 낙지장사로 돈을 벌었던 만큼 낙지장사를 다시 하니 술술 풀리는 느낌이다.

한 번은 서울역 뒷골목시장에서 우리 산낙지를 보더니 좋은 낙지라는 것을 확인하고는 전화번호를 보고 찾아와서는 산낙지를 죽여서 보내더라도 산낙지 값으로 계산해 준다고 한다. 그 후로 그들이 원하는 바대로 물건을 보냈더니 송금도 잘 해줘서 짭짤하게 재미를 보았다.

그러다 생산되는 물건이 부족할 즈음 차를 끌고 목포로 와서 며칠 동안을 먹고 지내다가 새우며 주꾸미도 탁송하였다. 후로 용산시장에서 젊은 상인이 찾아와서는 자기 상회에 낙지를 보내주면 죽여서 보내더라도 산낙지 값으로 결제해 주겠다고 하여 양도 많이 보냈더니 역시 결제를 제대로 해주는 것이었다. 아무튼 서울에서 목포 '동진수산' 낙지는 최상품으로 인기가 좋았다.

서울역 뒷골목시장 강 사장님에겐 많은 양은 못 보내고, 용산시장엔 많은 양을 보내도 잘 팔아 우리로선 기분이 좋았다. 어느 날 용산시장에서 서울로 초청을 하기에 마침 겨울철이라 물량도 적고 좀 한가하기도 해서 부부가 기차를 타고 상경하여 용산시장에 찾아가니 매우 친절하게 대해 준다. 본사장님도 소개하면서 이 사람은 사장님의 매형이란다.

서울 구경차 민속마을에 가서는 사진도 찍고 맛있는 음식도 먹으며 이곳저곳을 둘러보고 나서 오후에는 강남 본사장님 댁으로 초대받아 갔다. 그 시절의 가정집으로는 최고의 집으로서 그 시절부터 강남이 유명해졌다. 본사장님은 말로만 사장님이지 처남이 상회운영을 전담하였는데 몇 년 후 그 처남 사장님은 연예계로 진출하였다.

아무튼 산낙지를 일 년 동안 보내고 겨울철엔 목포산 물량이 적고 값도 비싸지는 김에 결산을 보러 상경한다. 서울역 뒷골목 박 사장님을 만나서는 맛있는 음식도 먹고 결산을 보는데 박 사장님은 일 년에 몇 백만 원을 후려쳐서 옥신각신하다가 결국은 반타로 결산을 본다. 그러면서 내년에도 계약을 하자고 하는데 내 입장에서는 흔쾌히 그러자고 한다.

또한 이 집은 다른 상인을 못 만나게 내가 서울에 도착하면 바로 자기 집으로 먼저 오라고 한다. 우리 낙지를 독점하겠다는 심사인데 오전 장사가 끝나면 차로 동행하여 서울 남산, 평화시장, 남대문 시장, 창경궁 등으로 가고 경북궁도 구경시켜 준다. 그리고 다른 상인을 접촉 못하게 목포행 기차표까지 직접 끊어주고는 출발 시간까지 붙어 있다. 역시 우리 물건이 좋다는 이야기인데 그 시절 하의도 장산 낙지가 여름철엔 최고의 낙지로서 수명도 길고 발도 길어 최고의 맛을 냈다.

어느 핸가, 봄철에 낙지가 많이 죽는다고 서울에서 전화가 와서 기사와 함께 2톤반 차로 낙지 700마리 정도를 싣고 오후 7시에 목포에서 출발하여 서울로 향했다. 상경하는 길에 경찰이 활어차만 보면 신호위반을 하든 안 하든 검문한다고 일단 정차시키고는 해장값을 주고 가라고 손을 내민다.

3천 원이 기본인데 주면은 친절하게 어느 지점에 가면 경찰이 단속하고 있으니 조심하라고 알려준다. 그러나 조심해서 지나가도 역시 검문으로 정차당하고 또 3천 원을 주고는 한강을 건넌다. 이태원 쪽과 종로로 갈리는 삼각지에 가면 항시 검문을 한다. 여기서 화물차는 무조건 해장값 3천 원을 주어야 한다. 그렇잖으면 거의 딱지를 긁게 되는데 손해가 크다.

일주일동안 운전기사는 2일밖에 서울 운송을 하지 못한다. 다른 기사와 교대로 연이어 갔다 왔다 하는데 보통일이 아니다. 차선이 안 보이고 가끔 졸면서 운전하다가 7일째는 녹초가 되어 돈을 못 벌더라도 이런 일은 못하겠다고 포기 상태가 된다. 그래서 나중에는 통작업으로 하여 탁송하게 된 것이다.

박 사장님은 송금도 잘해 주고 물건도 고정적으로 7통이나 받아주었다. 그리고 방문할 적마다 식사는 집에서 하고 저녁이면 술집으로 가곤 했다. 한 번은 단골집에 가면 목포 여자분이 있으니 그 집으로 가자고 한다. 그 여자분은 우리 집을 잘 알고 있고 낙지장사도 목포에서 했었다고 한다. 특히 나에 대해서도 잘 알고 있으며, 목포 남교동에서 술집도 운영했다는 것이다.

알고 보니 목포에 살면서 압해도가 친정집이라 그곳에서 낙지를 구입해서 소매도 하고 도매로 우리 동진수산에 갖다 주었던 사람이다. 뒤에는 우리 집에서 500미터 쯤 떨어진 곳에서 술집을 하여 양 씨와 가끔 술도 마시러 갔었는데 그만 목포에서 채무를 많이 지고 야반도주했다는 것이다. 그러면서 목포에 가면은 절대로 자기의 소재를 누구에게도 말하지 말라고 부탁을 한다.

본 남편과의 사이에는 딸이 둘 있는데 이혼하였고 서울로 야반도주해서 정착하면서 청와대에 근무하는 애인이 있다고 한다. 모처럼 3명이서 맥주와 양주에 흠뻑 젖어 인근 여관에서 잠을 잤다. 그리고 다음날 비몽사몽간에 열시가 넘어서야 박 사장을 다시 만나 내년 선대금으로 천만 원을 미리 받고는 목포의 술값이 서울에 비해서 무척 싸다며 놀러오라고 초청도 했다.

사실 왕복 기차비와 숙박비를 더해도 목포 일식집에 가면 술안주와 술값 모두가 매우 저렴해서 서울에서보다 비용이 적게 든다. 박 사장님도 친구분들과 목포에 와서는 여행도 하고 저녁이면 일식집에서 술도 마시며 2박 3일 정도 놀다 가곤 했다.

그리고 가끔 전화도 하고 안부도 물으면서 재미있게 지낸 분인데 원래는 소화물 운반원이었다가 낙지장사로 삶의 터전을 일구었다는 것이다. 더군다나 아들네도 낙지장사를 하고, 딸과 사위도 낙지장사를 하고 있어 일정량의 낙지수요는 고정이다.

장사를 하면서 고정이 필요한 이유는 서울역 뒷골목시장에서 어느날 처음 만난 사람이 선대금을 좀 비싸게 쳐서 주고는 거래를 대폭 늘려 미수금이 상당히 많아졌을 때 줄행랑을 친 경우가 있었는데 서울에서 그 상회의 소재와 주인을 찾지 못하고 끝내 사기를 당한 적이 있었기 때문이다.

수원에서도 충무수산은 거래량도 좋고 결제도 좋았다. 또 거래차 방문하면 수원시내 구경도 시켜줘 놀다가 저녁이면 목포행. 대전에서는 한 통 두 통 소량을 주문했지만 목포가 고향이라는 사람을 거래했었다. 그런데 그마저 미수금으로 쌓여 연말에 방문해 보니 비닐하우스에서 식구들이 모여 살고 있는데 초등학교 5학년짜리 아들과 그 아래 어린 동생이 땅바닥에 짚을 깔고 앉아서 달달 떨고 있는 것이다.

차마 두 눈을 뜨고 볼 수가 없어 아무소리도 못하고 그 길로 돌아나왔다. 돈이 있으면 돈을 주고 올 판이니 더 이상 거래를 한다는 것은 무의미했다. 내가 살기 위해 어쩌지 못하고 거래를 중단했는데 아직도 가슴이 서늘한 것이 그 때 그 식구들의 안부가 궁금해진다.

한 번은 인천에 사는 육촌형님이 전화를 걸어와 안부를 묻기에 반갑게 받은 적이 있다. 무엇보다 인천 연안부두에서 산낙지 장사를 하고 있는데 서울에서 내 이름이 찍힌 산낙지통을 보고 전화를 걸었다는 것이다. 그러면서 인천에서는 낙지물량이 적어 서울 수산시장에서 갖다 팔고 있다면서 무척이나 반가워한다.

초등학교 시절에 보고 그 후로는 못 본 형님이다. 고등공민학교 시절에 안정리에서 산을 타고 걸어서 오면 바다가 보이는 범바위 밑에 있는 오막살이집이 형님네 집이었다. 사실 참으로 가난했던 시절이라 살기 위해 고향을 떠나 인천 연안부두에서 정착하였다는데 이곳에서 결혼도 하고 가정을 꾸려 딸과 아들 3남매를 두었다고 한다. 그리고 지독하게 장사를 하여 상가도 자기명의로 마련하고 안집도 마련하여 잘 살고 있다고 한다.

우리 아버님의 사촌형님이시고, 내게는 당백부이신 육촌형님의 아버님께서는 가난에 찌들어 자식들을 초등학교도 안 보낸 채 어린 시절 객지로 내보냈다. 어쩌다 당백모님이 우리 집에 오시면 할머님께서 쌀 조금에다 깨와 팥 등의 곡식을 조금씩 챙겨드리던 모습이 생각난다.

그렇게 고등학교 때까지도 우리 학교 밑에 있는 조그마한 집에서 사글세로 가난하게 사시다가 당백부님께서 화물선 기관사로 취직되어 열심히 일하시면서 모은 돈으로 돌산면 우두리 조선소 뒤쪽에 있는 산을 천 평도 넘게 사서 밭도 개간하고 집도 지으며 살 만하게 되었다. 그리고 어느 겨울에 내가 여수에서 장사할 때 돈이 좀 부족해서 돈을 빌리러 갔더니 아들에겐 안 빌려줘도 내게는 빌려주신다며 흔쾌히 내어주셔서 잘 쓰고 이자 붙여 고맙게 갚았던 기억이 아련하다.

아무튼 육촌형님과는 그렇게 연결이 되어 몇 번 더 전화통화를 하고는 거래를 시작했다. 형님께서 주문하는 대로 보냈는데 상당히 많은 양을 파는 것이었다. 연말이 되어서 방문차 인천 연안부두에 있는 형님네 가게를 찾아갔다. 그리고 그곳에서 몇 십 년 만에 형님을 만났는데 참으로 반가웠다.

형수님께도 인사하고 식사는 설렁탕으로 하면서 이야기를 나누었는데 그동안 고생을 많이도 한 모양이다. 아무튼 인천에서 제대로 정착하여 돈도 벌고 결혼도 하고 자식도 3남매를 두었다는데 모두 대학교까지 공부시켰다고 한다.

인천 연안부두는 횟집이 많고 낙지장사가 특별히 잘 되는 곳인데 나의 협조로 형님네 가게가 낙지를 독점하여 돈벌이가 아주 좋다고 한다. 연안부두 시장의 한쪽은 젓갈부터 생선, 패류 등을 팔고 있다. 겨울철이면 아주 추운 곳이라서 바닷바람이 불면 귀가 떨어져 나갈 지경이다. 가게는 실내로 넓은 공간에 칸막이 없이 모든 가게를 볼 수 있는 곳이다.

그 후 상당히 오랜 세월 동안 형님과 거래하다가 돈도 벌고 6층 건물을 매입하며 낙지장사를 접게 되면서 더 이상의 거래는 없었다. 그러다 내가 식당운영을 잘못하여 손해를 보고 있을 때 형님께서 내게 인천에 와서 같이 사업하며 살자고 제안을 하기도 했다. 특히 혼자 인천에 살고 있으니 외롭다면서 인천시청 밑에 있는 시장에 3층짜리 건물이 나왔는데 그 당시 5억 원에 사라는 것이다. 그런데 내 수중에는 은행 대출금 1억 원을 정리하면 3억 원 남짓 밖에 안 남아 포기했었는데 결과적으로 잘했다는 생각이다.

지금 생각해 보면 그 형님에게 우리 집에서 신경 써준 만큼 알고는 있는지 의문스러운 것이 사실이다. 당백부님께서 별세하셨을 때 내가 나서서 육촌동생과 함께 고향에 가서 장지를 마련하고 지관도 불러 장례를 치렀고, 또 몇 년 뒤 인천에서 당백모님이 돌아가셨을 때도 내 동생과 육촌형제들 모두가 인천까지 가서 장례준비를 하고 다시 여수까지 모시어 장례를 치러 드렸다.

그때는 육촌형님이 앞으로 동생들이 일을 당하면 꼭 찾아가겠다고 말했었지만 정작 우리 부모님께서 돌아가셨을 때는 아쉽게도 조문전화조차 없이 깜깜무소식이었다. 남이라도 이러지는 못할 텐데…, 그 후 딸을 서울에서 결혼시킨다고 청첩장을 보내왔는데 나는 일이 있어 못 가고 아내만 참석했었다. 그리고 얼마 후 아들도 결혼한다기에 인천까지 가서 축하해 주고 왔는데, 역시 우리 집 혼사 때는 둘째딸 결혼식에 한 번 오고는 이후 다른 애들 다섯이 모두 결혼했지만 아예 소식도 끊고 참석도 하지 않았다.

참으로 지독한 형님이신데 많은 세월이 지난 요즘 전화를 하면 무슨 이유인지 뚝뚝 끊어 버린다. 인생 말년에 전화통화라도 하고 살면 좋겠는데…, 아무리 배운 것이 없다 해도 이 정도면 참으로 아쉽기만 한 행동이다.

재산도 인천 중심지의 도로변에 5층짜리 건물을 소유하여 부유한 편이고, 또 당백부님의 돌산 땅값이 많이 올라서 수억 원이 된다는데 혼자 독차지했다. 형님에겐 여동생이 3명 있는데 가난하게 살고 있기에 언젠가 내가 조금씩만 보태주라고 부탁해 봤는데 어림없는 소리하지 말라고 역정을 내기도 했다.

여동생들이 오빠는 먹고 살 만하니 좀 도와달라고 부탁을 해도 소용없었다. 남동생은 원래부터 뱃일에 종사하며 통영에서 살았는데 한때는 인천에서 10톤급 배를 운영하며 활어를 구입하여 인천 연안부두 횟집에서 형님을 도와 장사를 하다가 여수로 와서는 그 배를 팔아 장사 밑천으로 삼고 순천에서 살고 있다.

형제간에 이런 식으로 자기 몫을 챙긴 것인데 그때 못했으면 이 동생 역시 한 푼도 못 챙기고 형님 밑에서 가난하게 살았을 것이다. 그 당시 배를 팔고 잠적했을 때는 나 역시 욕을 했지만 지금에 와서 생각해 보니 매우 잘한 일이다.

지금 육촌형님은 부모님의 선산도 모르고 있고, 부모님의 묘소도 파묘하여 화장한 뒤 유골을 납골당에 모신 뒤로는 한 번도 고향을 찾은 적이 없는 사람이다. 시제에 온 일도 없는데 우리들 생각으로는 조상을 잘 모시면 후손이 잘 된다고 믿으며 살아간다. 아무튼 이 형님은 조상은 얼어 죽거나 말거나 관심 없고 오로지 자기 자신만 잘 살면 된다는 사람이다.

난초에 빠져 지낸 이야기

01 호광장에서 동진횟집을 경영하고 있을 때 손님으로 오신 분
들이 같이 모임을 하자고 제안해서 일단 계모임으로 난우회
를 결성하고는 얼마 후 점심을 먹고 나서 난을 캐러 가자고 모였다.
사실 내 입장에서는 무엇이 난인지도 정확히 모르는 상황에서 얼떨
결에 따라가 산을 타는 것이다. 어렸을 적에 본 괭이밥이 기억나는
데 두세 시간 뒤에는 무슨 괭이밥 같은 것을 가져와서는 산반이라
고 하였지만 내 눈에는 아무것도 들어오지 않는다.

아무튼 처음으로 나는 난채취 산행에 따라간 기념으로 한 아름 가
져다 심었다. 난을 일삼아 키우시던 지인이 난돌도 주고 난분도 주
어서 옮겨심기도 하고, 물은 3,4일에 한 번씩 주라는 등, 이것이 인
연이 되어 나는 난에 빠져들게 되었다. 그리고 이제는 난이 나는 철
이면 눈에 불을 켜고 쫓아가 살펴보는 사람이 되었다.

며칠을 지나서 난계원 세 식구가 모여 해남 땅끝마을로 가면서 하

는 이야기가 혀가 하얀 것은 소심이라고 꽃을 까보면 안다고 한다. 그 마을은 난이 많이 나는 곳으로 잘 알려져 있었는데 한참을 둘러보니 분명 혀가 하얀 소심이 보여 캐는 중에 두칸바가 같이 붙어 있어서 캐고는 점심을 먹으면서 일행에게 보여주었다. 그러자 탄성을 지르며 소심이 확실하다고 오늘의 장원이니 집에 가서 술을 사라고 하기에 기분이 좋아서 그날 저녁에 모처럼 기분 좋게 술과 난에 흠뻑 취했던 기억이 난다.

그 후로 누군가 중등포 저수지 쪽을 가르쳐 주어서 시간만 되면 가서 둘러보고, 잎만 조금 이상하면 캐고는 산에서 내려오는 사람들을 만나서 물어보기도 하고, 이것이 중투라고 하면서 서로 인사도 하였는데 이것이 난의 묘미라고 한다.

한 번은 처남이 진도에서 복륜란을 한 분에게 주고는 호평을 받더니 이젠 난에 완전히 미친개가 되어 오후 4시에도 나를 찾아와 둘이서 가던 곳을 계속 가잔다. 산지를 몰라서 저녁이 되면 집으로 오기도 한다. 겨울철에는 생업인 낙지탁송 작업을 줄여 서울작업은 안하고 뒷개에서 물건만 구입해서 도매로 보낸다.

그렇게 난 캐는 작업에 빠져들면서 동호인으로서 난 캐는 사람들도 점차적으로 알아가던 어느 저녁 때 부두가 작업장 앞에서 몇몇이 의기투합하여 난모임을 만들고 회장으로 나를 정하였다.

회명은 소심회, 모임은 한 달에 한 번으로 정하였다. 관상용이나 채집해서 기르는 난도 없는데 내겐 그날그날 들어오는 돈이 있으니 멋도 모르고 만나면 술 파티 위주의 모임을 하면서 난도 조금씩 알아갔다. 집 입구에 난 받침대도 설치하고 한 150분 정도 들여놨다. 그리고 명절 때 회원들을 집으로 초청하여 술과 음식을 대접하니 앞으로도 계속 회장을 맡으라고 한다. 나는 그만 한다고 해도 한 5년 정도는 더 하라고 한다.

그동안 산채대회도 가고 회원들끼리 시간이 있으면 이산 저산 여러 곳을 드나들기도 했지만 그래도 산과 함께 난은 잘 모르는 것 같다.

하루는 오후 3시쯤 부부 동반으로 강진에서 완도로 가는데 마을이 안 보여 야산으로 들어가 풀 속에서 난을 보던 중 어린아이 묘를 발견하고는 등골이 오싹하는 한기를 느끼기도 했다. 그때는 해가 서산으로 넘어가고 어두컴컴해질 무렵이었는데 우리 부부는 같이 차쪽으로 달려와서 한숨을 돌린 것이다. 어린아이 묘는 일주일 쯤 된 것 같은데 뽀빠이 과자도 있는 것이 왜 그리도 무섭게 여겨졌는지….

성전산 할아버지 제삿날인 음력 2월 4일에 제를 모시고 집에 오는 길에 성전산으로 올라가는데 화려한 난꽃이 활짝 피어 있었다. 발걸음을 옮겨 조금 지나니 또 있어 어느새 일곱 카바를 떴다. 왠지 할아버지께서 선물하시는 난 같아서 두 손 모아 감사의 인사를 드렸다. 지금에 와서 생각해 보니 주금인 것 같은데 주금치고는 너무도 화려한 자태를 보여 나는 이 난에 깊이 빠져들었고 지금도 이 난을 보면 기분이 좋아진다.

그 후로도 시간이 나면 그 산에 가서 주변을 살펴보니 주금이 보였는데 첫날만은 못했던 것 같다. 그 다음해에는 큰 소나무 밑에서 소심을 발견하였다.

그리고 또 어느 해 늦은 봄에 가 보니 소심을 캤던 자리에서 10미터쯤 떨어진 곳에서 참으로 아름다운 난 복색을 발견했다. 세 카바

꽃잎 위쪽은 녹색, 아래쪽으로 주홍색이 아름답게 보였는데 이런 난을 책에서 찾아보니 태극선인 것으로 알고 있다가 훗날 알고 보니 복색이었던 것이다. 사실 그때까지 나는 복색을 모르고 있었던 것이다.

그때까지 내가 아는 난은 소심, 중투, 주금, 복륜, 호 정도였다.

소심과 주금은 많이 캐도 무슨 소용인지…, 난돌이 큰 것을 써야 하는데 난이 2년을 못 버티고 고사하고 만다. 나는 캘 줄만 알고 기를 줄은 모르는 것 같다. 한해는 주금산 정상에서 나는 호를 캐고 아내는 그 아래에서 복륜도 캤다. 반대쪽에서는 감중투와 감호도 캐고 그 아래쪽 묘지 밑에서는 조를 캤는데 그 난이 지금은 복색으로 나온다. 호는 중투로 산에서는 꽃 위쪽에 색이 있다고 했는데 나도 아직까지 꽃은 못 본 채 지인들에게 분을 나눠 주고 있지만 역시 꽃은 못 봤다. 지금은 3분 정도 남아있다. 아무튼 주금산은 난과 관련하여 우리와 인연이 깊은 산이다.

사실 나는 난에 약도 줄 줄 모르고 살충제도 모르는데 무슨 난을 잘 키우겠는가. 물만 줄 줄 알지 영양제도 모른다. 그래도 지금보다 잘 기를 날을 기대해 본다.

소심회에서 산채대회를 불티재로 갔는데 이 산에 소심밭이 있다고 해서 일행과 같이 산으로 들어가니 얼마 안 돼 소심을 캤다는 소리가 들려온다. 나도 부지런히 둘러보고서 소심 한 카바를 캤다. 다른 분은 복륜도 캐고, 주금도 캤다는데 역시 이 불티재산은 여러가지 난이 나오는 산이다.

그래서 그 후로는 매년 정례적으로 찾았다. 한 번은 주금밭 조금 아래 골짜기에서 두화와 원판화를 하루에 두 카바를 캤다. 이 산에는 주금밭이 있고, 주유소 앞쪽 산도 주금밭이 있는데 색도는 별로였다. 하지만 어느 사모님은 한 가방도 캐었고 나도 상당히 많은 주금을 캐었다.

하루는 네 명이서 불티재산을 지나서 연이어 있는 산으로 가는데 그 산은 난이 나지 않는 산이란다. 그래서 아내와 함께 우리차로 돌아와서는 재빨리 되돌려 불티재산으로 들어가는데 전화가 와서 받아보니 어디냐고 묻는다. 불티재라고 답하니 자기네도 같이 가고 싶다고 한다. 마침 점심때라 같이 점심을 먹고는 다함께 불티재산으로 들어갔는데 10분도 안 되어 옆에서 복색이 보인다. 쫓아가 살펴보니 복색이 즐비한데 역시 난의 주인은 따로 있나 보다. 내 난 따로, 당신 난 따로…, 그날은 복색 캔 사람이 술과 안주를 내 하루를 즐겁게 보냈다.

어쨌든 이 산에는 주금은 많아도 소멸성이 대부분이다. 복색을 캔 자리 부근만이 오리지널 난서식지다. 나도 주금은 그 부근에서 몇 년 동안 캐었지만 지금은 죽고 없고, 소심을 한 카바 떴는데 지금은 죽을지 살지 모를 2촉만이 살아 있다. 환경이 많이 변해서 그런지 지금은 산에 난이 없고 잡나무만 가득하다. 아마도 목포 근처의 산에는 난초가 다 소멸된 듯하다. 난초 찾아 산에 가고 싶어도 멀게 느껴지고 가본들 기름 값만 아까운 실정이니 그때 그 시절이 난의 전성기였던 듯싶다.

난우회 회장을 5년 동안 하고는 다른 분께 넘겼다. 그리고 부담없이 아내와 둘이서 난을 캐러 가서는 산신제라고 막걸리를 올리고는 또 음복하고 입산한다. 친한 사람과 같이 갈 때는 돼지고기와 김치를 불판에 볶아서 담고 막걸리도 한 통 준비한 채 소풍가는 마음으로 향한다. 사실 나는 산에 가면은 건달이다. 난을 못 캐고 서성대다 아내가 산반이라고 캐는데…, 산행은 주로 아내와 둘이서 한다. 활어차를 타고 가다가도 난이 나는 산을 보면, 낙지 수급을 오전일로 마무리하고 오후에는 난을 캐러 가곤 했다.

불티재 가기 전에 집이 몇 채 있는데 이들 집의 뒷산도 자주 갔던 산이다. 안골짜기에서 중투도 캐고, 집 뒤쪽 묘지 벼랑에서 산반이 너무 좋은 난 두 쪽에 잎은 잎변으로 멋지게 뻗은 2촉이나 캤지만 2년 뒤에 고사하고 말았다. 엽예품으로는 상품이었는데 아쉽기만 하다.

우리 아내가 친구분과 산으로 가서는 산반을 보고는 그대로 왔다고 한다. 그리고 다음날 눈이 펄펄 내리는데 나와 둘이 가서 캤다. 산반이라서 눈에 잘 보여 쉽게 캐고는 눈을 맞으며 바로 집으로 온 것이다.

언젠가 우리 부부는 신광쪽으로 갔다. 그날은 비가 많이 와서 산에 쌓인 먼지를 청소할 것이기에 기회가 좋았다. 평시에는 채석장 위쪽으로 먼지가 많아서 난을 볼 수가 없다. 비가 와서 한결 깨끗해진 산을 둘러보고 있는데 아내의 고함소리가 들린다. 서둘러 찾아가보니 무엇에 놀랐는지 아내는 벌벌 떨고 있었다. 둘 다 비를 많이 맞아 옷은 물옷이 되어 버렸다. 춥기도 했지만 관산쪽으로 몇 번을 움직여도 허탕이다.

부부가 야산을 살펴보다가 두화변도 입구에서 정상을 향하여 가는데 복륜이 보인 것이다. 처음에는 산반이라 생각하고 캐고 보니 복륜이었다. 이 산도 자주 갔던 산이다. 관산 보해양조 휴양지 입구쪽에 차를 두고서 산에 올라가서 돌다 보니 오후 한 시다. 점심이나 같이 하자고 천 사장에게 전화하니 곧바로 온다는 사람이 함흥차사다.

아무튼 그날 점심은 언제 먹었는지 기억이 가물거리는데 그쪽으로 가서 신아를 20카바 정도 뜨고는 한 20평쯤 되는 땅을 샅샅이 맨것 같다. 점심을 먹고는 3카바를 더 떠서 그날을 보내고 그 다음에 부부끼리 일찍 가서 6카바를 또 떴다.

그 다음해에는 택시기사 아내와 3명이 가서 여기 저기 밭하고 기존에 채취했던 위치를 가르쳐 주고는 살펴보았지만 더 이상은 보이지 않았다. 그러다 100미터 정도 지나가다가 아주 좋은 서를 상작 3촉을 발견하고는 조심스럽게 캤는데 역시 그 뒤로는 보지 못했다.

지금은 우리 난실에 너댓 분 정도 살아 있는데 꽃은 못 보고 있다.

소멸성이 커서 기대는 해도 난 속은 모른다.

목포난문화협회 활동

홍수 회장이 목포난문화협회를 만들자고 제안해 왔다. 이전에는 영산강난우회와 유달산난우회로 두 난우회가 출발해 전시회도 열고 관련세미나도 열어 목포에서 반응이 좋았다. 그러다 두 난우회 연합의 의미로 목포난문화협회를 결성하고는 첫 번째 전시회에는 회원들이 각자 열성적으로 난초를 챙겨 출품하였고, 엽예품 또한 촉수는 적더라도 가지고 나와서 엽예품 전시대회를 갓바위 옆 문화회관에서 거행하였는데 모처럼 대성황을 이루었다.

두 번째 전시대회는 삼학도 김대중 노벨평화상 기념관에서 바다 행사와 같이 열렸다. 바다 행사는 부두와 삼학도에서 임시다리를 설치하여 거행하였는데 시내가 가까워 김대중 노벨평화상 기념관을 구경 온 사람들과 난 전시장을 구경하러 온 사람들이 한 데 모여 이 또한 대성황을 이루었다. 난 전시장에서 병행한 난 판매전에서는 난도 꽤나 많이 팔렸다.

이날 개막식에는 국회의원 박지원 님을 비롯한 광역의원들, 또 목포시장과 시의회 의원들이 참석하여 자리를 빛내 주었으며, 행사진행을 맡은 여성 회원들이 한복으로 곱게 차려 입어 화려한 분위기를 자아냈다. 특히 엽예품 전시대회 시상식에서는 내가 대상을 수상하여 참으로 영광스러웠고 기분 또한 매우 좋았다. 이전에 소규모로 거행된 영산강난우회 자체대회에서 대상을 받은 바는 있지만 목포난문화협회 연합전으로는 처음 받는 대상이라 감회 또한 새로웠다.

상금으로 일백만 원을 받았는데 이 중에서 오십만 원은 협회 기금으로 기부하고 나머지는 그날 술값으로 몽땅 날렸지만 그래도 기분은 최고로 좋았다. 기념메달과 함께 금상, 은상, 동상 등도 5개나 받아서 우리 영산강난우회 차원에서도 간단하게 자축행사를 하였다.

그리고 이때부터 광주에서 난을 유통하고 있는 박행규 상인대표가 3백만 원을 지원해 주기로 약속하였고, 전시 끝나는 날에는 뒤풀이로 불고기 파티에다 부부 동반하여 사오십 명이 모여서는 춤도 추고 노래도 부르며 즐거운 시간을 가졌다.

다음해에는 삼학난우회도 동참하여 3개의 난우회가 연합하여 행사를 거행하니 수상자 범위는 대폭 줄어들었다. 우리 영산강난우회는 금상, 은상, 동상 등 4개의 상장과 기념메달을 받았다. 이번의 세 번째 전시회 역시 10월 시바다 행사와 겸해서 개최되어 손님은 매우 많았다. 전년도와 마찬가지로 국회의원을 비롯한 지방의원들이 참석하였을 뿐만 아니라 전국 각 지역에 지부를 두고 있는 한국난문화협회 지회장들도 많이 참석했다.

특히 우리 목포난문화협회 진홍수 회장님이 전남난문화협회 회장도 겸임하고 있었고, 또 중앙회 운영위원장도 맡고 있으니 그 위상 또한 대단하였다. 심사위원장은 박래관 안산난문화협회 회장이 맡았고, 심사위원으로는 우리나라에서 난과 관련한 상이란 상은 가장 많이 수상한 분을 비롯하여 난문화에 저명하신 한국난연합회 대전분회 허 회장이 맡아 그야말로 전국대회를 방불케 했다. 목포시에서는 상당액의 바다행사 보조금을 지원해 주었고, 전남도청 문화예술과와 광주난단지에서도 거액의 보조금을 지원하여 행사는 대성황을 이루어 성공적이었다.

그리고 나로서는 가장 기억에 남는 행사가 있다. 바로 2019년 10월 5일부터 6일까지 김대중 노벨평화상 기념관에서 거행된 제5회 목포난문화협회 엽예품 전시대회에서 중투호를 출품하여 영예의 대상을 수상한 것이다. 전시장에 전시된 난분수는 270분 정도로 비교적 많이 출품되어 있었는데, 나는 17분을 출품하여 대상뿐만 아니라 몇 개의 상을 더 타 개인적으로는 대단한 영광을 안겨준 전시회였다.

첫날 거행된 개막식장에는 진홍수 대회장과 김은희 운영위원장, 박지원 국회의원, 김종식 목포시장, 김휴환 목포시의회 의장과 목포시의회 의원 등을 비롯한 지역인사들, 그리고 한국난문화협회 김규석 이사장, 허만철 자문위원장, 한국난보존협회 이유진 자문위원장 등 전국 각지에서 난계 인사들이 상당수 참석하여 대성황을 이루었다.

나는 행사 전날 몇 분을 출품할까 고민하다 심사숙고하여 전년도보다 3분 적은 17분을 출품했다. 그리고 나름대로 최선을 다했기에 '진인사대천명'이라는 고사 성어대로 마음 편히 심사결과를 기다리고 있었다. 그러고 보니 참여 단체도 늘어 이번에는 영산강난우회, 여성난우회, 유달산난우회, 삼학도난우회 등 4개 지역단체가 참여하여 외연도 많이 확대되었고, 수준 또한 무척 높아진 느낌이었다.

심사는 안산난문화협회 이유진 현회장, 박래관 전회장 등이 맡아 진행하였고, 저녁 7시쯤에 입상자를 발표하였다. 바로 대상에 정충록. 이어서 국회의원상, 시장상, 시의회의장상, 특별상, 금상, 은상, 동상 등이 발표되었다. 그리고 사피도 상에 올라서 은상이 두 개인 줄 알고 있다가 다음날 보니 사피는 사라져 은상 하나에 가만히 보니 비슷한 난들이 많다.

조금만 촉수가 많고 잘 키우면 대상도 받을 수 있을 텐데…, 아무튼 실속으로 보면 대상은 빈손이다. 백만 원을 타 봐야 연합회 운영비로 기부하고 술값으로 기분 내면 오히려 주머닛돈을 보태야 한다. 국회의원상 상금은 십만 원이지만 소액이라서 기부는 사절이란다. 금상은 상품권 오만원권이 부상으로 주어졌는데 마침 은주가 꽃다발을 자비로 샀다기에 오만원권 상품권을 건네주었다.

아무튼 2회 전시대회와 5회 전시대회에서 대상을 받아 개인적으로도 대단한 영광이 주어졌고, 무엇보다 난을 예술적으로 다룬다는 측면에서 성가를 드높이고 있었다. 사실 내가 두 번씩이나 대상을 받는 동안 다른 회원은 한 번도 못 받았다. 전시대회에서 상을 타는 것도 아무에게나 주어지는 것이 아니다. 그만큼 돈과 연관도 있고 난을 기르는 기술도 특출 나야 되는 것이다.

5회 전시품들을 살펴보면 내 소유의 난을 중심으로 계백도 조금 떨어져 보이고, 남산관도 촉수가 조금 부족한 것 같다. 대상급과 비슷해 보여도 어디가 부족한지 금방 심사위원들의 눈 밖에 난다.

청옥산은 전년도에 금상을 수상했기에 금년에는 3촉을 받고 촉수도 10촉이 넘어 대상을 기대하고 출품했지만 동상도 못 탔다. 다시 전국난문화협회 전시대회에 그대로 출품해 봤더니 역시 아무 상에도 들지 목하고 그대로 돌아온다. 사실 내가 보는 눈과 다른 사람, 특히 심사위원이 보는 눈은 제각각이다. 남자가 여자를 보는 눈이 다르듯이 제 눈에 안경인 것을 실감하게 된다.

암을 극복하며

2007년 10월 27일에 한국난문화협회가 주최하고 한국춘란 엽예품 전국대회 준비위원회가 주관한 제14회 한국춘란 엽예품 전시회가 나주시 체육관에서 거행되었다. 그날 수상으로 금상 1점과 은상 1점 등 2개의 상을 수상하고 첫날부터 끝나는 날까지 지켜보았다. 그리고 끝나는 날 체육관에서 뒤풀이를 한다기에 영산강난우회 총무 문 선생님과 함께 참석하였다.

사실 그날은 술 생각이 별로 없었는데 이승환 사무국장이 한 잔 하라고 권해서 소주 2잔만 마시고 오후 3시쯤 나주에서 자가용을 타고 목포로 돌아오고 있었다. 그런데 갑자기 차선이 두 개로 보여 동승한 문 선생님에게 차선이 두 개냐고 물었더니 중앙선 한 개뿐이라고 한다. 내 눈이 이상한가 보다 말했더니 문 선생님이 내일 당장 병원에 가보라고 한다.

하지만 오다 보니 근처에 한국병원이 있어 일단 들어갔다. 잠시 후 MRI촬영을 하고 두 시간 정도 기다리고 있었다. 그리고 담당의사가 들어오라고 해서 들어가니 내일 당장 화순 전남대학교병원으로 가보라고 한다. 화순 전대병원은 암 전문병원인데 나는 아무 생각 없이 한국병원 MRI실 직원이 써준 메모지를 갖고 일단 집으로 돌아왔다.

다음날 아내와 함께 활어차를 운전하여 화순 전대병원 이비인후과 담당교수를 찾아가 보니 비로소 암 전문병원임을 알고 가슴이 덜컥 내려앉았다. 그 시절만 해도 암에 걸리면 상당히 많은 사람들이 죽는 편이었다. 요즈음에는 희귀암에 걸려도 완치율이 꽤나 높지만 그때만 해도 그렇지 않아 심적으로 많이 힘들었다.

그날 이비인후과로 가서 담당교수를 찾아 접수를 하고 기다리니 왜 그리도 지루한지…, 담당교수님께서 코 안을 자세히 살펴보고는 작은 녹두알만한 종양을 떼어내 실험용 병에 넣고는 일주일 후에 보자며 약도 일주일분을 처방한다.

집에 오니 머리가 아파오는데 날이 갈수록 쪼개지는 것처럼 아프다. 죽음의 기로에서 사투를 벌이는 사람처럼 버티는데 어느 순간에는 차라리 죽고 싶은 마음이 앞선다. 일주일을 어떻게 지냈는지도 모른다 그래도 차는 운전하여 화순 전대병원 이비인후과에 가서 11시 30분에 담당교수님을 만났는데 준엄한 표정으로 약이나 줄 테니 집에 가서 편히 쉬라고 한다.

교수님께 매달려 통사정을 해도 자기로서는 도저히 수술을 할 수 없다고 한다. 암이 말기라면서 편히 쉬라는 말은 그냥 죽으라는 것이 아닌가. 하늘이 무너지고 땅이 꺼지면서 아무 생각 없이 이대로 죽는 것만 같았다. 아내는 털썩 주저앉아 어린애처럼 울고 있고, 어쩔 수 없이 이비인후과를 나와 딸 점순이에게 전화하여 사실대로 이야기했다.

그러자 딸은 어떻게든 교수님한테 매달려 죽어도 좋으니 병원에 입원만 시켜달라고 부탁을 하란다. 그 말을 듣고 2층 이비인후과 교수님을 만나러 다시 가보니 교수님은 금세 오전 진료가 끝나 광주 전남대학교병원으로 갔다는 것이다. 어쩔 수 없이 1층 두뇌암센터 교수님을 찾아가니 담당간호사 말이 역시 오전 진료가 끝나 식사하러 가셨고 오후 진료는 없어 들어오시지 않을 거라고 한다.

더 이상 누구한테 사정도 못하고 머리는 심하게 아파왔지만 별 수 없이 뒤돌아서고 있는데 여자교수님이 나타나기에 내 상태를 사실대로 이야기하고 사정을 해 봤다. 그러자 그 여교수님이 오전에 진료했던 이비인후과 임상철 교수님께 전화를 해서 사정을 하시는 것이다. 그러더니 일당 응급실로 들어가서 입원을 하고 검사 받고 있으란다.

그 후 나는 응급차에 실려 광주 전대병원으로 가는 것도 모르고 정신을 잃고 쓰러졌다. 어떻게 휠체어에 끌려 다녔는지 응급실에서 하루를 보내고 다음 날 저녁 6시쯤 응급차를 타고 다시 화순 전대병원으로 돌아왔다. 그리고 병실에 입원하고 그때부터 항암제와 영양제를 투여 받았던 것이다. 사실 나는 이런 과정을 기억하지 못한다.

뒤에 아내가 말해 줘서 알았고, 나는 화순 전대병원으로 돌아온 다음날 아침에 깨어난 것이다. 딸들이 보이기에 너희들 여기 왜 왔냐고 물으면서 그때 기억이 돌아왔다. 딸들이 울고 있고 옆에 있는 아내의 모습을 보니 내가 어제 밤에 병원을 왔구나 하는 생각이 든 것이다. 어제만 해도 머리가 쪼개지는 것처럼 아파서 아무것도 모르고 살아 있다가 항암주사를 맞으면서 아픈 것은 조금씩 가라앉는데 속은 메슥거려 토할 것만 같았다.

오후가 되면서 방사선실로 안내되어 갔는데 사람들이 줄을 서서 기다리고 있다. 내 차례가 되자 캄캄한 암실의 촬영기구에 들어가라더니 가만히 누워서 기다리라고 한다. 조금 있다가 이리저리 당기기도 하고 밀기도 하면서 여러 군데 촬영하고는 내보낸다.

병실로 돌아와 꼼짝없이 누워서 시간을 보내려니 내가 과연 살아서 나갈 수는 있는 것일까, 정녕 꿈은 아니란 말인가. 교수님은 도저히 희망이 없다는데 이러다가 죽겠지 싶은 생각도 하게 된다. 과연 내가 살까 하는 심정으로 담담히 누워있는데 아내는 담당의사에게 매달려 어떻게라도 살려보려고 통사정한다. 돈도 필요 없고 오직 정충록뿐이라며….

장사는 누구한테 부탁하고 왔는지도 모르는 채 오직 남편만을 생각하며 병이 꼭 낫기를 간구하며 아내는 병원 의자에서 쪽잠을 잔다. 그리고 음식은 어떤 음식을 먹는지조차 모르겠다. 내게는 죽이 나오지만 도저히 먹을 수가 없고 영양제에 의지하며 먹는 대로 토하니 몸은 허공을 둥둥 떠다니는 것만 같다. 그래도 참아야 한다. 참고 이겨서 살아야 한다고 다짐, 또 다짐하고 있었다.

일주일이 지나자 사람을 제대로 알아볼 정도로 기력이 회복되었는데 생각도 안한 배상호 전남난문화협회 이사장님이 밤에 찾아와서는 위로를 한다. 난문제로 하여 나하고는 별로 좋은 관계가 아니었지만 그래도 마지막 길인가 싶어 한 번 얼굴 보러 온 것이다. 아무튼 고마운 마음이다.

그 후로 김삼중 님이 다녀가더니 소문이 더 나서 난문화협회에서 많은 사람들이 병문안을 다녀갔다. 아무튼 삶에 용기를 주신 모든 분들에게 다시금 고맙다는 인사를 드린다. 그 후 방사선 치료를 26일간 받고 그래도 삶에의 욕구가 강렬하여 방사선과 교수님을 찾아가서는 방사선 치료를 며칠이라도 더 받을 수 있게 해달라고 소액의 뇌물(?)을 드리며 사정을 했다.

그랬더니 방사선이 얼마나 독한 건지 알고나 그러냐며 못 이기는 척 4일간을 연장하여 방사선 치료를 최대로 받게 해줬다. 암세포를 죽이려면 방사선 치료가 선행되어야 하는데 항암제주사도 소홀히 할 수 없어 여기 교수님에게는 구두티켓 한 장을 드리며 역시 최대한 받게 해달라고 부탁하였더니 역시 못 이기는 척 신경을 써준다.

그렇게 한 달 정도 지나 퇴원하였다가 보름에 한 번 와서 입원하여 항암주사를 맞고 5일 동안 입원 치료하다가 정 아프면 화순 전대병원에 보름 동안 입원하기도 했다. 아무튼 다른 환자분들도 병실이 부족하여 대기하는 사정인 만큼 미리 연락해서 병실을 확보하고 그날에 맞추어 항암제주사를 맞으면 덜 아팠던 것 같다.

항암치료 초기에는 토하기도 하고 몸이 흔들거려 화장실도 누군가의 부축을 받거나 지팡이를 잡고 가야 했다. 그래도 이제는 먹어야 산다는 각오로 음식이 먹기 싫어도 살기 위해 먹자고 다짐하며 씹어 삼켰다. 하지만 이를 앙 물고 먹자 해도 음식 냄새만 맡으면 속이 울렁울렁하는 통에 참으로 목구멍 너머로 음식물을 넘기기가 힘들었다.

이런 모습을 지켜보는 아내의 심정이야 오죽했겠냐만 별다른 내색 없이 열성적으로 매어달려 무엇을 해서라도 살려야 한다는 마음만으로 악착같이 먹게 했다. 지나고 보니 보호자가 어떻게 하느냐에 따라 환자의 상태는 좋아지기도 하고 악화되기도 한다는 생각이다. 대부분의 보호자들이 처음에는 잘해 주다가도 날이 가면 갈수록 흐지부지하는데 그런 집은 환자가 몇 달 못 가서 하늘나라로 떠나고 마는 것이다.

화순에 있는 병원 세 곳을 돌아가며 입원해 보니 화순 전대병원에 비하면 하늘과 땅 차이라 할 정도로 열악하다는 느낌이다. 화순 전대병원은 간호사도 친절하여 내가 입원해 있다가 아침에 나가면 간호사들이 매우 친절하게 대해 주는 바람에 기분이 좋아진다. 진짜 이 병원이야말로 모든 면에서 전국 5위권에 속한다는 느낌이고 지역에서는 최상위권에 위치한다고 믿고 싶다. 그만큼 교수님도 사명감을 갖고 연구하고 또 말할 나위 없이 친절하게 대해 준다.

그때 이비인후과 임상철 교수님은 나 같은 환자가 처음이라고 했다. 미국 유학시절만 돌아봐도 내가 말기 중의 말기 암환자라는데 미국 국민은 담배를 많이 피우니 코암이 많지만, 나는 담배를 별로 피우지 않는데도 코암에 걸렸다는 것이 신기할 따름이라는 것이다. 사실 나는 담배를 좀 피워도 어쩌다 사업상 피우기 때문에 담배 한 갑이면 며칠간 뻐끔거리는 것이 고작이었다.

그런데 암은 내게로 찾아와서 저승길을 동행하자고 협박한다. 줄담배를 피워도 암에 걸리지 않는 사람이 얼마든지 있다. 나는 군대에서도 담배를 피우지 않아 하루걸러 보급되는 담배를 모아두었다가 첫 휴가 올 때 챙겨서 집에 갖고 오기도 했다. 그런데 아버님도 담배는 피우지 않아 그냥 내버려지는 신세가 되었었다.

목포에서도 사업상 손님을 만나면 우선 담배를 권하는 것이 예의라서 어쩌다 손님과 함께 한 대 태우기도 하고, 그러면서 이야기가 잘 되면 다방에 들렀다가 2차로 술집에 가는데 그런 과정에서도 나는 담배를 거의 피우지 않았다. 술집도 상대방을 알고 가야 되는데 막걸리 집이나 아가씨 집이나, 또 가지각색의 음식만으로도 만족하는 사람이 있고 막걸리만으로도 만족하는 사람이 있다. 아무튼 나는 담배만큼은 매우 절제하였는데 코암에 걸린 것이다.

담배는 정말 적게 피워도 코암이 먼저 찾아와서 희귀암이라고 말한다는데 내게 코암이 오면서 맨 먼저 코쪽에서 암세포가 확장하여 눈으로 올라가는 신경을 잘라먹었다는 것이다. 항암주사를 맞고 나니 그때 왼쪽 눈은 이미 시력이 상실되었는데 교수님 말씀이 이틀만 늦었어도 양쪽 눈 다 실명할 뻔했는데 그나마 오른쪽 눈이 살아서 다행이라고 한다.

한 눈이라도 멀쩡한 것에 감사하고 산다. 양쪽 다 실명되었으면 어찌했을까, 차라리 죽음을 택하지 않았을까 싶다. 그런 면에서 또 다시 부처님께 두 손 모아 감사의 합장을 드린다.

화순병원에서 3개월째 항암주사를 맞는데 나와 나이가 같은 분을 병실에서 만나게 되었다. 그 분은 나보다 3개월 먼저 암수술을 해서 보통사람과 별 차이가 없어 보였다. 서로가 5일간 입원하여 그간 살아온 이야기를 나누다가 병치료 상태도 물어보니 그분은 완쾌가 된 줄로 알고 있는 듯했다. 그분은 나라도에서 좀 떨어진 섬에 거주하고 있었는데 치료차 화순에 올 때는 소형선박을 타고 와서는 보호자 없이 혼자서 화순병원에서 주사도 맞고 진료도 받은 다음 다시 혼자서 집으로 돌아간다는 것이다.

집에는 자식도 있고 아내도 있는데 혼자서 병원에 와도 괜찮다고 하더니 이렇게 몇 번 왔다 갔다고 한다. 그러다 2개월이 지난 어느 날, 분명 나와 같은 날 같은 병실에서 항암주사를 맞아야 하는데 안 나타난다. 궁금해서 그 사람 왜 안 보이냐고 알아봤더니 그 며칠 사이에 이미 하늘나라로 떠나가서 못 오신다고 한다.

화순병원에 있으면서 같은 방에서 사람이 죽어나가는 것을 많이도 보게 되니, 간혹 나도 저 사람처럼 되지 않을까 싶은 두려움에 가슴이 착잡해진다. 그러다 어느 때는 될 대로 되라 하면서도 나 스스로가 힘을 내야 된다고 최면을 걸 때도 있다.

시간이 지나면 지날수록 집에도 가고 싶어 어느 날 병원장님께 부탁드려 퇴원을 하고 집에 도착했다. 도착하자마자 난실로 향해 앉아서 난을 쳐다보았다. 시들시들한 난을 보고 있자니 꼭 내 신세인 것 같은 느낌이고, 죽은 난을 보게 되면 나도 저처럼 될까 싶어 걱정도 된다. 어쨌든 씩씩한 난을 보면서 '너는 건강하구나, 잘 살아라'며 격려의 말을 되뇌었다.

의자에 앉아서 시간가는 줄도 모르고 있으면 때 맞춰 아내가 밥 먹고 약 먹으라고 챙긴다. 그때 반찬으로는 암에 좋다는 졸복국을 항시 준비했는데 복어(졸복)를 상자째 구입해서 쟁여두고 매 끼니마다 끓여주는 졸복국 한 그릇이면 밥 한 공기는 쉽게 먹는다.

'암은 잘 먹어야 이긴다. 못 먹는 사람은 죽는다. 암과 싸워서 이겨야 산다.'

나는 이런 신조로 암과 투쟁하며 정신적으로 이겨나가고 있었다.

화순병원에 들어가면서 5일 동안 먹을 복어국을 봉지에 담아가서 냉장고에 넣어두었다가 식사 때마다 데워서 밥을 말아먹었다. 졸복을 목포에서는 구입하지 못하고 여수 은양엄마한테 전화를 해서 몇 상자를 구입했다. 그리고 냉동 보관하여 먹었다. 한 번은 졸복을 내장은 내버려두고 깨끗한 물로 씻어서 햇볕에 잘 말린 다음 푹 쪄서 맛있게 먹은 적이 있다.

화순병원에서 암환자들에게 건복어쩜은 암환자가 먹으면 치료에 좋다고 주니 깜짝 놀라서 도망가기도 하고, 잘 받아먹기도 한다. 사람도 가지각색이라 먹으라면 독약인 줄로 아는 사람도 있다. 사실 암환자는 먹어도 아무 탈이 없는데 열 상자 정도 먹고 암이 상당히 치료된 뒤로는 복독이 나타난다.

그러구러 4개월이 지나자 이비인후과 교수님이 코 수술을 하자고 한다. 암이 상당히 작아져서 이제는 수술해도 되겠다고 하기에 길병원에 있는 딸에게 전화를 하였더니 두 달 더 있으면서 그때 수술하자고 한다. 지금보다 암을 더 줄여서 수술하면 경과도 좋으니 2개월 연기하라고 해서 교수님께 말씀드렸더니 그렇게 하라고 한다. 그러면서 그동안 항암제는 꾸준히 맞고 병원에 항상 동행하고 잠은 같은 침대에서 지긋이 자라고 한다.

이때쯤은 운전도 조심조심 하고서 화순에 가면 5일 정도 있다가 온다. 어느 봄날, 언덕길을 내려오는데 무안란 꽃전시회가 토요일 오후 3시쯤에 거행된다고 하여 전시장에 도착하니 난문화협회 회원들과 어른분들이 암환자가 어떻게 왔느냐며 반겨준다.

암에 걸려 있기 전만 해도 나는 난에 대한 열의가 대단한 사람이었다. 암에 걸리지 않았으면 돈도 잘 벌고 난도 많이 소장했을 텐데…, 또 전남난문화협회 회장에 출마할까도 꿈꾸고 있을 때 암이 찾아온 것이다.

이 즈음 아버님께서 전화를 하셨다. 선대 가족들의 묘를 이장해서 부치박 밭 한 곳으로 모으라고 하신다. 언제 해도 해야 할 것 같아서, 또 아버님께서 마침 비용도 준다기에 날도 받고 사람도 구했다. 포크레인도 여수에서 구하고 상석과 지석도 맞춰서 가져오고 잔디도 충분하게 가져왔다. 풍수는 아버님과 친한 사이의 정씨아저씨가 보기로 하였다.

아무튼 이장하던 그날은 내가 전날 항암제 주사를 맞고 간 날이라 다리가 떨리고 몸이 후들거려 작대기를 짚고 서 있었다. 아버님도 한쪽 다리를 절단하여서 와보지 못할 형편이다. 그새 경운기 사고를 당해 한쪽 다리를 절단하는 수술을 받았기 때문이다. 여수 신풍병원에서 절단수술을 하면서 한 달 동안 간병인 고용비와 수술비가 꽤 많이 나왔지만 동생들은 나 몰라라 한 푼도 안 내고 내 호주머니에서 나갔다.

이장과 관련한 모든 준비를 했다 해도 둘레나무 10그루가 부족해서 두균이 동생에게 여수에 가서 빨리 구해 오라고 하니 나머지 나무를 구해 와서 하루의 일과를 끝맺었다. 그리고 그 나무 값 얼마냐고 묻고는 20만원을 주고서 생각해 보니 동생들은 자식이 아니고 누군가 싶었다.

이장 비용이 900만 원 정도 들어서 저녁 식사를 마치고 찾아가 아버님께서 비용을 준다고 했던 말도 생각나서 이장 비용을 달라고 하니, "내가 무슨 돈? 돈 없어야!" 하며 오리발을 내미시는데 별 수 없이 침만 꿀꺽 삼키고는 목포로 돌아왔다. 아버님과 싸울 수도 없고 가슴만 답답한 채 내 속만 타들어간다.

어머님은 뇌출혈로 광주 기독병원에서 6개월간 입원해 계신데 수술 후 치료비도 내가 냈고, 병실에서 간호하는 일도 내가 3개월간 하니 죽을 지경이다. 장사는 어떡할까 싶어 3개월 후에는 동생들에게 너희들도 자식이니 번갈아서 하자고 하니 나머지 3개월간은 동생들이 보름씩 교대로 간호를 했다.

그 후 어머님에게 치매가 와서 광양 산골요양소에 한 달에 12만원씩 내고 입원시켰다. 그것도 일주일이면 매주 찾아가야 되어서 생업이 있는 사람은 못할 일인데, 뇌수술 때문에 후유증으로 치매가 온 것을 어찌하랴. 그렇게 1년 반 정도 있다가 목포에서 가장 비싸고 호화로운 목포요양병원에 월 130만원을 내는 조건으로 모셨다.

얼마 후에는 아버님도 상태가 많이 나빠져서 목포요양병원에 같이 모시고 한 달이면 260만원을 내고 2,3일에 한 번씩 병원에 찾아갔다. 나로서는 할 만큼 해도 동생들은 일 년에 한두 번 오면 잘 오는 것이고, 그나마 무더기로 와서는 돈 한 푼 안 내고 가 버린다. 잘하면 밀감 한 박스 사와서 간호사에게 주고는 부모님은 잠깐 보고는 한두 시간 만에 돌아가는 동생들, 이럴 때면 장남이 무슨 죄인인가 싶기도 하다.

다시 내 얘기로 돌아와서, 이장하느라 퇴원했다가 한 달 후 MRI를 찍었는데 교수님 말씀이 수술이 덜 돼서 다시 날 잡아서 재수술을 하자고 한다. 살려면 수술을 해야 한다. 지금 같으면 살 만한데 이것도 오래두면 화가 생겨 악성으로 변하면 큰일이다. 이래저래 집안일을 하느라 항암치료도 6개월 만에 받는다. 교수님 말씀이 입원해서 모든 검사를 해 보자고 해서 완벽하게 검사한 다음 수술실로 들어가니 무슨 수술환자인가 싶을 정도로 가벼운 느낌이다. 양쪽에서 연거푸 마취제를 주니 열도 못 세고 잠들어 버리고 수술은 시작되었다.

암 걸리기 전에는 감기 한 번 제대로 걸리지 않았던 사람이 몇 시간 후 회복실에서 깨어나 언제 수술했는지도 모르게 일어났다. 일주일 정도 수술 경과를 보고는 일단 퇴원하여 한 달 후에 와서 검사를 하자고 한다. 그런데 몸도 가벼운 것이 이리저리 살 만하다.

집에 퇴원해 돌아와 보니 모든 것이 엉망진창이다. 장사도, 난초도 처남이 관리했는데 저렇게 안 되니 걱정이다. 그래도 아직은 정상으로 회복되려면 먼 길을 가야 한다. 날마다 난실에서 난만 쳐다봐도 시간은 잘 가고, 아내는 장사에 열중하고, 배는 그래도 양금택 친구가 관리하니 어느 정도 마음이 놓인다.

참 이 배복은 타고난 복이다. 배는 사고 없이 무사해서 늘 고마운 마음이다. 친구 덕이라고 해야 할 텐데 배선원도 잘 관리하고 있다. 난도 조금은 고사했지만 큰 변동은 없다. 난이 있어서 마음이 편안해지고, 난이 있어서 어떤 때는 나에게 희망이 생기기도 한다. 그러니 난이 죽으면 내 몸과 마음도 처량해진다.

한 달이 순식간에 지나가 버렸다. 한 달 동안 밥만 먹으면 옥상 난실로 향했다. 난은 나에게 친구이며 책이라 해도 잘못된 말이 아니다. 난과 생활하며 책도 보면 삶에 도움이 되고 삶에 대한 의욕도 생긴다. 그러면서 오직 살아야 한다는 의지가 생겨 힘을 얻어 살고 있다.

다시 한 달 만에 병원에 가서 MRI 촬영을 하고, 피검사4통에 소변검사 등등을 하고 나서 임상철 교수님과 면담을 한다. 이제는 조금 남아있는 암을 다 파내야 하는데 콧속이라 어렵다고 한다. 눈 신경도 살려내야 하겠는데 이 또한 복잡한 콧속이라 녹록치 않다고 한다. 그래도 한쪽 신경이 죽어서 조금은 순한 편이다. 수술하려면 콧속만 마취시키는 것이 아니고 전신마취를 해야 한다.

다른 사람들은 수술실 들어가는 것을 무서워하는데 나는 그런 적이 없다. 살려면 수술은 기본이라고 생각하고 아무 무서움 없이 수술실로 입실하면 태연한 마음으로 그곳에서 죽어나가는 사람도 보고 병실에서도 죽어 나가는 사람을 자주 보게 된다. 아무튼 마음을 다잡고는 2차 수술도 무사히 마쳤다. 며칠 동안 입원하여 영양제주사를 맞고서 PET-CT촬영을 했다. 이제는 이 촬영만 하면 암이 있는지 없는지를 쉽게 파악한다.

집으로 퇴원해서는 몸을 잘 다스려 정상으로 회복하려고 항시 졸복어를 말려서 쪄먹었다. 또한 흰 민들레가 좋다고 해서 진도에 가서 많이도 채취해 왔다. 그리고는 흰 민들레를 살짝 데쳐서 복어탕에 넣어서 매일 먹어도 물리지 않는다. 다른 사람들은 복어를 먹으면 죽는 줄 알고 안 먹는다.

나는 내 몸의 건강상태를 확인하기 위해 한 달에 한 번은 화순병원으로 가서 정밀검사를 받았다. 그런데 4개월째 검사를 받는데 콩팥에 암이 있고 또 부신에도 암이 있다는 진단이 나왔다. 나는 황당하여 부신이 무엇이냐고 물어보았더니 우리 몸의 생명유지를 위해 매우 중요한 스테로이드 호르몬을 만들어 공급하는 장기로 콩팥 옆에 붙어 있다는 것이다.

암세포가 코를 피해 콩밭 부근에서 뭉쳐서는 활성화 된 것이라며 서둘러 제거수술을 받아야 한다고 한다. 그러면서 이것을 수술하면 무조건 성관계를 하지 말아야 한다고 해서 아내에게 말했더니 살수만 있다면 얼른 수술 받으라고 한다. 그 후로도 두세 번 더 정밀검사를 하고서는 왼쪽 콩팥과 부신을 떼어내는 수술을 하자고 해서 동의했다.

콩팥 한쪽을 제거했는데 나머지 한쪽도 좋지 않은 형편이라고 한다. 상태가 좋아져도 신장약은 계속 먹어야 한다는데…, 살려만 준다면 약은 평생 먹어도 감내하겠다고 다짐했다.

이제부터 나는 한쪽 콩팥과 부신이 없는 반쪽짜리 인생이다. 아무튼 경과가 좋아져서 내 느낌상 다 나은 줄 알고서 이젠 살았다고 생각하며 장사도 따라가고, 배도 살피고, 또 뒷개마을에 나가서 사람도 만났다. 그동안 고생했다고 위로해 주는 주변 분들의 격려와 건강관리 잘 하라는 충고의 말도 듣고, 무엇보다 5년 동안은 항시 조심하는 것이 최고라는 경고의 말씀도 들었다.

며칠 후 이비인후과 임상철 교수님을 한 번 뵈었는데 더 이상의 길은 없다며 스스로가 삶에의 의지를 갖고 이겨나가라고 하신 말씀이 생각난다. 코 안에는 더 이상 칼을 댈 데가 없고, 중요한 신장도 하나만 남은 데다 상태가 별로 좋지 않으니 항상 조심해야 살 수 있다는 것이다.

약은 의사의 처방대로 한 끼도 걸은 적 없이 먹었다. 3개월 만에 병원을 찾아가서 검사를 받았는데 특별한 징후는 없어 약처방만 받았다. 그리고 약은 제때 잘 먹어야 하고 몸 관리를 잘하여야 하며, 술이나 먹고 날생선을 먹는다면 곧바로 죽는 수순이라는 경고와 우선은 5년간 생존이 고비라며 재차 조심하라고 이른다.

이리저리 한 달이 가고 두 달이 가고, 석 달이 지난 후에 화순병원에 갔다. 도착하여 페트시티를 찍고 또 여러 임상검사를 받았다. 그리고 컴퓨터로 살펴보며 설명하는 담당의사의 말이 체내에 암이 있으니 또 제거수술을 해야 한다는 것이다. 무슨 암이 또 있냐고, 혹시 전이된 것 아니냐며 교수님께 물어봤더니 지난 번 콩팥과 부신에서 암이 발견되었을 때 그 시기에 생긴 갑상선암이라고 하면서 전이된 것은 아니라고 한다.

갑상선암은 강호철 교수님 담당이라고 한다. 강 교수님 말씀이 목에 위치한 갑상선에 암이 3개 정도 있는데 갑상선암은 암도 아니라며 걱정하지 말라고 한다. 그러면서 요즘에는 수술기법이 발달하여 갑상선암으로 죽는 사람은 없다며 편안한 마음으로 수술을 받고 편안히 살라고 한다.

나는 그 즉시 "예, 세상에서의 삶을 연장하려면 당연히 수술을 받아야겠지요. 언제 할 수 있을까요?"라고 묻고는 날을 받아 콩알만한 암조각 두 개를 제거하였다. 이제 암을 이기려면 평생 약과 함께 친구로 살아야 한다. 일설에 갑상선을 제거하면 사회생활을 못한다고 하는데 그렇지 않다. 사회생활을 하면서 누구와 대화도 못하고, 그 바람에 우울증에 걸려 쓸쓸하게 살아간다면 얼마나 힘든 세상이 되겠는가. 평생 약을 먹더라도 사람답게 세상을 살아야 사람 사는 것임을 다짐하고 약만큼은 죽는 날까지 챙겨먹기로 했다.

이렇게 세 번째 암수술을 하고 다시 3년이 지나갔다. 그동안에 수술도 하고 치료를 받느라 여러 번 전신마취를 해서 후유증이 생겼다. 항암제로도 장기간 독한 약을 써서 3년이 지나고 보니 다리가 아파온다. 다리 신경 40퍼센트가 죽어서 감각을 제대로 유지하지 못하고 혹독한 통증에 젖어버렸다. 암에 대한 최고의 약을 쓰느라 차후는 생각할 여유도 없이 우선 살고 보자고 대처했던 것이 아쉽게 느껴진다.

여기저기 아픈 곳이 많아 혹시 또 암이 있는지 전신을 페트시티 촬영을 하였다. 전신을 3밀리미터 간격으로 단층 촬영하여 아주 조그마한 암도 찾아내는 정밀한 기계다. 일반인은 한 번 검진에 120만 원이 부과되는데 암환자에게는 90퍼센트를 의료보험공단에서 부담하여 15만원에 촬영을 해 준다.

6개월 후에 또다시 페트시티 촬영을 해 보니 폐에도 암이 자라고 있어서 제거수술을 해야 한다고 한다. 다만 크기가 작아 일단 항암제를 좀 독하게 써서 성장 추이를 살펴보기로 했는데 한 달 후에 폐암이 조금 사라져 있으니 계속 두고 보자고 했다. 내가 시티필름을 봐도 폐 아래쪽에 검은 점이 있는 것이 아마도 폐암인 것이 분명하다.

결과적으로 폐암까지 5개의 암을 이기고 지금껏 살아온 것이다. 처음 코암이 발견되었을 때 말기라며 못살 것이라고 포기했던 임상철 교수님께서 지금까지 살고 있는 것 자체가 백에 한 명 있을까 말까 한 엄청난 사례라고 알려준다. 그리고 부인이 성심껏 보살피고 당사자가 인내심으로 버티며 피워낸 꽃이란다.

나 또한 아직도 내가 살아 있는 것은 아내 배숙자 여사님의 뜻이라고 생각한다. 오직 살려야 한다는 신념으로 성심껏 보살핌으로써 남편 정충록을 살게 해 줘서 항시 고마운 마음이다. 쉽게 표현을 못해서 그렇지 결혼한 후 큰 말싸움은 없었다. 장사하던 중에도 의견이 일치하지 않으면 다소 삐치긴 했어도 금방 말은 오고 갔다. 그러다 한 순간에 서로 섭섭했던 마음이 바람처럼 사라져 버려 언제 그랬냐고 평상으로 돌아온다.

그래서 우리 부부를 보고서 옛 수협 정 회장님께서는 잉꼬부부라고 말하시면서 항시 동행하니 금술 좋은 부부라고 엄지를 치켜세우시곤 했다. 몸 상태가 많이 좋아진 뒤에 찾아가긴 했지만 그 후에는 정 회장님을 만나보지 못했다. 그 전까지만 해도 시간만 나면 옛 조흥은행 밑에 있는 사무실에 찾아가면 옛 군수님과 경찰서장님 등이 정년퇴임하고 모여서 시간을 보내고 있었는데…!

시간이 가고 세월이 가도 병원은 3개월마다 계속 갔다. 우선 이비인후과에 가면 여기서는 코안에 종양이 있는지 직접 검사하고 코안 청소를 깨끗하게 해 준다. 신경과에서는 검사 없이 계속 약만 처방하는데 아픈 다리는 어떻게 하려는지 모르겠다.

신장과에 가면 무조건 피부터 뽑는다. 또 일회용 컵을 내주며 소변도 받아오란다. 신장과에서의 피검사와 소변검사는 당연한 것, 소변검사는 순번을 뽑고서 기다리고 또 피를 4통이나 뽑고서 기다리는 두 시간 동안에는 사람들이 왜 그리 많은지 지루하고 답답하기만 하다.

검사결과가 궁금하여 가슴 졸이다가 막상 시간이 되어 간호사의 안내를 받아 담당교수님을 만나러 진료실로 들어가면 좋으면서도 걱정이 앞선다. 면담 결과 콩팥 수치는 항시 그 자리서 왔다 갔다 하는 편이다. 다른 수치도 마찬가지로 특별한 변화가 없다. 몇 가지 검사를 하는지 그 다음부터는 검사 종류가 많다.

전달과 비교해 보니 약은 변함없이 종전과 동일하다. 갑상선은 처음에 3개월 만에 검사하고 후로는 6개월 만에 목 주위를 전자 내시경으로 탐색하여 그 즉시 설명을 하고 약은 6개월분을 처방한다. 알약으로 가장 작은 센지로이드인데 이런 약을 희망약국에서 타면 약봉지로 서너 개나 된다. 암에는 의료보험이 특별히 싸게 10퍼센트만 적용되어 약값이 많지는 않아 큰 걱정은 하지 않지만 완치기간인 5년이 지나면 일반 환자로 적용받는다.

병원을 왔다 갔다 하다 보면 금세 세월은 뚝딱 지나가고 어느덧 65세가 지나니 세월이 가장 빠른 것 같다. 하루가 금세 지나고 한 달, 두 달, 석 달이 지나면 또다시 화순 전대병원으로 간다. 이런 생활이 반복적으로 지속되는 순간 사람들은 늙고 병들어 간다. 그러다 잘못되면 세상을 떠나기도 하는데 내 주위에도 동명동의 슈퍼 아저씨가 아산병원이 암치료를 잘 한다고 3년 정도 쫓아다니다 가셨다.

진도에 사는 곽 선생도 아산병원으로 3년 정도 통원치료 받다가 돌아가시고, 암태 당사도 친구는 간암에 걸렸지만 딸자식이 이식해 줘서 3년 만에 완치되고는 정상인처럼 움직이며 살고 있다. 강진에 사시던 전 회장은 아산병원을 몇 개월 동안 갔다 와서는 정상으로 돌아왔다더니 얼마 안 가 또 병원에 가서 수술을 받고는 오고가며 치료를 받다가 마지막엔 치료가 완료되었다고 더 이상 병원을 안 간다고 하더니 얼마 만에 돌아가셨다. 그리고 보면 병원에서 치료가 끝났다고 집에 가서 쉬라고 하면 죽을 날이 얼마 남지 않았다는 것이다.

사람이 산다는 것은 어떻게 생각하면 쉬우면서도 어려움도 많은 것 같다. 지금 세상은 100세 시대라지만 젊어서 세상을 떠난 사람도 있고, 100세가 넘도록 아픈 곳 없이 살아가는 노인도 있다. 그야말로 운명이란 타고난 팔자다.

나는 63세에 세상의 종말을 맞이한다고 생각했었다. 옛날 할아버님이 한약방에 계실 적에 유명한 명리학자한테 내 사주를 가져와 보여줬는데 한자로 필(畢)자가 쓰여져 있어서 잘 모르고 있었다. 한자를 잘 아시는 사람에게 물어보면 63세까지만 있고 그 이상은 없다고 한다. 그런데 75세가 넘어도 살아있고 갈수록 의학이 발달하여 내 수명도 더욱 늘어날 것이다.

텔레비전을 보면 92세 노인이라는데 테니스 치고 있어 얼굴을 보면 60대 청춘으로 보인다. 반대로 나와 같이 병마와 투쟁하는 60대 사람의 얼굴을 보면 80대 노인이다. 중앙병원에서 건강검진을 받고서 몸 상태가 85세라고 하는데 보건소에서 검사를 하니 74세라고 한다. 이 정도면 어느 정도 정상이 아닐까. 어쨌든 어느 곳이 정상인지는 모르겠지만….

내가 먹는 아침약이 21캡슐에 저녁약도 23캡슐의 약을 복용하니 사람 사는 것이 약으로 버틴다는 느낌이다. 그야말로 약이 없으면 죽음으로 가는 것인데 그래도 약을 많이 복용하니 어떻게 위가 버티는지도 궁금하다. 그리고 콩팥 한 개로 버티는 것이 용하다. 살기 위해서는 먹어야 하는데 밥도 하루 세 끼는 잘도 찾아서 먹는다. 약을 먹기 위해서라도 밥을 먹어야 한다.

요즘은 아침을 적게 먹고, 점심은 조금 많이 하는데 그래봐야 큰 수저로 한 수저 더 먹는 것이다. 그것을 먹고 살아도 몸무게는 항상 78킬로그램을 유지한다. 남들이 보면 환자라고 믿지 않는다. 저녁은 조금 적게 먹는다.

그러다 모임만 가면 상상 외로 많이 먹는다. 색다른 음식이라서 많이 먹는가 보다. 조금만 해도 양이 많은 것이다. 밥은 적게 먹고서 고기 종류는 오랜만에 먹으니 많이 먹어서 그런가. 실제 양은 그리 많지 않다. 살을 빼려고 해도 소용없고 항시 여기에서 머무는데 어쩔 수 없다.

어쩌다 화순 전대병원까지 가기가 뭐해서 목포병원에서 처방을 받아 약을 사면 무언가 많이 다르다. 정신과 약도 먹으면 도로 아프고 다리가 저리다. 신경이 마비상태로 머물러 정상이 안 돼서 다시 화순 전대병원으로 간다.

뇌경색약도 목포에서 처방받아 먹으니 속이 쓰려서 큰 변을 당할 뻔했다. 나도 모르게 깜박해서 쓰러졌다가 일어나면 왜 그랬는지 아무것도 기억나지 않는다. 한 순간 쉬고 나면 다시 혈맥이 돌아오는데 이런 현상이 오래 가면 영영 가는 길이 아니겠는가.

삶의 종점이 언제 나타날까 항상 불안해 하며 살아가는 요즈음, 내 신세가 언제 어떻게 될 줄은 아무도 모른다.

한국시각장애인연합회 목포지회

12귀 달 전 한쪽 눈에 이상이 생겨 목포에 있는 안과를 찾아갔다. 검사를 받고 보니 의사선생님께서 눈 신경이 손상되어 매우 안 좋다며 암이라고 하신다. 병원에서 나오는데 앞이 캄캄했다. 그 뒤로 시각장애인 5급 판정을 받았다. 장애인복지카드를 발급받고 정식회원으로 목포에 있는 한국시각장애인연합회에 등록했다.

어두운 곳을 밝혀주는 빛과 같은 존재, 한국시각장애인연합회에서 연말결산에 참석하라고 해서 참석했는데 시각장애인이 목포에 800명 정도로 내가 생각했던 것보다 꽤 많았다. 회의장을 둘러보고 깜짝 놀라지 않을 수 없었다. 예식장에 참석한 하객처럼 가득 차 있었는데 정말로 이 정도로 많은가 싶어 의아함에 주변을 둘러보니 회의 중에 장애인들이 왜 그렇게도 말이 많은지…, 이유도 많고 '옳소' 하면 전체가 아우성이다. 회의가 끝나고 일금 3만원씩 교통비라고 줘서 받아갖고 회의장을 나왔다.

1급 시각장애 노인께서 하시는 말씀이 한국시각장애인연합회 전남지회로 가면 많은 것을 가르쳐 준다고 해서 가보니 노래, 컴퓨터, 북, 장구, 하모니카 등을 가르쳐 준다. 점심도 준다고 나오라며 전화번호를 알려주어서 다음날 전화를 하였더니, 다음날 9시경에 도로변에 나와 있으면 장애인차가 실으러 온다고 기다려 달라고 한다.

그래서 과연 차가 오나 싶어 다음날 그 시각에 도로변에 가 있으니 진짜로 차가 왔다. 전남시각장애인 지원센터로 1급과 5,6급 장애인 20여 명이 나와서 인사를 한다. 서로가 즐거운 마음으로 입실을 하니 커피부터 주고 열시부터 요가시간, 11시부터 컴퓨터시간, 12시부터는 점심시간이란다. 식당에 가니 밥과 국, 반찬 등이 차려져 있어서 챙겨 먹고서 사무실로 갔더니 모든 장애인에게 커피가 다 들려져 있다.

1시부터 오후수업이 시작되어 노래교실로 이어졌고, 2시부터는 풍물수업을 가르쳤는데 나는 장구를 배우고 싶어서 장구채를 잡고 치는데 무엇을 어떻게 해야 되는지 알아야 칠 텐데 '덩 궁 타 타'로만 하라는 것이다. 모든 수업이 끝나니 사람들이 장애인차를 3차로 나누어 타고는 귀가하는 것이다. 나도 우리집 앞 도로변에까지 와서 내렸다.

그 후에도 수업은 매주 월요일과 수요일, 금요일 등 3일간 계속되었는데 나는 이 일정에 맞춰 쉬는 날로 정하고 나머지 날에는 집에 와서 난을 돌보는 것이 일상화 되었다. 일 년 정도 지나고 보니 재미도 생기고, 또 1년에 한 번은 목포지회 주관으로 관광도 가는데 관광지로 유명한 담양에도 갔다 왔다. 그리고 일 년에 한 번쯤은 부부 동반으로 관광을 갈 수 있는 곳 같았다.

그리고 흰 지팡이 날은 각시마다 돌아가면서 선물로 수건을 주고 한 끼 점심도 준다. 행사에는 하모니카 합창단으로 출전도 하고, 행사에서 추첨도 하여 시계를 타기도 하며 즐거운 하루를 보낸다. 금년(2019) 들어서는 컴퓨터 시험을 세 번이나 쳤어도 195점으로 5점이 부족하여 떨어졌다. 지원센터에서 연습을 할 때는 잘 한다는 소리도 많이 들었는데 연거푸 5점이 부족해서 떨어지니 은근히 화가 난다.

시험을 포기해서는 안 될 일, 하지만 이곳에서 배워서는 도저히 합격을 할 수가 없다는 생각이 들어 목포직업학교를 찾아가기로 마음먹었다. 이호광장 옆에 있는 우체국 옆 건물을 3시쯤에 찾아가서 사실대로 말하고 얼굴을 보니 어디서 본 듯한 사람이다. 그나마나 컴퓨터 앞에 앉아 있으니 문제지를 풀어보라고 하여 한 시간 만에 모두 풀었다. 그러고 나자 강사가 하나 하나 지적하면서 이해하기 쉽게 세세히 가르쳐 준다. 참으로 고마웠다.

그리고 돌아서니 시험 감독관 세 분이 다 아는 체하며 인사를 한다. 나는 감사하다고 일금 5만원을 주면서 커피 한 잔씩 하라고 하니 아니라고 손사래를 치며 펄쩍 뛴다. 돈도 못 주고 4번째 시험을 보러 시험장에 가니 다른 건물인데 그곳은 어둡고 컴컴하다. 어두운 곳이었지만 시간 안에 모든 문제를 풀고 답안을 작성하여 제출했다. 그리고 집에 와서 시험 본 것도 잊고는 무덤덤하게 하루를 보냈다. 보름 정도 지나 합격자 발표가 났는데 나도 합격이 되었다. 265점을 취득하여 합격선에서 65점이나 많았다. 시험을 잘 본 것이다.

전남시각지회 회원님께 허 주임께서 공표를 하신 것이다. 나는 시각장애인 동료들의 박수를 받으며 피와 눈물로 얼룩진 면허증을 가진 것이다. 허 주임만 잘 가르쳐 주었으면 처음에 합격해서 고생도 조금만 했을 것이다. 매일 좀 가르쳐 달라고 하면 바쁘다며 며칠이 지나도 무소식이라서 정 부장에게 부탁하면 달랑 그 문제만 가르쳐 준다.

시험 볼 시기에 문제지를 풀면 잘 본다고 하는데 떨어지고 마니 좀 더 올바르게 가르쳐 주었어야 한다는 생각이다. 그 후로 김 선생님이 컴퓨터에 대해서 수필을 써오라고 해서 A4 용지 두 장을 채워 써주었다. 그 수필은 삼성컴퓨터 본사에서 전국적으로 공모하여 3개월 만에 수상자를 선정하고 문자화 시켰는데 나는 아쉽게도 탈락하고 말았다.

후에 흰 지팡이 날에 전남 책 읽고 독후감 써오기에 출품하고자 삼호광장에서 읽을 만한 책을 고르는데 마음에 딱 맞는 책이 눈에 안 보여서 아파트 경비원에게 부탁하여 일생을 마감한 책 1권을 13,000원에 구입하였다. 그리고 하룻밤에 다 보고는 내 생에 처음으로 독후감을 쓰고는 고치기를 다섯 번이나 한 다음 김 선생님께 제출하였다.

그리고는 흰 지팡이 날에 가서 하모니카를 불고 또 '섬집아이', '오빠생각', '마징가제트' 등 동요 세 곡을 부르고는 단상에 앉아 있었다. 행사 도중에 추첨을 했는데 하나도 당첨된 것은 없고, 점심으로 제공된 도시락은 맛있게 먹었다. 오후 행사에 독후감 발표를 하는데 작년에 나주에서 받았던 여자 분이 1등으로 상금 20만원을 탔다. 그리고 2등에 10만원, 3등은 5만원권 상품권을 시상했는데 나는 3등에 입상하였다. 그러자 우리 모임에서 한 턱 내시라 해서 단감을 35,000원에 사서 입막음을 하였다.

　정 선생님은 한쪽 눈이 보이니 컴퓨터를 알아서 하라고 한다. 더욱이 컴퓨터 자격증까지 있으니 당연하다는 것이다.

　전국대회에 나가기 위해 금년 2월부터 시작한 하모니카 수업 때문에 다른 공부는 별로였다. 하모니카와 다른 3가지는 안 보고도 할 수 있다. 그런데 컴퓨터실에서 선생님이 연주하는 '섬집아기'와 '오빠생각'이 컴퓨터에서 소리가 안 나와 '마징가제트'를 부르다 중단했더니 다음 시합은 '마징가제트'를 입만 대고 있으라는 것이다. 얼마나 기분이 나쁜지 하모니카를 포기할까도 생각했는데 마침 '마징가제트'를 다른 곡보다 잘 부르는 상황이라 참기로 했다. 내가 여기서 포기하면 안 된다고 며칠 동안 마음을 달래며 정신력을 추슬렀다.

　하모니카 대회가 대전에서 열려서 관광차로 아침 일찍인 6시 50분에 집에서 출발해서 전남시각장애인지원센터 앞에 가서 동료들과 함께 출발했다. 행사장에는 계단이 60개 정도를 올라가는 고지대라서 마씨 손을 잡고 가다가 그만 쓰러지고 말았다. 아차 하는 순간 의식불명이 되는 과정애서 옆 사람이 잡아주어서 일어나 정신 차려 보니 무슨 상황인지 알지 못한다. 마음을 추슬러 행사장에 가 보니 하모니카가 없다. 장 주임이 대체해 줘서 하모니카는 잘 불렀지만 입상에는 들지 못했다. 프로급이 와서 난타를 하며 꽹과리와 북을 치며 사람들의 이목을 다 끌어가 버린다.

　저녁은 소갈비를 맛있게 먹고서 목포에 오니 밤 열 시경이다.

　다음날 지회에 가니 내 하모니카를 누가 주워서 주임에게 맡겨 줘서 고맙게도 찾게 된 것이다. 아마도 내가 순간적으로 정신을 잃고 넘어질 때 속옷에서 하모니카가 밖으로 튕겨져 나온 것 같다.

그동안 몇 개월 동안 하모니카 수업으로 시간을 보내고 얼마 전에 컴퓨터 앞에서 시험 문제지를 풀어보니 두 문제가 생각이 안 난다. 허 선생님께 물어보니 잘 가르쳐 주어서 이젠 할 수가 있다.

언제 어느 틈에 여기까지 왔는지 세월은 참으로 빠르다는 느낌이다. 어린 시절 할머님한테서 귀여움을 독차지하며 사랑 받고 자라던 시절이 바로 엊그제 같은데 내 나이 칠순이 넘고 팔순이 눈앞에 다가오니 모든 추억은 하나하나 사라져 가고 몸도 망가져 간다. 옛날 같으면 하늘나라에서 잠자고 있을 텐데 지금은 의술과 의약이 발달되어 약으로 버티며 살 수 있는 것이다. 약을 먹을 때 알약을 세어보면 25알이나 되어 한 주먹 가득 먹어야 산다는 생각으로 먹는다. 하루하루 버티며 삶에 희망도 없고 성공 목표도 사라진 이제 무엇을 생각해 본들 묘수가 있겠는가. 그저 부질없기만 하다.

이날까지 살아오면서 피와 눈물로 공부해서 좋은 직장을 갖고자 겨울이면 연탄불도 없이 이불 하나로 버티며 잠은 개구리잠을 잤다. 추워서 다리는 오므리고 두 손을 모아서 덜덜 떨면서 밤을 지새우다 아침에 일어나면 방안에 있던 물도 꽁꽁 얼어 있다. 밥만 해서 김치 한 가지와 먹고 학교에 등교하여 열심히 공부해도 일등 한 번 못한 두뇌. 아무리 노력하고 부지런히 공부했어도 사회생활을 출발하는데 막상 갈 곳이 없다. 실력은 부족하고 일 년이 넘도록 장사도 하고 배사업도 부모님 몰래 하였지만 한겨울 내내 고생만 하고 배차대비도 못 주는 형편이었다.

그래서 그 길로 군대를 갔다. 군대에 가서 보직을 잘 받아 편안한 생활을 하며 지내다 제대를 하고 직장생활을 하기 위해 서울로 올라갔다. 상경하여 서울 구경만 하고 가정교사로 자리 잡아 밤에 잘 때 이불도 없어 추위에 떨며 옷으로 이불삼아 버티다 음력 10월 중순경 고향으로 와서 겨울을 보냈다.

그리고 다시 상경하여 다른 집에 가정교사로 가서 지내다 직장도 잡고 나름대로 재미있게 살던 생활이 지금도 머리에 생생하게 떠오른다. 다른 사람 같았으면 서울생활을 포기하고 곧바로 고향을 찾아갔을 생활이었다. 그러나 버티다 보니 편안하고 괜찮은 직장을 찾긴 했으나 그것도 잠시, 2년차에 공장이 대전으로 이사를 간다는 소문에 대전은 가기 싫고 마음은 들떠 하늘에 가있던 때라 대책 없이 사표를 쓰고 말았다. 이제 와서 생각해 보면 직장을 못 구해서 헤매던 그 시절이 너무나도 힘든 세상이었다.

낙향하여 겨우 찾은 것이 최말단의 장사로 노상에서부터 시장통까지 누비다가 배사업도 진출하였다. 서울 장사로 사장이라 불리며 목포에서 같은 업종에서 최고의 위치에 오르기도 했는데 그렇다면 이 장사로 성공한 사람은 누구일까?

그동안 많은 돈도 벌고 남한테 좋은 일도 많이 했지만, 역으로 많은 돈을 못 받고 배선대금이고 장사 선대금도 많이 떼었다. 대전에는 물건 탁송하고 돈 받으러 가니 비닐하우스에 짚을 깔고 자식들과 생활하는 것을 보고도 돈이 없어 도와주지 못하고 그냥 돌아서야만 했던 상황이 눈물 나게 한다.

사장 말을 듣기 위해서 새벽 4시에 기상하여 짐바리 자전거로 바닷물 열 말을 싣고서 옛 조흥은행 오거리로 오려면 정말 힘든 일이었다. 저녁 7,8시에 하루 장사를 끝내고 한때는 삼학도 앞배에서 새벽 3,4시까지 물건을 싣고 차로 운반도 하며 잠은 두세 시간 자면서 장사했던 그 세월이 아련하다.

사람은 젊어서 사서 고생한다고 해도 너무나 힘들고 힘겨운 세월을 지내다 보니 어디 그뿐이라 생각이 되는가? 다리가 망가져 걷기 힘들고 허리가 망가진 이유로는 50킬로그램짜리 물건을 2.5미터 높이까지 올리는 일이 매일 30개 정도 반복되어 생긴 것이라 생각한다. 멍텅구리 배에서 뚱어리 100개 정도를 버티고 올리고는 허리를 구부려 하나하나 살피는 일에 지쳐서 삼학도를 바라보던 눈, 그 정지된 순간에서 한숨이 나왔지만 이것이 내 살 길인 것을 어이했으랴. 때가 지나서 10시경 작업을 마치고 노상에서 밥 한 술 뜨고 포장마차 할머님한테서 사 먹는 막걸리 한두 잔에 피로를 풀고 할머님이 챙겨 주던 안주에 고마워하던 기억이 새롭다.

그 포장마차 할머님은 하늘나라에서도 잘 지내고 계시리라. 좋은 사람으로 베풀 줄 아는 사람다운 사람이었다. 내가 돈이 없어 헤맬 때 기꺼이 보탬을 주신 고마우신 분이신데 보답을 하고파도 지금은 할 수 없으니…, 진정 하늘나라에서 우리를 바라보고 있을까?

세상에는 좋은 사람도 많고 베풀 줄 아는 사람도 많은데,
남을 해치며 못 살게 굴면서 못된 일을 서슴없이 저지르는
사람도 잘 사는데, 하늘나라에서 용인하는 것일까.
아쉬운 행복 찾아 내 마음 모두 싣고 떠나고 싶다.
한 많은 이 세상, 야속한 세상, 정을 두고 떠나는 세상!
우리 잘 살아 봐요. 잘 살아 봐요.
쓸쓸한 달빛 아래 한숨 쉬어 가듯 살아가요.

그리운 옛일로 외로움을 아는 것인지…
밤새 그 가슴 속에 혼자 그리던 마음 영원할 수 있는가.
허공에 떠돌아다니는 별들이여!
이 넓은 세상에 내가 왔다.
저 넓은 세상에 흘러가는 저 구름아!
한 많은 사연 갖고 간다고 전해라.
너는 아느냐.
좋은 날 좋은 시간에 너를 만나러 가리.

　이 세상에 내 마음대로 되는 것은 없다. 그리고 사는 것이지 놀고 먹는 게 아니다. 먹고 산다 해도 단순히 먹는 것인지 안 먹는 것인지 감이 안 오는 시간이다. 밥이라 해도 어린아이가 먹는 정도로 하루 내내 먹은 양은 밥 한 그릇정도 된다. 젊은 나이에 한 끼는 대형 주발에 고봉으로 밥을 퍼서 한 그릇 뚝딱 먹던 옛날로 돌아가고 싶다. 세상은 왜 이렇게 빨리 변하는지 언제 여기까지 왔을까?
　젊어서 회를 하루가 멀다 하고 즐겨 먹던 시절이 있었는데 참으로 좋은 시절이었다. 지금은 일 년이 가도 한 번을 못 먹는 것 같다. 홍어도 일 년에 한두 번 먹는 것이 전부다. 왜 나에게 암이란 존재가 소식도 없이 찾아와서는 몸을 망가지게 하고 죽음의 단계까지 가게 하는지…, 독한 놈 이제는 그만 찾아오지 않았으면 좋겠다. 이 세상은 암과 싸워서 이겨야만 남은 인생을 연장할 수 있고 또 인생을 즐기며 손주들의 재롱과 사랑과 느낄 수 있다. 또 자식들을 키운 보람으로 희로애락을 즐기며 맛있는 음식도 먹고 못 가본 세계여행도 하고 아름답게 세상을 살고픈 인생이다.

갈 날은 눈앞에 와서 기다리고 있는데 시간은 잘도 간다. 날이 새면 어느 틈에 저녁이 되고 잠자리에 들어 천장을 쳐다보며 오늘 하루를 보낸다. 달력을 넘겼다 싶은데 금세 한 달이 가고 두 달이 가고 일 년이 간다.

봄은 얼음 밑으로 와서 여름으로 땀을 흘리고 그 땀이 식기 전에 가을 숲속에서 낙엽은 황금빛으로 변한다. 산과 들은 노란색으로 옷을 갈아입더니 어느새 겨울로 변하여 땀방울을 송두리째 씻어 버린 채 앙상하고 싸늘한 추위를 불러온다. 따뜻한 내의와 솜옷으로 무장하고 방은 온돌로 또 전기난로로 데워 겨울을 이겨내면 또 다른 일 년은 뚝딱 지나가 버린다.

그리고 이승을 하직할 죽음의 날은 다가오고 세상은 먹을 것 못 먹고 살기 위해 못 먹을 약만 한 주먹을 먹으라고 강요한다. 옛 친구들은 다 어디로 갔는지 연락도 없다. 죽었는지 살았는지 그 친한 친구같이 변함없이 살자는 친구는 무심하게도 연락이 없다. 좀 아까워하는 친구는 이미 하늘나라로 떠나가 버렸고 나만 홀로 밤을 지새우며 때로는 뜬눈으로 밤을 보내고 때로는 아무 생각 없이 콜콜 코만 골면서 선잠 잔다.

그렇게 밤을 지새우고 나면 꿈속에 부모님이 나타나서 살짝 얼굴만 보일 듯 말 듯 사라지는데…, 아아! 그리워라, 그 시절이 너무도 그리워진다. 그리고 할아버님, 할머님은 꿈속에 한 번도 보이지 않으시는데 한 번이라도 나타나면 한문공부 좀 가르쳐 달라고 부탁드리고 싶다. 두 분 하늘나라에 잘 계시고 있는지 할머님은 정말로 나를 사랑했는데…, 오직 이 정충록만 손자로 생각하고 온 정을 다 쏟아주셨는데, 철이 없던 시절부터 같이 잠을 자고 생활했던 일들이 머릿속 깊이 생생하게 떠오른다.

　학창시절에 일요일 날 집으로 가면 아버님 몰래 용돈을 챙겨주신 것을 생각하면 할머님 돌아가신 후에 제사라도 제대로 지내고픈 심정이다. 생전에도 늘 가족들의 행복과 건강을 챙기셨는데, 할머님 묘지라도 자주 찾아가서 뵈어야 되는데 몸이 안 따라줘서 가지 못하고 마음에 짐만 무거워 이렇게 집에서나마 고개 숙여 인사드린다.

　아버님이 돌아가실 적에 유언도 없이 조용히 가서서 돌아가신 후에 형제간에 재산 싸움하느라 형제지간이 남만큼도 못한 신세가 되었다. 아버님은 왜 그렇게 하고 돌아가셨는지 지금에 와서 생각해 보니 참으로 독한 아버님이시다. 나는 객지에서 돈 없이 힘들게 생활했어도 남에게 손 한 번 안 벌리고 맨몸으로 여기까지 왔다.

　그런데 아버님은 내가 결혼 초기에 목포 시장에 정착하느라 아주 힘들 때 돈 몇 푼 주고는 이자를 꼬박꼬박 받으셨다. 하지만 나는 일 년 농사일에 보태 쓰시라고 거액을 드리고 또 명절이 되면 용돈도 드리고 가끔 생선도 보냈는데 그 모든 장면이 바로 엊그제의 일처럼 느껴지는 것이 세월 참 바쁘게 지나간다.

　어머님은 말년에 목포에 있는 노인요양병원에 계셨는데 자주 찾아뵙지 못하고 한 달에 한 번 요양비로 130만 원을 보내고, 한때는 아버님과 두 분이 같이 계셨으므로 260만 원을 냈다. 보통 힘든 일이 아니었다. 동생들은 한 푼도 안 냈고 병문안이래야 떼몰이로 한꺼번에 와서는 굴 한 상자를 간호사에게 주고 간 게 전부다.

　어머님이 돌아가시기 5년 전부터 무엇 때문에 나한테 공부시킨 것이 후회스럽다고 하셨는지 아무리 치매 상태라 헛소리가 나온 것이라고 생각해 봐도 내 머릿속에서는 어머님의 그 몽환적인 모습이 사라지지 않는다. 물론 하루하루가 힘들고 고생이라서 장남인 내게 기대고 싶은 그 무엇인가가 머릿속 깊이 잠재돼 있다가 의식이 없는 상태에서 그냥 흘러나온 소리였겠지만 나로서는 그렇게 들은 것이 더욱 가슴 아프게 다가온다. 너무 화가 나서 욕까지 했었는데 이제 모든 것 내려놓고 참회해 본다. 그리고 어머님께 한 마디 전하고 싶다.

"어머님, 미안합니다. 용서를 빕니다."

가슴 속에 스며드는 서러운 세월의 물결만 밀려오는데
한없이 외로운 달빛을 안고 흘러온 나그네길
머나먼 길도 가까운 듯 걸으며
눈물은 향기로운 꿈인가
어두운 밤하늘에 흘러가리
내 가슴의 봄은 멀지만
황금들판의 가을은 내 곁으로 다가오지만
석양의 노을을 바라보면서 마음만은 봄이 오기를 기다려지네
내 마음은 들창가에 흘러내려 창밖을 바라보다
쓸쓸하게 돌아오는 깊은 밤
이 세상 끝까지 당신과 같이 갈 거야
당신만이 나의 등불이요 희망이다
세월을 한탄하랴 내 인생을 한탄하랴
이 정성만 하오리까? 내 정성만 하오리까?
저 하늘 저 멀리 떠나버린 마음으로 나는 걸었네

돌아서서 피눈물을 흘려야 하나!
야속하게 떠난 당신
당신 없는 세상은 암흑 같은 세상
당신 없인 살 수가 없네요
항상 내 곁에 있어주오
죽는 날까지 당신 품에서 지내고 싶네요

내 인생의 시

상처뿐인 내 육신

– 망가진 몸

몸은 움직이는 문
기둥이 튼튼해야
버티는 원리
아무리 튼튼한 건물도
알게 모르게
오늘도 녹슬고 썩고
누구의 눈도 모르게
약속 없이 가고 있네

약도 먹고 수술도 해도
어느 날 갑자기 태풍이 불고
태풍으로 스러진 나무처럼
수리해도 병들고
그래도 버티고 살려 보려고
한시라도 버티고 한 가지라도
몸체 관리는 기본
젊어서 건강하다 자랑 말고
언제 바람이 불까, 태풍도
예약 없이 갑자기
언제 넘어져 일어날까
오늘도 바람 불까, 태풍으로

이 몸은 불안에 떨고 있네

누가 찾으러 올까
아직도 청춘인데 마음은
천당에서 올까?
지옥에서 올까?
알 수 없어 천장을 바라보고
천이나 만이나 지난 세월
그림자 따라 가 보네

나의 둥지

— 자식

누구의 아버지
누구의 어머님
둘은 누구요
있는 힘 없는 힘
천명이 주신 것
만물은 장악해도
너는 마음과 힘으로
안 되는 것
식물이나 동물도
후손으로 남기 위해서
오늘도 분투에 노력하고
전쟁에 싸우고
어려움에 이기고
세상에 빛을 보려고
아 출발해 하나 여섯
잘 자라서
성장하고 성장해
누구보다 소중한 자식
눈에 넣어도 아깝지 않은
내 자식아 아들 딸
잠을 자나 누우나 서나

너희 말고 누가
생각할까
지금도
이 자식 저 자식
생각 속에
천하를 주어도
자식뿐인 것을…

만남은 운명이었다

당신과 나 사이에
까막섬 바닷물
물을 건너 건너서
당신 찾으러
바람도 막고 눈도 막고
풍파도 만나고
당신도 만나고
친구도 만나고
부모 형제도 만나고
동네분도 만나고
당신 찾아가니
모두 모두 반가워
너도 나도 인사하네
사람이 좋아서 인사하네
만남이 우연이 아니고
하늘이 주신 인연
천릿길도 마다 않고
찾아 찾아
당신 찾으러 여기까지
여기 인연으로
행복 찾아서 왔다 가네

변치 않을 운명

이대로 이대로 모든 것이 변해도
마음만은 변치 마오
가슴 속에 새긴 모진 세월
누구를 원망해도 마음만은 변치 마오
몸마저도 변치 말자고
그대 눈동자가 변해도
마음만은 변치 말고
가는 날까지도 변치 마오
살고 사는 날에 우정은 변치 말고
갈 때 가더라도 변치 말고
영원토록 맹세한 우정
지난 날의 우정은
지금도 변치 말자
사랑하는 사람이여
변함 없는 우정이여
우정으로 먹고 사는 인간
우정이 식기 전에 변치 말자
우정아 어디까지 식어가고 있니
아 우정아!
손가락 걸고 맹세도 하고
변치 말자고 우리 우정아
가는 날까지 변치 말자

의술과 인술은 나의 길동무

기와집
천년 만년 살자고
흙 모이고 모여서
나무도 모이고
인조 돌도 모이고
사람도 모이고 모여서
힘이 되는 기와집
기와집 속에 행복도 모이고
꿈도 모아 모아
희망도 찾아주고
약속하고 맹세하고
언약도 하네

인간과 가자고
내 몸도 망가지고
고치고 또 고쳐도
기와집이 새고 새면
빗방울은 줄 타고
곰팡이는 피고 피고
그 누가
저 비를 맞아주렴

미리 미리 막는 것이 의사
의술은 발달하고
새 옷으로 갈아줄까
세월에 못 버티고
쓰러져가는 기와집
약으로 버티고
버티어가네

꿈은 누구의 소유일까

― 옛 모습

육신이 약해지면
밤이면 밤마다
찾는 이는 꿈이고
옛 친구를 찾아주고
돌아가신 아버지 모습
돌아가신 어머님 모습
꿈속에 움직이고
살아서 움직인 모습
술잔을 들고서 주고 받는
농군의 모습도
행복 속에 물들고
아침에 뜨는 해는
초가집에서
저녁에 넘어가는 노을 속에
좋은 꿈일까, 나쁜 꿈일까?
잠에서 헤매는 모습은
다시 꿈속으로
대박 나는 꿈을
황금이 찾아오는 꿈속에
이런 세상은 누구의 꿈
심신이 망가지는 모습일까

노년의 증명일까
매일 매일 찾아오는 손님처럼
어제도 오늘도
꿈은 찾아주고
옛날의 꿈 노년의 꿈은
유년의 추억일까

목포항엔 내가 있더라

언제나 생각나는
추억의 목포 항구
파도치는 부둣가에
물결은 치고 치고
삼학도를 바라보며
창살 없는 감옥
창가에 기대며
가을 낙엽 지는 소리
텅 빈 내 가슴
흘려버린 세월
떨어지는 낙엽처럼
내 인생은 강물처럼
재미없고 멋없는
흘러간 강물처럼
바보처럼 살았네
별 따라서 달 따라서
서쪽 하늘에 황혼 빛
빛을 쳐다보고
말없이 걸어가고
텅 빈 가슴에 성하는
아롱아롱

꿈속에 보고 싶은
사랑하는 내 손아
구름 타고 왔느냐
무지개 구름다리
온 산야에 박수소리
산울림으로 왔느냐

눈 오는 날엔 누가 올까

― 천생연분

홍 선배님의 소개
배를 타고서
섬을 지나서 섬
초가집 방
첫눈에 반하여
당신도 반하고
둘은 반해
둘은 천년을 같이 살자고
부모님도 승낙하고
형제는 박수도 치고
만나자마자 약혼
연애 한 번 없이
한 달 만에 사모관대
무엇이 급해서
반한 마음일까
빈 주먹 같은 새 출발
부모님의 쌀 한 말
험하고 험한 세상
사랑으로 버티고 버티고
살아온
항상 둘은 힘을 내고 버티고

모든 역경도 헤치고
말없이 살아온
양 같은 내 사랑
항상 오순도순 살아온
당신은 내 신발이야
무엇으로 보답할까
마음뿐이야
평생에 천생연분 아니고
우리 같은 천생연분도
없을 것이다

꿈속의 고향

하늘 아래
내 고향 여수 세포
사랑하는 부모님
이 몸을 기다리고
언제 올까 기다리고
찾아가지 못한 자식
이 마음 터져요
밤이면 꿈속에 헤매는
마음은 꿈속에서 고향
걸어가고 달려가고
아무리 아름다운 추억도
잊으려 해도 마음은 괴로워
내 몸도 괴로워
찾아서 가는 날이
가까이에 눈앞에서
먼 길도 가까운 길
언젠가 찾아가지
기다리고 기다리오
그리운 내 고향
추억이 기다리는 고향 동산엔
지금도 내 탯자리에는
그리움이 자라고 있겠지

미안해서 미안합니다

미안해 미안해
아름답던 시절
행복했던 시절
꿈을 좇아 헤매던 시절
저 먼 객지에서
눈초리 받고서
둘만은 힘차게
사는 날까지 힘차게
누구의 원망도 없이
빈손의 꿈을 찾아서
헤매고 헤매고서
내 인생의 갈 데까지도
사랑하고 사랑해도
녹슬고 녹슬어
미안해 미안해
당신께 미안해
그 시절은 추억으로 돌리고
미안한 말 한 마디 못하고
늦은 가을 하늘 향해
뉘우치고서
미안한 마음 전하네

수산업은 나의 스승

— 배

배야 배야
너는 나를 괴롭히고 슬프게 하고
이 세상을 후회하게 하고
배 사업은 정말 정말 힘든 사업
사람 없어 헤매고 찾아도 멀다 하고
내일이면 가요 오늘은 못 찾아서
내가 선원으로 그물도 올리고 닻도 캐고
밥도 하고 술 한 잔으로 시간은 가고
고기는 잡아도 만선 한 번 못하고
좋은 바람은 밤이면 변해서 찬바람으로
한낮이면 시원한 바람이 불고요
술에 취하네 해도 술은 안 취하고
좋은 공기 좋은 바람에 취해서
정신만 초롱 초롱, 하늘만 말뚱 말뚱
육신은 뒤뚱 뒤뚱
이것이 어부인가
선주는 뱃사람만이 할 일
아무나 하는 사업은 아니고
송충이는 솔잎을 먹고 살고
기생충은 몸 안에서 움직이고
뱃일은 어부만 하는 일이 아니라
누구나 할 수 있다

봄의 향연

해마다 봄바람 불고
서풍이 불면 자식생각
가난한 세월에
보릿고개 생각에
호밋자루는 어머님
새벽 이슬방울 벗 삼아
흙에 살던 어머님
삼베 적삼 기워 입고
밤을 낮 삼아 지내고
해도 모른 채 저 하늘 쳐다보고
물 한 바가지 물 한 모금
보리밥 한 그릇
김치 한 조각으로
배 채우신 어머님
한도 많은 어머님
잊지 못할 눈동자
그 세월을 어찌 잊고 가요
말 좀 하고 가시지
나 홀로 남기고 간 어머님
저 멀리 떠난 어머님
조용히 떠난 어머님
보고 또 보고 싶어요

나무는 가지가 있어 행복하다

― 보릿고개

봄비는 고마운 비로 변하고

비야 쉬었다가 찾아오지

무엇이 바빠서 매일매일 찾아오니

너 때문에 내 몸은 썩고 썩어서

이 세상 빛을 못 보게 하고 썩어

후손도 못 본다 무서운 비야

너만 보고서 배를 채운 시절

배가 고파서 주린 배 안고

한숨만 쉬게 하는지

너는 내 부모 형제를 버리게 할 것인가

그 보릿고개를 생각하며

오늘도 보리 한 알을 아끼고

생보리 잡아서 불태우고 그을리고 탈탈 털고

온 얼굴은 새카만 흑인으로

그 배를 채우려고

새카만 손으로 청보리 한 주먹

입안에서 이리도 저리도 도망가는

고습한 청보리

주린 배는 어찌도 반가운지

그래도 너만은 고마운 보리여

그 한해를 생각하면은

눈물이 앞을 가리고
다시는 찾아오지 마시오
천지는 내 마음과 뜻대로
자유로운 천지여
지구촌의 여행이여

행복은 어디에서 오는 건가

— 집

백년 만년 물 좋고
해는 하루 종일
좋은 곳을 헤매고
몇 년의 세월은
생각 생각 속에
꿈속에 나타난 집
우리네 집
일생 동안 모으고 모은 것
언제 쓰려나
때가 되니 쓰려나
꿈에도 그리워하며
바라고 바란 집
앞 잔디밭도 꽃밭도
이 꽃 저 꽃
봉울봉울 방긋방긋 나고
옷도 가지각색
행복하게 살자고
오순도순 살아가세
향기로운 꽃향처럼
성하가 만지며
천리향은 천리 만리

향기에 걸어가고
우리 기와집
먼 산을 바라보고
삐뽀차 울리고
가고 있네
조용한 내 집 앞을
둘만의 보금자리
백년 가고 천년 가면
어느 누가 지키고
어느 누가 살고
행복은 어디에서 와
누가 지키고
지켜줄 것인가

어머니의 그림자

어머니
우리 어머니
보고픈 어머니
치마저고리 보쌈을 매고
흰 고무신 아까워서 못 신고
검정 고무신 신고서 밭으로 논으로
일하시던 그 모습이
눈을 가리고 새로운 심정
그때 그 모습이 항상 머리를 안고서
밭에 가는 모습은
해가 가는 줄도 모르고
때가 지나도 식사는 생각도 못하고
목이 마르고 타도 참고 또 참고
주린 배는 언제 채울까
고생으로 살고
식사 때야 무엇이 바빠서 오며 가며
자식 먹이고 살자고
고생 고생 살고
제때 밥 한술 못 먹고
이제는 살 만하니 무엇이 찾아와서
양로원으로

그곳이 제일 편한 세상
찾아가도 자식인지 누구인지
먹을 것을 주시면 그때야
옛 주린 배를 채우신 어머니
소식도 없이 가신다고
옛날 유언 한 마디 없이 조용히 말없이
자식이라 겨우 살 만한데
가신 어머니
하늘나라에서 잘 지내소서
이제야 보고 싶어
눈에서 어머니의 모습이 아롱아롱
때 늦은 후회를 해야 무슨 소용
하늘나라에서 자식들 바라보며
편히 사시옵소서

하늘의 저 구름아 나도야 같이 가자

- 별과 달

물새 우는 고요한 호수에
개구리는 울고 울어
사랑 찾아서
둘은 앉아서 노래 부르고
사랑의 노래에
정신은 하늘로 가고
님은 내 옆에서
저 별과 달을 쳐다보고
사랑을 그리워하고
누구도 모르게
콧노래 부르고
콧노래도
힘찬 목소리로
합창으로 힘차게
저 달은 웃고 웃네
별빛은 반짝이고
리듬으로 노래하고
바람결은 춤을 추네
잔잔한 밤하늘에
님을 찾아서
내일도 찾아서

길동무 없는 길

시작은 시작이다
출발은 시작의
마음부터가 시작의 출발
첫발을 얼마나 시작에
달리고 달리고 도착지에
목적지를 보고서
힘찬 시작에
가는 길은 찬바람도 불고
험한 길도 뛰고 뛰고
가시밭길도 헤치고
온몸을 다 펼쳐서
가는 길을 되돌면
실패의 길이다
훗날에 후회 없이
가는 길은 한 길
우물을 파도 한 길만
사람의 갈 길도 잘 선택하고
운명을 좌우하는 길
그 길이 정말 운명인가
언제가 마지막 도착지에 종착지인지
내 인생도 여기까지
빠른 인생살이길

돌아올 수도 있다면 언젠가는 볼 수 있겠지

돌아오지 않는 눈
한 번 가면 영원히
돌아올 수 없는 강처럼
골목길을 걸으며
징검다리 건너갈 때
두드리고 앞만 보고서
뒤돌아보지 말아요
지난 봄은 가고
한여름에 잡아간 눈
싸움에서 잡아간 눈
너는 내 인생에서
가는 날까지도
못 잊어 못 잊어
갈 때 잡아가지
무엇이 급해서
쓸 만한 나이에
잡아가오
아 슬프다
내 운명이 싫어
다시는 못 찾는 운명이여
내 운명을 하늘이

저 빛이 찾아줄까
기다리고 기다려도
나만 가네
다시는 못 올 운명이여

나의 임종은 조용히 오라

― 마지막 부탁

당신을 만나는 순간

나도 모르게 누구도 모르게

그리운 운명처럼

사랑의 예감으로

이제는 내 인생을 부탁해요

영원히 영원히 부탁해

당신을 보는 순간부터

당신은 등불이요

당신의 노예가 되어

눈 감아도 당신은 앞에서

기쁠 때나 슬플 때

좋은 말 좋은 일도

아롱아롱거리고

당신을 태양처럼

봄날은 가고 꽃도 지고

꿈같이 흘러간 지금

돌아보면 굽이굽이 넘은 세월

당신의 고운 얼굴은

주름으로 변해 가네

살아온 날이 행복했네

당신을 하늘만큼

땅만큼 사랑합니다
마지막 길은
당신을 사랑합니다

넘실거리는 가을

‒ 가을 낙엽

때가 되면 찾아오는
가을의 낙엽들아
너는 이때면 왜 오는지
푸른 옷을 버리고
황금 옷으로 변해
황금빛을 비추고
온 세상 만물까지도
내 마음까지도 황금으로 변해
아 가을인가요
너의 얼굴에는 황금이 넘실넘실
행복도 넘실넘실
웃음도 넘실
가정도 오손도손
산으로
들로 가네
너를 찾아서 여기까지도
노래 부르며
햇빛은 너를 반가워
찾아오니 더욱 황금빛으로
더 이상은 가지 마오
내 갈 길 다가오니

올래 올래 멈추고
쉬고서 내 인생을 멈추게
계절풍아 찾아오지 말고서
너만 찾아오면
나는 말없이 가네
낙엽은 떨어지고

비바람은 누구의 소유입니까

– 풍차

바람아 바람아
불고 불고 세차게
힘이 있게 불어라
쉬지 말고 쉬지 말고
날이 가고 시간이 가도
너는 멈추지 마라
너가 멈추면
내 인생의 풍차는 멈추고
오늘도 돌아가고
내 인생도 돌아가고
세찬 바람이 불고
태풍에도 돌고 돌아
솔솔 부는 바람 돌고
나도 같이 돌아주마
손잡고 어깨동무 하고
같이 돌자 풍차야
님과 함께 돌자
가족과 힘차게
돌고 돌아 내 임무는
바람과 공존하고
풍차야 평생토록

돌아가자
가는 날까지
쉬지 말고 돌아가자

새벽바람

새벽의 바람이여
바람소리는
요란하고 온 세상을 요동치네
새벽잠을 깨운
선잠을 깨운 새벽
잠에서 눈을 부비며
저 먼 산을 쳐다보고
자연이 준 바람아
저 큰 나무도 흔들리고
내 마음도 흔드네
육신까지도 흔들리네
누가 이길까
해가 오기를 기다리고
아 빛이다
빛은 바람을 버리게 할까
아침을 바라보며
희망찬 빛이여

계절을 물들이는가

― 홍매

봄은 왔는가
정열의 빛으로
꽃방울부터 방울방울
홍매화
붉어 붉어 너무 붉어
정열의 남자
정열에 사는 남자
언제까지나
봄내 내 정열
보면 볼수록
마음은 불타고
내 젊음도 불타고
몸과 마음도 불탄다

은행잎

가을이여
바람에 낙엽은 날고
길가에도 들에도
노란색 빛으로 물들은
내 눈 부시고
길가는 사람도 부시고
길을 걸어
잎은 부스럭 부스럭
너를 밟으면 반가워
부스럭 부스럭
가을을 알리고
오가는 사람은
목청껏 노래 부르고
맑은 가을 하늘 아래
살랑살랑 부는 바람은
황금 같은 내 낙엽
누구를 찾아서
봄을 지나
여름이 가고
가을에 임 찾아서
겨울로 가는 계절 아쉬웁다

바람이 불지 않아도 흔들리는 깃발

펄럭이는 깃발
바람아 불고 불어라
봄바람은 살랑살랑
가을바람은 펄럭펄럭
깃발에 속이 맺혀
강물도 흐르고
내 눈물도 흐르고
길 가는 나그네
옷자락이 펄럭펄럭
내 가슴은 두근두근
펄떡펄떡
깃발을 바라본다
깃발은 쉬지 않고
계속 계속 펄럭 펄럭
내 심장도 계속 계속
뛰고 뛰고
너가 펄럭이어야 내가 살고
밝은 날이 가고
오늘도 가고
내일도 오고 간다

알 수 없는 것은 행복뿐이다

세상은 참 빠르고 빠르다
잠시 머무는 길 같은데
쉬지 않고서 길만 보고서 가고 있네
쉬어가면 누가 싫어하나
잡아도 보고 붙들고 애원도 하고
사정도 하고 빌기도 하네
왜 이리도 빠르게 지나가는지
지나온 희로애락의 시간
성공한 삶이 찾아오고
행복한 날도 많았을까
돌이켜 생각하면 생각할수록
힘들고 힘들어 밤을 낮으로 삼고
밤도 낮도 없던 젊은 삶
빠르고 빨라서 시간은 가는 줄 모르게 가고
어제도 가고 오늘도 간다
내일도 가겠지
인생은 언제 갈 줄 모르고
우리 부부는 사는 날까지 같이 가세
웃으며 살아가세
지금은 행복할 때야
근심 걱정 없이 살 때야

자식 걱정은 말고서
둘만 변치 말고
행복하게 끝까지 사세나

지난 세월

어린 시절은 잊지 못해
그 시절은 즐거운 시절
산에 가서 숲속에서 잠자고
소 몰고 들로 산으로
지게 지고 산으로
들에서 보릿짐 지고
지게에 톡톡 목탁 치는 소리
샘물 한 바가지
내 목은 시원한 샘
흰 구름처럼 흘러가
옛 시절은 누구도 모르고
옛 생각에 젖어
어린 시절로 돌아가
놀던 운동장에서
옛 추억을 차버리고
추억은 잊지 못할 친구
두고두고 그리운 사람아

잊을 수가 없습니다

넓은 세상
넓은 땅 넓은 하늘
영영 못 잊어
잊으려 해도 못 잊어
사랑하고 있나 봐
사는 날까지 못 잊어
죽어서도 못 잊어
수평선 끝까지도 못 잊어
꿈속에서도 못 잊어
내 정신 내 마음 속에서도
잊지 못할 사랑인가 봐
나는 너를 못 잊어
세월이 가도 못 잊어
잊을 수가 없나 봐
영원토록 잊지 말자
맹세하고 다짐을 하고
잊지 말자고
사랑한다고
수천 번 맹세한 임아

여자와 나는 너무 멀다

가슴 아파요
예약도 없이 만난 당신
당신을 첫눈에 사랑했어요
행복하자고
당신은 나의 등불이요
당신은 나에게 필요한 여자
때론 당신 마음 몰라서
슬플 때도 있고요
비탈진 길도 걸어가고
묵묵부답 걸어서
남몰래 속으로 울기도 하고
그래도 원망은 없어요
장미꽃보다 고운 마음
저 빛보다 고운 내 님
누구일까 찾아요
숨고 숨어도 찾아요
내 옆에 서 있는 내 님
어서 내 손 잡아요

인생길

인생은 때가 되면
꽃잎처럼 떨어지고
바람에 날리고
강물로 흘러서 가네
떠나는 인생은 어디로
지금은 어느 곳에 있나 봐
한 마디 말도 없이 보낸 시간
끌려와 따라와
어디로 가고 있네
내 나이 칠순이 넘고 넘어
가파른 내리막길
꽃피던 세월을 생각하고
아름다운 세월을 보면
꿈 많은 그 시절을 생각하고
되돌아가고픈 마음
돌려주오 돌려주오
지금 그 자리로
아직은 젊은 마음
손잡고 지낸 그 시간
오늘도 무심코 걸어가네
어디쯤 가고 있는지…

행복이란 주는 것

세월은 굽이굽이
꿈같이 흘러가고
예쁜 얼굴 그 눈매
구름같이 흘러가고
자식 위해 보고
또 보는 순간들
등대처럼 환희 비치고
기쁠 때나 슬플 때나
당신은 나의 등대요
말없이 지낸 세월을
지금에서야 철들어 사랑한다는 말
이것이 부부가 사는 법인가
후회 없이 여기까지
자식 위해 살아온 후에야
당신을 사랑합니다

인생은 공수래공수거

– 빈 손

여기에 앉아서
하늘을 바라봅니다
넓은 땅
한 평도 없네요
갈 때는 한 평도
누가 누가 한 평을
나는 누구의 가족
자식이 줄까
님이 줄까
많은 자식
갈 때는 무슨 소용
자식이면 다 자식일까
눈물이 갑자기
힘껏 모은 돈은 어디 가고
암이 잡아가
난초가 잡아가
도둑은 언제 잡아가
눈 감고 잡아가
남은 것은 빈 손
이름 한 자 남기고
가고파도 빈 손
가는 길은 빈 손

황혼에 추억

노년의 행복
저 푸른 초원 위에
봄이 오면 꽃이 피고
낭군들은 밭에 나가 밭을 갈고
아낙네는 밭에 나가서 씨앗을 뿌리고
할매는 앞밭에서 달래를 캐고
할아버지는 달래를 하나 하나 추리고
정겹게 사는 노부부
오순도순 한 가정
가을이 오기 전에 추억을 남기고
즐거운 마음으로
행복하게 살아가세
높은 빌딩 높은 아파트 좋다고 자랑해도
초가삼간이 정들고 제일 좋더라
초간삼간에서 사는 날까지
한 백년 같이 사세

떠가는 구름은 내 한숨

눈물도 한숨도
한숨에 쉬어가고
혼자서 유달산을 쳐다보고 삼키며
외롭고 슬픈 유달산을 바라본다

하늘을 보며 맨발로 걸어서
무심코 걸어간다
누구를 찾아서
누구를 만나려고…

내 마음은 몰라요
마음은 허공에서
둥둥 떠서 생각도 없네
한숨을 쉬면서
하늘을 바라보며
때론 땅도 쳐다보며
허공에서 잠들고 싶어 하네

친구와 일배주

친구야 친구야
둘도 없이 살던 시절
내 술 한 잔으로 시간은 가고
술로써 희로애락을 풀어주고 받던 시절
술에 취해서 온 세상이 내 것인가
누가 뭐라 해도 취해서 세상은 잠시 쉬고
잠시 나마 잠간 머무는 시간
잠을 자고서 일어나 보면
그 시간은 행복했던 시간
내일을 살아가고 친구를 만나고
옛 시간을 이야기하고
웃고 웃고서 마시는
한 잔 술이 이렇게 좋은가
마시는 순간은 행복해서 마시고
슬퍼서 마시고 괴로워서 마시고
좋은 날이라고 마시고
날도 날도 잘도 가네
술 한 잔 하던 옛 친구야
다시 만나서 술 한 잔 주고 받고 살면 되리
오늘도 기다리고 내일도 기다리고
보는 날까지 행복하세
친구야

울고 간 님

봄의 소리
개구리는 개굴 개굴 논에서 울고요
뻐꾹 뻐꾹새는 숲에서 울고
앞산에는 종달새가 종알 종알 울고요
집 앞 감나무 위에는 까치가 찾아와
좋은 소식 가져와 전하러 왔노라고 울고요
저녁이 찾아오면 까마귀가 찾아와 울고 가고요
우리 집 멍멍이는 손님 찾아와 반가워 멍멍
하루 종일 소리로 즐기고
행복도 찾고 노래 부르고
아리랑 아리랑 아라리가 나고
이런 집이 좋아요
소리 지르고 악을 써도 찾아오는 이웃도 없고
조용한 우리 집이 제일 좋아요
손자가 오다 가다 오면 젖 달라고 울고요
운다고 소리 내어 말하는 사람도 없고
누군가는 목말라서 밥 달라 물 달라
노래로 전하네
온 집안 소리가 노래로 들려
노래로 살아가는 조용한 집
우리 집

사람아 사람 따라 가세

찾아온 사람

반가운 사람

아침에 오는 사람

날이 밝아 오네

해가 뜨고 밝아

오늘도 출발하네

반가워 손 잡고

내일을 보며

희망차게 가네

무엇이 꿈을 가지고

꿈도 희망도 찾아온 사람은

꿈도 희망도 주겠지

행복도 주겠지

모든 우주도 주겠지

모두 모두 가득히

네가 주면 나도 주고

오가면서 같이 나누세

하늘 끝까지 같이 가세

노래 부르고

손잡고 힘차게

발 길 따라 가세

꽃 중의 꽃이여

― 목련

창을 열면
눈앞에 목련꽃이
몽울 몽울 꽃을 피워
봄을 알리고
만물의 봄소식
잠에서 일어나
당신의 포근한 마음
저 목련에 내 마음도 전하고
당신과 이 몸은
저 목련 같은 인생
항상 포근한 마음을 전하는
보면 볼수록 목련꽃에 빠져
쳐다보고 또 보고
싫증이 없는 목련화
오래오래 변화 없이 살아가세
목련화야

산하를 나는 철새들

때가 되면
철새가 찾아오네
봄이면 종달새 찾아오고
여름이면 뻐꾹 뻐꾹 뻐꾹새
가을이면 흰 두루미
늦가을에 기러기가 철 따라서
즐거운 내 님 싣고서
가득 싣고서
쉬지 않고 찾아오네
너를 보려고
기다리고 기다리고
오늘도 들과 산으로 달려가네
그대 모습 검고 얼룩한
흰 옷으로 입은 백로는
자기 자태를 나타내며 찾아오네
건강하게 철 따라서
내년에도 다시 볼까

파도와 싸우는 난파선

홀로 우는 난파선
풍파를 헤치고
달려가는 저 배
힘든 파도를 헤치고
쉬지 않고 헤쳐 가네
역경을 이기고
모든 일과 삶이
살아보자고 풍파를 헤치고
손을 잡고 몸이 부서져도
밤도 모르고 낮도 모르고
달리고 보니
앞에 보이는 것은 암초
바로 눈앞은 암초
암초는 비켜 가려고
노력도 하고
배는 망가져
배는 반쪽으로 살아남고
절반도 다행으로
멍들어 새카만 육신
목적도 없이
오늘도
철썩 철썩 흘러가네

바람이 없어도 천리를 간다

천리향
너의 소리만 들어도
향은 천리를 간다

산을 넘고
강을 지나서 천리까지 날아가는
당신의 마음에
어느 누가 너를 싫어하리

네 향에 취해서
마음도 정화하고
정신도 정화하고
향에 노예가 되어
오늘도 하루가 저문다

나의 애송시

막상 펜을 잡고 자서전이란 단어 밑에 글을 써보려니 왠지 내 생각보다는 다른 지인들 생각이 뇌리를 스쳐가는 영화 필름처럼 맴돌고만 있다. 어느 때는 우리 전라민국 대통령 김대중이라고 자존심을 세워주기도 했다. 그리고 밤을 지키는 야수 부엉이 노무현 전 대통령도 우리 민초들 자존심을 심어주기도 했다.

이것저것 생각해 보면 날밤을 새며 써도 다 못 쓸 것 같다. 그러나나 또한 생각이 비슷한 죽마고우인 친구도 같고 고향 사촌형 같은 분이 한평생 시를 써오고 있다. 우연히 그 형 작품을 읽다가 김대중 전 대통령 추모시를 읽어보았고 또 노무현 전 대통령 추모의 글도 보게 되었다. 그리고 김대중 전 대통령 당선 2주년 기념 시 낭송회를 김대중 대통령 생가에서 하게 되었는데 그때 그 시 낭송을 시골 출신 김정삼이라는 시인이 했다. 또 여성 시인 몫으로는 목포에서 거주하는 김혜경 시인이 했다. 그 두 분의 시낭송은 정말로 훌륭했고, 1004개의 섬마다 화려하게 빛났다.

그리하여 그 장면을 가슴 속 깊이 기억해 두었는데 지금 생각해 보니 참으로 자랑스럽고 영광스럽다. 비록 나의 시는 아니지만 김정삼 형님이 쓴 〈하이도에서 청와대로〉라는 시를 소개하고 싶었다. 하여 이 시와 함께 김정삼 시인이 김대중 전 대통령을 노래한 〈민주의 여신〉, 또 노무현 전 대통령을 회상하며 우리네 인생에 있어 부엉이바위와 촛불로 맺은 소중한 인연에 두 분 대통령과 관련 깊은 시를 나의 자서전에 소개하게 되어 나 또한 매우 기쁘고 반갑다.

하의도에서 청와대로

― 김정삼의 시를 정충록이 옮겨 쓰다

훈훈한 봄바람도 남해서 불어오고
노오란 개나리도 남해부터 피어난다
평화의 물결도 남쪽 바다에서 일고
평화의 여신도 남쪽 땅에 살고 있었다
하늘 아래 흰 구름 감싼
하의도에 새 태양이 떠오른다
가슴마다 축제로 피어나는
무궁화동산
거북선 돛대 위로 갈매기 춤추며
몰려드는 민중들 한 마음 되어 뜨거운 정
와락 끌어안고 조국찬가 부른다
싱그러운 바다 내음 이슬 앉은 잔디밭
새천년 새아침 공작의 무늬 빛
가슴마다 마음 열고 희망의 노래 부른다
청송의 가지마다 봉황이 날으고
물소리 새소리는 민주의 노래 천지가 밝아와
왕조가 웃고 조상님 기침소리가 담을 넘는다
슬픔의 그늘 恨으로 비친 안개는
가는 천년 따라 가거라
하늘로 향한 어사화 하의도를 지키며
인동초 강함 깨달음을 배운다

피어 보지 못하고 떨어져 간 젊음들
이제 청와대는 타향이 아니다
얼어붙은 자유를 비집고
헤쳐 나온 무쇠보다 강한
인동초는 강산 가득 자유와 민주의 향기로
영원히 피어 있어야 한다

*김대중 대통령 당선 2주년 기념식 날 하의도 생가에서 낭송한 시

우리네 부엉이 야수(夜守)
– 노무현 대통령을 기리며

촛불로 맺은 인연 추억도 없이
눈물 배타고 떠나가는 바보
민주장 진혼곡은 누굴 위한 북소리인가
조시의 나팔소리 산하의 슬픔이여
노제길 고개마다 군중 속 외로움
빈곤 속에 민주는 길 잃은 사천만 물결
운구행렬 영결식장 구름 같은 한 마음
이별은 또 만남의 깃발이겠지
만장기에 감싸인 선구자의 노래는
민초들의 한을 나르며
우리네 부엉이는 날밤 새워 울어도 못다 울
한 개비 담배연기로 보내고야
다 알고도 말하지 않은 바보
조금만 더 휘어지지……
타협 대신 유택을 택한 바보
애석하고 비통해도
오월의 푸르름으로 님을 보냅니다
봉화산 부엉이는
새천년도 담아줄 민주의 여신이여
유년에 놀던 고향동산
보내는 마음 아프랴만 떠나는만 못하리

동서로 남북으로
님 없는 오월을 한으로 보내고야⋯⋯
알맹이로 갈아엎을
우리네 야수(夜守)

민주의 여신

– 김대중 대통령을 기리며

당신을 많이 의지하고 살아왔나 봅니다

당신 없는 이 순간 내 몸에서

무언가 다 빠져나가 버린 것 같습니다

통곡의 고통 절뚝거리며 느리게 찾아낸

자유와 민주영전 앞에 하이얀 꽃 한 송이

우릴 대신함이 부끄럽습니다

왠지 늘 그냥 믿음직하고 남쪽 땅

고향 친형 같은 사람이었습니다

죽음 앞에서도 할 말 다하고

빼앗겼던 민주화를 찾아주신 당신

참으로 고생 많으셨습니다

사선을 걸어 나와 다시 외치는 함성의 끝자락

새로운 역사가 펄럭이는 민주의 깃발

인동초 향기가 하늘 아래 화알짝 퍼져

세계가 한 마음으로 애도하는 물결

이제 무거운 짐 내려 용서하시고

무궁화동산에서 영원히 지켜보소서

이 도서의 국립중앙도서관 출판예정도서목록(CIP)은 서지정보유통지원시스템 홈페
이지(http://seoji.nl.go.kr)와 국가자료종합목록 구축시스템(http://kolis-net.nl.go.kr)
에서 이용하실 수 있습니다.
(CIP제어번호 : CIP2020044088)

정충록 인생일기

꿈의 난

•

지은이 / 정충록
발행인 / 김영란
발행처 / **한누리미디어**
디자인 / 지선숙

•

08303, 서울시 구로구 구로중앙로18길 40, 2층(구로동)
전화 / (02)379-4514, 379-4519
Fax / (02)379-4516
E-mail/hannury2003@hanmail.net

•

신고번호 / 제 25100-2016-000025호
신고연월일 / 2016. 4. 11
등록일 / 1993. 11. 4

•

초판발행일 / 2020년 10월 22일

•

ⓒ 2020 정충록 Printed in KOREA

값 15,000원

•

※잘못된 책은 바꿔드립니다.
※저자와의 협약으로 인지는 생략합니다.

•

ISBN 978-89-7969-827-5 03810